Für den sinnlichsten Schatz in meinem Herzen.... Dezember 2001

Das Buch
Sinnliche Genüsse der unterschiedlichsten Art bietet diese Anthologie mit erotischen Texten moderner Autoren. Christine Proske, ausgewiesen durch mehrere erfolgreiche Zusammenstellungen erotischer Texte, hat zusammen mit Petra Taint für dieses lustvolle Lesebuch Geschichten und Romanausschnitte bekannter Schriftstellerinnen und Schriftsteller ausgewählt, die phantasievoll, anregend und amüsant von der wichtigsten Sache der Welt erzählen.

Die Herausgeberinnen
Christine Proske ist Geschäftsführerin der Ariadne Buchkonzeption, München. Ihre Firma konzipiert und produziert Sachbücher und Anthologien.
Petra Taint, geboren 1964, hat die Pressearbeit hinter sich gelassen, um als freie Lektorin und Autorin Bücher zu machen. Sie lebt und arbeitet vorwiegend in München.

Erotische Anthologien im Heyne Taschenbuch:
Im Feuer der Venus (01/8445)
Böse Mädchen lieben besser (01/10570)
Im Labyrinth der Lust (01/10674)

ERDBEEREN UND CHAMPAGNER

Herausgegeben von
Christine Proske und Petra Taint

WILHELM HEYNE VERLAG
MÜNCHEN

HEYNE ALLGEMEINE REIHE
Nr. 01/13388

Umwelthinweis:
Dieses Buch wurde auf
chlor- und säurefreiem Papier gedruckt.

Originalausgabe 10/2001
Copyright © 2001 by Wilhelm Heyne Verlag GmbH & Co. KG,
München
Printed in Norway 2001
Umschlagillustration: Mauritius/Benelux Press/Mittenwald
Umschlaggestaltung: Nele Schütz Design, München
Satz:Buch-Werkstatt GmbH, Bad Aibling
Druck und Bindung: AIT, Trondheim

ISBN: 3-453-18956-6

http://www.heyne.de

Inhaltsverzeichnis

LINDA JAIVIN
Erdbeeren zum Dessert* 7

ALBERTO MORAVIA
Er hat seinen eigenen Kopf* 25

ALINA REYES
Jane und der Marsupilami 31

KLAUS KINSKI
Jet-Sex* 41

RITA MAE BROWN
Göttliche Spiele* 51

ANAÏS NIN
Der Baske und Bijou 59

HENRY MILLER
Der kleine Tod* 79

ASSIA DJEBAR
Hochzeitsnacht in Paris* 99

LEON DE WINTER
Total nackte Mädchen* 109

REGINA NÖSSLER
Leipziger Allerlei 117

GIANLUIGI MELEGA
Der Major wird zugeritten* 135

SUSIE BRIGHT
Geburtstag à la O 145

PHILIPPE DJIAN
Pizza macht sexy* 157

CLAUDIA RIESS
Massage gefällig?* 167

JOHN UPDIKE
*Seitensprung am Vormittag** 181

CLARISSA SANDER
*Red, Gold and Green** 195

JAN WOLKERS
Laudatio auf einen Pelz 209

ULLA HAHN
*Ein Gläschen Champagner** 219

QUELLENVERZEICHNIS 231

*Titelformulierungen der Herausgeberinnen

Linda Jaivin

Erdbeeren zum Dessert

»Köstlich«, schnurrte Chantal, kniff ihre dramatisch grünen Augen zusammen und ließ die Zunge aufreizend über ihren Kußmund wandern. Ein Mann, der in dem Café gerade an ihrem Tisch vorbeiging, blieb bei dem Anblick wie angewurzelt stehen und wäre beinahe über die eigenen Füße gestolpert. Sogar im Stadtteil Darlinghurst mit seinem soliden Angebot an weiblichen Appetithappen stach Chantal wie ein von Designerhand präparierter Leckerbissen hervor: elegant, farblich perfekt abgestimmt, pikant. Sie sah mit jeder Faser aus wie die Moderedakteurin, die sie auch war. Falls sie den Mann bemerkt hatte, verriet sie es mit keiner Miene, und er rauschte verlegen weiter.

Links von Chantal saß Julia und balancierte ihr zierliches spitzes Kinn auf gefalteten Händen. Die braunen Augen waren geschlossen, die Lippen umflorte ein verträumtes Lächeln. Julias warmer, dunkler Teint leuchtete im Sonnenlicht, und ihre lange schwarze Mähne ruhte starr auf dem Rücken. Sie saß so reglos da, daß nicht ein Stück von ihrem üppigen Silberschmuck klimperte.

Rechts von Chantal hockte Helen, ein kerniges, sommersprossenübersätes Bündel von Frau in Beige und Braun. Ihre senfgrünen Augen blickten durch eine Hornbrille auf die Manuskriptseiten, die verstreut auf dem Tisch lagen. Sie schüttelte anerkennend den Kopf. »Chantal hat recht, Phippa«, sagte sie begeistert zu der vierten in der Clique, die gegenüber von Chantal saß. »Köstlich ist das richtige Wort.«

»Ja, die Dinger dürften dir auch ganz gut tun«, erwiderte Philippa trocken. Sie hielt ein halbes Apfel-Walnuß-Muffin hoch und tat so, als begutachtete sie es genau. »Kein Zucker, keine tierischen Fette, keine künstlichen Zutaten.«

»Hör auf, Phippa«, fiel Helen ihr ins Wort und verdrehte die Augen. »Wir reden nicht über Muffins, sondern über deine Geschichte. Das weißt du genau: Ich finde es schön, daß du uns endlich was aus deinem Werk vorgelesen hast.«

»Hat euch das wirklich gefallen?« Philippa lächelte schüchtern, sah nach unten und schob die Seiten zusammen. Sie schüttelte den Stapel sorgfältig aus, um verirrte Krümel zu entfernen, und ließ ihn in den Tiefen ihrer Schultertasche verschwinden, die sodann wieder an der Stuhllehne landete.

Die vier Freundinnen saßen beim Frühstück im Café Da Vida, ihrem Lieblingstreff in der Victoria Street. Es war ein herrlicher Frühlingsmorgen in Sydney, und daß es Samstagvormittag war, machte ihn nur noch schöner. Die einheimische Fauna von Darlinghurst, megaschick gekleidet, tigerte durch den Stadtdschungel ihren bevorzugten Cafés entgegen. Alles war vertreten: Schauspieler, Maler, Prostituierte, Junkies und Krankenschwestern, Schauspieler, die zugleich Junkies, und Maler, die zugleich Prostituierte waren; Prostituierte, die Krankenschwestern vorschützten, Schwule, Heteros, Bis, heterospielende Schwule, schwulspielende Heteros, Einwanderer mit ungarischem Akzent, junge Rucksacktouristen aus England, Deutschland und Frankreich. Sie gingen in Paaren und Gruppen. Auch Singles waren dabei. Manche trugen nur die riesigen schwarzen Säcke unter ihren Augen spazieren, andere dagegen schleppten abgegriffene Zeitschriften mit sich, Wochenendzeitungen oder schmale Bücher von gerade hochgejubelten Autoren.

Philippa wünschte sich nichts mehr, als diesem hochgejubelten Autorenkreis anzugehören. Sie wußte, es gab zwei Tatsachen im Verlagswesen, die ihre Chancen begünstigten. Erstens: Sex verkauft sich gut. Zweitens: Ihr Bild auf dem Schutzumschlag würde großartig aussehen. Im wirklichen Leben war sie zwar mit einer gewissen körperlichen Unbeholfenheit gestraft, die den Hemmungen wegen ihrer hochgewachsenen, grobknochigen Gestalt entsprang. Aber auf Fotos wirkte sie wie ein heißblütiger Vamp, wie der Inbegriff der Femme fatale. Sie hatte dicke schwarze Haare, die ihr bis zu den Schultern reichten, einen zarten Teint und graue Augen. In Kleiderfragen kultivierte sie einen Hang zu schwarzen Rollis mit dunklen Jeans, die sie mit breiten schwarzen

Gürteln befestigte und in schweren schwarzen Lederstiefeln verankerte. Auf diesen Stil reagierten Lesben aus der Lederszene sowie ein bestimmter neurotischer Künstlertyp mit einladenden Blicken. Blicke, die sie erwiderte. Aus denen sie aber selten – wenigstens soweit ihre Freundinnen das beurteilen konnten – Kapital schlug. Philippa war anscheinend unbeirrbar auf ihr Schreiben fixiert. Sie arbeitete als Teilzeitjournalistin für ein Ministerium und als Vollzeitautorin an ihrer erotischen Prosa. Ich bin, sagte sie oft, die Herrin der V-Wörter: Vermittlung und Voyeurismus. Ich führe, behauptete sie immer, ein ausgezeichnetes und befriedigendes Sexualleben, aber es findet in meinem Kopf statt und nicht im Bett.

»Helen.« Philippa wirkte plötzlich beunruhigt. »Du kennst dich doch auf dem Gebiet aus. Wie ist eigentlich der letzte Stand in der Pornographie-Frage unter den Feministinnen? Das macht mir etwas Sorgen. Meinst du, sie würden meine Geschichte ablehnen?«

»Ach, weißt du, das ist alles nicht so klar«, antwortete Helen. »Manche Feministinnen vertreten nach wie vor die Position, jegliche Form von Pornographie sei symbolische Gewalt gegen Frauen. Ich glaube allerdings, dieser Standpunkt ist kaum auf erotische Frauenliteratur übertragbar. Schon gar nicht, wenn es darin um eine Frau geht, die einem Kerl eine libanesische Gurke in den Arsch stopft. Nein, ich fand die Geschichte toll«, beteuerte sie. »Wirklich. Sie war so, ähm ...« – Helen hob die Augen gen Himmel und legte eine Pause ein, als erkundige sie sich da oben nach der richtigen Formulierung – »erotisch und gleichzeitig bestärkend.« Helen mochte Wörter wie »bestärkend«. Ihre Arbeit als feministische Akademikerin und Filmkritikerin brachte solche Begriffe wie von selbst mit sich. Sie überlegte eine Weile und zog ihren ziemlich langen Rock züchtig über die Knie, bevor sie hinzufügte: »Die Peitsche hättest du allerdings stärker einsetzen können.«

Chantal spitzte die Lippen, schlug mit einer imaginären Peitsche auf den Gehsteig und erschreckte mit ihrer Geste einen Typ auf Rollerblades. Ein älterer Europäer am Nebentisch starrte völlig hingerissen über den Rand seiner Espressotasse.

Philippa stupste Helen an und zeigte mit dem Kinn auf Julia. Chantal sah ebenfalls zu ihr. »An was denkt sie denn?« fragte Philippa in Lippensprache ihre beiden Freundinnen.

An Sex. Genau daran dachte Julia im Augenblick.

Julia hatte vor kurzem eine himmlische Nacht erlebt. Sie hatte sich zwar nach Kräften bemüht, Philippas Geschichte zu verfolgen, doch ihre eigene heiße Story spulte sich hartnäckig in ihrem Kopf ab, und sie fand einfach nicht den Knopf zum Abschalten. Inzwischen war sie bei der Szene, in der sie Jake beobachtete, wie er mit dem restlichen Brot die letzten Krümel Rindfleisch mit Chili vom Teller löffelte. Dabei mußte sie lächeln. Sie war froh, daß sie sich überwunden und ihn angerufen hatte.

Jake war auf Sozialhilfe und ein am Hungertuch nagender Musiker mit einer alten Klapperkiste, die jederzeit wieder in den Besitz der Bank übergehen konnte. Er spielte in einer Band, die so von internen Auseinandersetzungen zerfressen war, daß er sie ausschließlich »Bosnien« nannte. Er wohnte in einem gräßlichen Haus, das eine Gemeinschaft von jungen Leuten gemietet hatte, und seine Dreadlocks bezeichnete er als einzige Errungenschaft seines Lebens. Julia hatte ihn bei einer Party in Glebe kennengelernt, die sie am vorigen Wochenende mit Philippa besucht hatte.

Bei der Party hatte sie mit Jake getanzt. Hinterher war er in die Küche gegangen, um Bier zu holen. Er hatte ihr die kühle Dose an den Hals gedrückt, bevor er sie ihr gab, und dann vorgeschlagen, sie sollten sich ein ruhiges Plätzchen zum Unterhalten suchen. Nachdem sie sich in einem der weniger bevölkerten Zimmer in ein Sofa gekuschelt hatten, fragten sie einander zunächst die üblichen Sachen und später auch einige unübliche. Er erzählte ihr von seiner Band, sie plauderte über ihre Arbeit als Fotografin. Sie erwähnte ihre Faszination für China; er behauptete, er hätte beinahe einmal Mandarin gelernt. Ihre Schenkel berührten sich ganz leicht. Seine Beine unter der grauen Levi's 501 wirkten endlos lang; er war fast schon abwegig langgliedrig. Jake hatte einen glatten honigfarbenen Teint, warme braune Augen, eine hübsche kleine Nase, einen breiten Mund und einen trockenen lakonischen Humor. Es klang ehrlich, als er sagte, er würde sich gern ihre Fotos ansehen. Als Julia einmal über eine Bemerkung so heftig lachen mußte, daß sie sich vorbeugte und ihr die langen schwarzen Haare ins Gesicht fielen, strich Jake ihr die Strähnen mit einer erstaunlich intimen Handbewegung über die Schultern zurück. Er brachte ihr südländisches Blut in Wallung.

Typisch für seine Generation, die schon die erste oder – je nachdem, wie man rechnete – die zweite nach ihr war, legte Jake eine solche Lässigkeit an den Tag, daß sie nicht wußte, welche Absichten er verfolgte oder ob er überhaupt welche hatte. Als sich eine alte Bekannte von Julia zu ihnen gesellte und mit einer endlosen Liste von Hast-du-den-und-den-in-letzter-Zeit-gesehen nervte, entschuldigte Jake sich und verschwand in ein Nebenzimmer. Julia verbarg ihre Enttäuschung, fühlte sich aber durch die Tatsache getröstet, daß sie bereits – auf ihre Veranlassung hin – die Telefonnummern ausgetauscht hatten. Später entdeckte sie ihn in der Küche, doch er steckte in einem angeregten Konversationsstrudel.

Schließlich kam Philippa und fragte Julia, ob sie sich ein Taxi nach Hause teilen wollten. Philippa wohnte in der Cross Street und konnte Julia unterwegs an ihrer Wohnung in Surry Hills absetzen. Auf der Fahrt unterhielten sie sich über die Party, wobei Julia die Begegnung mit Jake unterschlug. Es war nicht so, daß Philippa nichts davon wissen sollte. Aber in solchen Dingen war Julia abergläubisch und meinte, wenn man eine Geschichte zu früh erzähle, bringe das dem ganzen Unternehmen womöglich Unglück.

Fünf Tage später saßen sie jedenfalls in einem dezenten indischen Restaurant in einer Seitenstraße von Glebe. Nachdem Jake sich mit einem kurzen Blick über Schüsseln und Teller überzeugt hatte, daß nichts Eßbares übriggeblieben war, unterdrückte er einen Rülpser, griff über den Tisch und legte seine Hand auf ihre Hände. Julia knickte ihren Mittelfinger ein und berührte ganz leicht seinen Handteller.

»Ich bin froh, daß du keine Vegetarierin bist, Julia«, sagte er nach längerem Schweigen.

»Und wieso?« fragte Julia.

»Ach, ich weiß nicht. Eigentlich sind es nicht die Vegetarier, sondern die eingefleischten Veganer, die mir suspekt sind. Aber das sollte ich dir vielleicht gar nicht erzählen. Jedenfalls nicht gerade in der Umgebung.«

»Aber jetzt hast du mich schon neugierig gemacht.«

»Später.«

Na schön. »Später« – das Wort gefiel ihr ausnehmend gut. »Versprochen?«

»Versprochen.«

Julia sah jetzt auf seine Hand hinunter. Sie fand Hände immer wieder faszinierend – nichts als Nervenenden und Kapillaren, Sensoren und Blut. Und besonders die von jüngeren Männern konnten so schön sein, so zärtlich und geschmeidig. Sie überprüfte ihre These und kitzelte ihn mit der Fingerspitze. Er schauderte kaum wahrnehmbar und beugte sich zu ihr. Sie küßte ihn über den Tisch hinweg und darunter streichelte sie ihn mit dem Fuß am Bein. Nach einer Minute flüsterte er etwas heiser: »Ich hab eine Wahnsinnserektion.« Julia lächelte, winkte einem vorbeihuschenden Kellner und sagte: »Kann ich bitte die Rechnung haben?«

Chantal grinste süffisant. »Hier brennt doch Licht. Ist jemand da? Oh, Juu-li-ja!« Sie sang den Namen ganz laut, Silbe für Silbe, re-re-do.

Julia riß die Augen auf, und ihr Blick signalisierte vorübergehend Panik.

»Na«, fragte Philippa nach einer bedeutungsvollen Pause. »Hat dir meine Geschichte gefallen?« Und plötzlich unsicher, fügte sie kleinlaut hinzu: »Du mußt natürlich nicht sagen, daß sie dir gefällt, wenn es gar nicht stimmt.«

Julia stieg schnell in die Raumfähre Richtung Erde und landete blinzelnd. »Ähm, klar, natürlich gefällt sie mir«, stotterte sie. »Man könnte es so ausdrücken«, fuhr sie langsam fort, um ihre gewohnte Fassung wiederzufinden. »Die Sahne hab ich schon. Jetzt brauche ich nur noch eine Tasse Kaffee. Es war orgasmisch.«

»Und du tust nicht nur so?«

»Ich und nur so tun? Nie.« Julia lächelte charmant.

»Jetzt bin ich aber wirklich beunruhigt.« Philippa knabberte an ihrem Muffin und runzelte die Stirn. »Glaubt ihr, ›ohne tierische Fette‹ bedeutet ohne Butter? Kann man denn ohne Butter backen?«

Julia suchte die Straße ab, während sie einen Schluck von ihrem Milchkaffee trank. »Achtung«, alarmierte sie ihre Freundinnen. »Potentielles Opfer im Anmarsch.« Alle drei drehten möglichst unauffällig die Köpfe in die von Julia angezeigte Richtung und führten eine schnelle Bestandsaufnahme durch.

Leicht gebräunte Haut, zerzaustes braunes Haar und große blaue Augen, die unter einem dichten Wimpernschleier halb verschwanden. Ende Zwanzig. Weißes T-Shirt von Bond. Gut trainierte, schön gedrechselte Arme. Schwarze Jeans über sichtlich dünnen, aber durchaus muskulösen Beinen.

»Netter Kleiderständer«, lobte Helen.

»Kann sein, aber guck dir die Treter an«, sagte Philippa. »Da hat sich sein Schuster aber ziemlich vertan.«

Er trug Docs. Nicht die Stiefel, sondern die Halbschuhe. Mit weißen Socken.

»Au weia«, sagte Chantal, streckte die spitze Nase in die Luft und strich sich über die champagnerblonde Bienenkorbfrisur. Sie war unglaublich zufrieden mit dem Haarturm, dem neuesten Hit im ständig wechselnden Programm auf ihrem Kopf, den sie ihrem besten männlichen Freund und Vertrauten, Alexi, einem Friseur, zu verdanken hatte. Alexi und sie tauschten regelmäßig Neuigkeiten und Standpunkte über Männer aus. Die beiden schenkten sich sogar jedes Jahr gegenseitig den Schreibtischkalender *Alle Männer sind Schweine*. Chantal hoffte, daß sie mit Hilfe ihres natürlichen Stils und tollen Jobs bei *Pulse*, der Modebibel von Sydney, bald zur Schwulenikone avancieren würde. In einer ihrer Lieblingsphantasien wurde sie bei der Mardi-Gras-Parade von einem

Schwarm hinreißender, halbnackter Männer vom Straßenrand weg auf einen Festwagen gezerrt. Die Jungs würden sie auf einen Thron setzen und mit schweißnassen Oberkörpern umschwirren und umgarnen, während sie der Menge zuwinkte wie eine Ballkönigin in einem amerikanischen Film – oder auch nur eine Königin. Sie würden sie als göttlichste Transvestitin verehren, die ihr Auge je erblickt hat, göttlicher noch als Terence Stamp in *Priscilla, Königin der Wüste*. Natürlich würde sie alles tun, um ihre Illusionen zu schüren, und deshalb bei der Party nach der Parade einen willigen Sklaven sanft auf die Knie drücken. Mit einer Hand würde sie sich in seiner Taille abstützen, sich vorbeugen und den Hintern einladend in die Luft strecken. Und dann käme eine Serie von unglaublich muskelbepackten Bodybuilder-Schwuchteln und würde sie von hinten nehmen. »Erst kommst *du*, und dann *du*, danach *du*, und *du*, und *du*«, würde sie sagen und mit ihrem schlanken, perfekt manikürten Zeigefinger einen nach dem anderen zu sich winken.

»Du hast einen Milchbart, Julia«, bedeutete Helen ihrer Freundin, die ihn schnell mit dem Handrücken abwischte.

»Warum machen die immer so viel Schaum auf den Milchkaffee?« überlegte Julia.

»Jedenfalls bin ich froh, daß ihr meine Geschichte mögt«, warf Philippa ein und lenkte die Unterhaltung wieder auf das ursprüngliche Thema.

Chantal klopfte sich erneut eine Zigarette aus der Packung.

»Welchen Titel gibst du ihr?« fragte Helen.

»›Verbotenes Obst und Gemüse‹, nehme ich an. Was meint ihr dazu?«

»Bißchen offensichtlich«, sagte Julia nach einer Weile. »Weißt du, das mit Adam und Ava – da könntest du sie gleich ›Die Gärtnerei Eden‹ nennen.«

Philippa errötete. »Guter Einwand«, gab sie zu.

Chantal steckte sich die Zigarette zwischen die Courageroten (natürlich aus der Poppy-Serie) Lippen und warf einen Blick in die Runde, um festzustellen, ob irgend jemand es wert war, ihn um Feuer anzuhauen. War nicht. Sie fischte ihr

Feuerzeug aus der Handtasche, zündete die Zigarette an und blies ein paar Rauchkringel in die Luft. »Wie wär's mit – in Anlehnung an Jules Reaktion – ›Crème Fraîche‹?« schlug sie vor.

»Ich würde sie einfach ›Vernasch mich‹ nennen«, meinte Helen.

Ein ziemlich attraktiver Kellner kam aus dem Café und servierte die nächste Runde – Milchkaffee für Julia, Cappuccino für Helen, kleine Schwarze für Chantal und Philippa. Als er wieder elegant ins Innere stolzierte, sagte Philippa: »Ist euch schon aufgefallen, daß alle Kellner in den Cafés von Darlinghurst wie Supermodels aussehen?«

»Ja, und die in Double Bay kommen wie Banker und Immobilienfritzen daher, und deshalb kostet alles doppelt soviel«, erwiderte Helen. »Im Ernst. Ich war vor kurzem bei Nicholas Pounder's Bücher kaufen und bin hinterher in ein Café um die Ecke. Es war fast schon unheimlich. Die tragen da sogar gestreifte Krawatten. Wenn sie die Bestellung aufnehmen, rechnest du damit, daß jeden Moment das Handy piept.«

»Kellner mit Handys?« sagte Julia entgeistert.

»Julia, für eine Fotografin bist du sehr prosaisch. Ich meine natürlich, sie wirken wie die Typen, die immer Handys mit sich rumschleppen.«

»Ach so.«

»Hast du die Geschichte noch jemandem gezeigt?« fragte Helen.

»Nur Richard.« Richard war der charismatische Mann, der den Schreib-Workshop leitete, zu dem Philippa schon seit Jahren jeden Sonntag treu wie eine Kirchgängerin pilgerte. Keine ihrer drei Freundinnen hatte ihn jemals getroffen, und dennoch hatten sie das Gefühl, ihn bestens zu kennen. Er war Philippas Guru, Mentor, Vertrauter und Lustobjekt Nummer eins, obwohl sie behauptete, sie hätte es noch nie mit ihm getrieben und würde es wahrscheinlich auch nie tun. Sein genaues Alter kannte sie nicht – bei ihm war zwischen achtundzwanzig und achtunddreißig alles möglich. Laut Philippa übernahm er immer das Aussehen der in seinem Werk erfundenen Helden. Einen Sommer gab er den wasserstoffblonden, braungebrannten Surfertyp. Gegen Winter ging er dann als bleicher Punk. Seine Texte erschienen in den verschiedensten obskuren Literaturmagazinen unter wechselnden Pseudonymen; er dachte sich für jede Persona ein neues aus. Außerdem hatte er, wie Philippa eines Tages bei einem gemeinsamen Spaziergang der Kursteilnehmer am Bondi Beach entdeckte, außerordentlich schöne Füße.

Als Philippa seinerzeit die Sache mit den Füßen erwähnt hatte, war sie bei Helen auf volles Verständnis gestoßen. Helen konnte sich nämlich selbst zweier wohlgeformter, rundlicher und weicher Füße rühmen, die ihren Liebhabern bislang immer ein Kompliment entlockt hatten. Einer, der in der Hinsicht einen regelrechten Kult betrieb, hatte ihre Füße ungeheuer gern verehrt, obwohl Helen, um die Wahrheit zu sagen, immer leicht verkrampfte, wenn ein Mann ihr das ausleckte, was in ihren Augen die ziemlich feucht-schwammigen Stellen zwischen ihren Zehen darstellte. Als ein Lover einmal bemerkte, ihre Füße sähen nagelneu aus, so als wären sie noch nie benutzt worden, wußte sie nicht so recht, was sie davon halten sollte.

»Und was sagt Richard?«

»Er war davon ganz angetan und hat mich ermutigt, die Geschichte zu veröffentlichen. Er hat mir eins von diesen Frauenmagazinen empfohlen, wo sie Männer samt Hängeteilen abbilden, ihr wißt schon, mit Bammelmännern.«

»Du meinst, wie in *Australian Women's Forum*. Ausgezeichnete Idee.« Chantal nippte an ihrem Kaffee. Sie teilte sich mit Alexi ein Abo auf dieses Magazin. »Und? Schlägst du zu?«

»Warum nicht?« Philippa zuckte die Schultern. »Wobei ich noch versuchen möchte, die Geschichte zum Roman auszubauen.«

»Toll«, sagte Helen. »Als nächstes stellt sich natürlich die Frage, wer dir die Ingredienzien für ›Vernasch mich‹ geliefert hat? Dabei bleibt es doch jetzt, oder?« Chantal warf Philippa einen fragenden Blick zu. »Zu meinem großen Bedauern weiß ich, daß ich es nicht war.«

»Schau mich bloß nicht so an, Chantal!« rief Julia.

»Und mich auch nicht!« piepste Helen. »Von Erdbeeren krieg ich immer Ausschlag.«

Philippa lächelte. »Meine schriftstellerische Arbeit ist das reine Produkt meiner Phantasie«, sagte sie.

»Aber klar, meine Liebe«, kicherte Chantal.

»Und«, fuhr Philippa fort, »meiner absoluten Aufmerksamkeit für die Ereignisse in meinem Umfeld. Da wir gerade so viel Wirbel um mich machen, was ist eigentlich mit dir, Julia? Hattest du nicht vor kurzem ein heißes Date mit einem netten jungen Mann? Wie lief's denn?«

»Ach, ich weiß nicht«, sagte Julia und schüttelte den Kopf. Diese Geschichte, dachte sie insgeheim, findet keinen Eingang in Philippas Buch. Sie überlegte, ob das kleinlich von ihr war. Philippa würde doch nie die Erfahrungen von Freundinnen in ihrer Prosa ausschlachten, oder? Wie es aussah, ließ »Vernasch mich« keine Rückschlüsse auf eine von ihnen zu, aber das war auch schon alles, worauf sie sich stützen konnte. Bislang hatte Philippa sich immer geziert, wenn es um ihre Arbeit ging. »Vernasch mich« war die erste Geschichte, die sie ihnen gezeigt hatte. Für übertriebenes Mißtrauen gab es eigentlich keinen Grund. Doch Julia beschloß, auf Nummer Sicher zu gehen, und antwortete nur: »Es war ganz okay.« Dann hob sie die Kaffeetasse an die Lippen, sah vom Tisch weg und verfiel wieder ins Träumen.

Beim Verlassen des Restaurants bekam Julia einen Kicheranfall, denn Jake mußte ganz gekrümmt gehen, um seinen Zustand zu verbergen. Es nützte nichts. Er warf ihr einen leidenden Blick zu. Im Taxi zog er ihre fügsame Hand auf die Beule unter seiner Hose und gab ihr einen Kuß. Er schob ihr die Hand unter den Stretch-Mini und, ermutigt durch ihre schlängelnden Bewegungen, weiter in den Slip, wo seine Finger eine Burke-und-Wills-Aktion starteten. Er streichelte und bohrte, bis sie vor Wohligkeit beinahe vibrierte. Daß die Augen des Taxifahrers am Rückspiegel klebten, verstärkte den Nervenkitzel nur noch mehr.

»Mmmm«, hauchte Julia. »Ah, mmmm, direkt daneben,

ja, genau da, ja, oh, ja.« Dann hielt das Taxi vor ihrem Wohnblock, und Jake löste sich aus ihrem Slip.

Als sie den sprachlosen Fahrer bezahlte, sah Jake in die andere Richtung, als erfordere da eine dringende Angelegenheit seine volle Aufmerksamkeit. Auf ähnliche Weise hatte er sich im Restaurant bei der Präsentation der Rechnung rauslaviert. Julia störte das wenig. Als freiberufliche Fotografin war sie zwar bei weitem nicht reich, doch sie kam gut über die Runden und konnte allemal das bißchen Geld für ein gutes Abendessen mit einem der süßen jungen Früchtchen erübrigen, von denen sie so angetan war.

Im Schlafzimmer zerrte sie Jake das T-Shirt über den Kopf und fummelte ungeduldig am Gürtel und den Hosenknöpfen herum. Sie war so scharf, daß es sie etwas aus dem Konzept brachte, als er ihr bedeutete, langsamer vorzugehen.

Er dagegen schälte Julia die Kleider vom Leib, als wären es gedünstete Artischockenblätter. Er genoß jedes Teil mit Nase, Augen und Haut und ergötzte sich vor allem an den zarten inneren Hüllen. Er drückte sie sanft aufs Bett, hielt ihr die Hände auf beiden Seiten fest und begann, gemächlich ihren Körper entlangzuwandern und sie mit den Augen zu verschlingen. Sein Blick verweilte einen Moment bei ihren Nippeln, nahm die schöne tiefe Färbung zur Kenntnis und ruhte dann kurz auf ihrem glatten Bauch, der in einem mediterranen Karamelbraun schimmerte, bevor er weiter abwärts streifte und zum köstlichsten Happen kam: feuchte Lachsfalten, garniert mit lockigem Engelshaar.

Als Jake die Speisekarte sorgfältig durchgesehen hatte, fiel ihm die Wahl der Vorspeise an diesem Abend nicht schwer. Er beugte sich hinab und kostete die Innenseiten ihrer Schenkel. Ohne Rücksicht auf die flehentlichen Bitten ihres gekrümmten Rückens und angehobenen Beckens genoß er die zarte Haut in aller Ruhe mit Zunge und Lippen, und erst als er daran seine Lüste gestillt hatte, wanderte er höher und verharrte um Haaresbreite vor dem Eingang ihrer Schlemmerhöhle. Er atmete tief das salzige, schwere Aroma, das ihm entgegenströmte, und stieß dabei kleine Seufzer aus, die sie beinahe wie Liebkosungen empfand. Sie versuchte, ein Stückchen hinunterzurutschen, um die winzige Lücke zwischen ihrem gierigen Geschlecht und seinem kitzelnden Mund zu schließen, aber er kam ihren Bewegungen zuvor und wahrte stets genau diesen klitzekleinen Abstand, wobei er ihr weiter die Handgelenke aufs Bett drückte. Sie hatte gerade das Gefühl, vor Verlangen wahnsinnig zu werden, da teilte er ihr die rosigen Vorhänge mit der Zunge und legte richtig los. Er bohrte, wühlte, lutschte und streichelte, bis sie nur noch um sich schlug und japste. Er bedeckte sie mit dem ganzen Mund und schob ihr seine Zunge tief hinein. Ihr war, als würde die Zunge sich ausdehnen und noch im letzten verborgenen Winkel in ihr schrummeln. Sie spürte, wie ihr Körper kochte und zuckte und tanzte und schmolz. Jetzt wich er zurück, um an ihrer Klitoris zu saugen, er zog und nuckelte mit Lippen und Zähnen und gluckerte mit ihren Säften. Sie zitterte hemmungslos, überschwemmt von Welle um Welle heißer Lust.

Dem Delirium nahe, hob sie den Kopf und sah sein junges Gesicht wie eine aufgehende Sonne über ihrem intimen Horizont schweben. Die blonden Dreadlocks gingen wie Strahlen von seinem Kopf aus. Er lüpfte eine Braue und schaute sie fragend an. Auf seinem Kinn waren nasse Streifen. »Hast du nur so getan als ob?« fragte er mit einem matten Lächeln.

»Ohhhh«, stöhnte sie und sank sprachlos in die Kissen.

Langsam kroch er ihren Körper aufwärts und küßte sie innig. Sie konnte ihren Geschmack in seinem Mund spüren. Dann rollten sie herum, bis Julia oben lag. »Sag mir, was du dir wünschst«, seufzte sie. »Alles.«

Er dachte einen Augenblick über das Angebot nach, bevor er seinen Wunsch äußerte. »Ein bißchen Chocolate Rock.«

Sie stützte sich auf die Arme und sah ihn leicht erschrocken an.

»Das ist eine Eissorte. Homer Hudson Chocolate Rock«, erläuterte er und steckte ihr gleichzeitig wieder seine Finger in die Möse. Dann hob er den Kopf und nahm einen karamelfarbenen Nippel zwischen die Zähne, spielte ein bißchen damit und ließ ihn wieder los. »Ißt du denn nie Junk-Food? Wie alt bist du eigentlich, Julia?«

Sie tat, als hätte sie die Frage überhört, und um jedem weiteren Verhör zu dem Thema vorzubeugen, glitt sie schnell abwärts, bis sie seinen Schwanz in den Mund nehmen konnte. Sekunden später sagte ihr sein Gesichtsausdruck, daß die Altersfrage sicher begraben war – eine Zeitlang jedenfalls.

Schließlich schob er ihren Kopf sanft zurück. »Julia.« Er hauchte den Namen eher, als daß er ihn sagte. Sie lächelte, griff in die Schublade neben dem Bett und holte ein Kondom heraus. Als er beobachtete, wie sie es aus der Verpackung befreite, grummelte er: »Ich hasse Kondome.«

»Und ich hasse langwierige Krankheiten mit tödlichem Ausgang«, erwiderte Julia scharf, steckte sich den Gummi in den Mund und beugte sich wieder hinunter.

»Wenn du es natürlich so nimmst ...« Jake seufzte nicht gerade unglücklich, als sie das Ding mit der Zunge geschickt über seinen harten Schwanz rollte. Er genoß das Hauptgericht genauso sehr wie die Vorspeise. Zudem entpuppte er sich als einfallsreicher und verspielter Liebhaber. Und als sehr gelenkig. Die Guangdong-Akrobaten aus China waren nichts im Vergleich zu Jake. In der kommenden Woche konnte sie getrost auf ihr Yoga verzichten.

Am Ende, nach einem herrlichen langen Fick, gähnte Jake, sah sich suchend um und griff, ohne sich aus Julia zu lösen, nach der Fernbedienung neben dem Bett und hielt sie in Richtung Fernseher. Aus dem Flimmern kristallisierte sich das Bild eines alternden australischen Popstars, der mit schwabbelnden Backen und einem schnurlosen Mikrofon in der Hand auf der Bühne herumtänzelte.

»Dieser Wichser!« kommentierte Jake und schaltete auf einen anderen kommerziellen Sender. Der Klassiker *Boulevard der Dämmerung* fing gerade an.

»Der soll angeblich gut sein«, sagte Julia. Sie verrenkte sich den Hals, um den Bildschirm zu sehen.

»Um was geht's da?«

»Keine Ahnung. Ich weiß nur, er soll gut sein.«

»Na, das müßtest du doch wissen. Stammt doch aus deiner Zeit, oder?«

Julia schnappte nach Luft. »Meine Zeit? Die vierziger Jahre? Für wie alt hältst du mich eigentlich?«

»Weiß nicht. Ich hab dich gefragt, aber du hast es nicht gesagt.«

»Ich bin zweiunddreißig! 1963 geboren, klar? Als dieser Film gedreht wurde, war meine Mutter noch ein Kind!«

Jake lachte. »Sieh mal einer an!« gluckste er und kniff sie in die rot angelaufenen Wangen. »Bißchen empfindlich, wie?« Er küßte sie auf die Nase, aber Julia, nur halbwegs besänftigt, wich zurück und rollte sich von seinem Körper.

»Willst du gar nicht wissen, wie alt ich bin?« fragte er.

»Eigentlich nicht«, log sie. Das hatte sie schon auf seinem Führerschein überprüft, als er zur Toilette gegangen war. Er war zweiundzwanzig. »Wir sehen uns den Film einfach an, gut?«

Er zuckte die Schultern, streifte das Kondom ab, band es mit einem Knoten zu und schleuderte es über die Schulter. Es landete mit einem leisen Plopp am Boden. Julia notierte sich im Geist, wo es hingefallen und das wievielte es war – bislang hatte sie drei gezählt. Sie fand es schön, mit welchem Tempo jüngere Männer ihren Kondomvorrat verbrauchten.

Sie schüttelten die Kissen auf, und Julia machte es sich fernsehgerecht an seiner Brust bequem. Während der Plot sich entwirrte – abgebrannter junger Schriftsteller versucht Gläubigern zu entkommen, die sein Auto pfänden wollen, und findet Zuflucht unter dem Dach und in den Armen von Norma Desmond, einer alternden Schauspielerin mit Geld wie Heu –, spürte Julia, wie sie rot anlief. Wie beschämend! Sicher, Norma war eine erschreckend eitle Person und ging immerhin hart auf die fünfzig, aber trotzdem. Sie hätte unheimlich gern gewußt, was Jake dachte. Andererseits wollte sie es vielleicht lieber doch nicht wissen. Steif lag sie in seinen Armen und wagte ihm nicht ins Gesicht zu sehen. Hätte sie es getan, wäre ihr nicht entgangen, wie seine Augen ab und zu vor Schadenfreude aufblitzten. Sogar während der Werbepausen rührte sie sich nicht aus dieser Stellung. Sie tat, als döse sie vor sich hin, und weigerte sich, seinem Blick zu begegnen. Nach einer besonders schrecklichen Szene, wo der von William Holden gespielte Mann zu einer »Party von jungen Leuten« geht, nur um zum Schluß in Normas gruftähnliche Villa zurückzukehren, blickte sie Jake verstohlen an und stellte entsetzt fest, daß er zu ihr heruntergrinste. »Norma«, gurrte er und schmiegte sich an ihren Hals. »Oh, Norma.«

Mit einem Satz katapultierte sie sich von ihm weg und tauchte kopfüber in ihr Kissen.

»Leck mich.«

»Ach, Norma, sei doch nicht so.« Er steckte ihr die Zunge ins Ohr, piekste sie gleichzeitig mit den Fingern in die Rippen und kitzelte sie mit seinen Dreadlocks am Po. Sie faßte nach hinten und schnipste die Haare gereizt zur Seite. Er knabberte an ihren Oberschenkeln. Julia war wütend und fühlte sich gedemütigt, aber vor allem – und das würde sie ihm keinesfalls gestehen, wenigstens nicht gleich – machte ihr das Ganze gegen ihren Willen riesigen Spaß. Sie versuchte seinem Griff zu entkommen, aber er ließ nicht locker.

»Ich hab gesagt, leck mich!«

»Ich kann's nicht fassen.« Helen schüttelte den Kopf und lachte. »Die ist meilenweit entfernt.«

Julia kam sofort zu sich. »Stimmt ja gar nicht. Ich hab nur, ähm, nachgedacht.«

»Wieso war euer Rendezvous nur ›ganz okay‹?« hakte Chantal nach. »Was ist passiert? Lief es nicht nach Plan?« Chantal liebte ihre Freundinnen und wünschte immer das Beste für sie. Auf der anderen Seite war sie überzeugt, daß jeder Beziehung das Schicksal der Titanic widerfuhr – egal wie großartig sie funktionierte, am Ende fand sie doch zielsicher einen Eisberg und kenterte. Und wenn dieser Fall eintrat, wollte sie jede Einzelheit über das Unglück wissen.

»Ach, ja und nein. Ich glaube, ich verzichte von jetzt an auf jüngere Männer«, seufzte Julia. »Labile Wesen. Machen mehr Ärger, als sie wert sind. Als nächstes suche ich mir ein reiferes Exemplar. Aber vorerst will ich mich eine Zeitlang in radikaler Enthaltsamkeit üben.«

Die übrige Tischrunde machte große Augen und starrte Julia ungläubig an.

Sie und Jake kamen erst nachmittags um drei aus dem Bett. Über die Kondome hatte sie längst den Überblick verloren. Jake ging in den Laden um die Ecke und kaufte eine Kleinigkeit zum Mittagessen – von ihrem Geld, versteht sich – und kam mit Erdbeeren und Homer Hudson Chocolate Rock Eis zurück. Sie aßen fast die ganze Packung leer. »Tja, ich sollte langsam mal los«, sagte er mit schokoladengeränderten Lippen. Er untersuchte sein Kinn auf Pickel. »Ich muß nach Hause, damit die Dinger rauskommen.«

Er ging gerade zur Tür hinaus, als Julia plötzlich etwas einfiel. »Und wie war die Sache mit den Vegetariern?« fragte sie.

»Vegetarier? Ach, ich hatte mal was mit einem Mädchen, das Veganerin war.«

»Ach ja?« sagte Julia. »Und?«

»Na ja, sie war strikt gegen oralen Sex.«

»Dummes Mädchen. Aber was hat das damit zu tun, daß sie Veganerin war?«

»Sie hielt eben nichts davon, tierisches Eiweiß zu schlucken, verstehst du?«

Julia bog sich vor Lachen, als sie ihn zur Tür hinausschob. Sie hatten sich für ein paar Tage später wieder verabredet. Aber wenn er sie noch einmal Norma nannte, hatte sie ihm gedroht, fände er sich in der Hölle wieder.

»Jawohl, Enthaltsamkeit. Wirklich«, sagte Julia, ohne die Miene zu verziehen. »Ich meine es ernst. Im übrigen, warum soll ausgerechnet ich einen detaillierten Bericht über mein Liebesleben abgeben? Philippa darf aus ihrem ein Geheimnis machen, Chantal ebenfalls. Und Helen hält sich in der Hinsicht auch bedeckt.«

»Stimmt doch gar nicht«, widersprach Helen. »Ich habe kein Liebesleben.«

»Ich auch nicht«, fiel Philippa ein.

Chantal hob eine Augenbraue. »Dito.«

»Ja, ja«, seufzte Julia, neigte ihre Tasse und studierte den

Kaffeesatz. Als sie aufblickte, leuchtete ihr Gesicht plötzlich auf. »Seht euch den an«, flüsterte sie. »Sieht aus wie Jerry Seinfeld.«

»Den kenn ich«, sagte Chantal. »Moderiert Videoclips bei Green Channel.«

»Irre«, bemerkte Julia. »Ein richtiger Star.«

»Die sind doch alle gleich«, sagte Chantal schulterzuckend. »Für dich ist er sexuell sowieso falsch gepolt, Schätzchen.«

Während sich die übrigen drei in einer Diskussion ergingen, warum die hübschesten Männer immer schwul waren, schwirrte ein zum Greifen naher Name durch Philippas dunkle Hirnregionen. Immer wenn sie versuchte, ihn mit ihrer mentalen Taschenlampe anzuleuchten, versteckte er sich schnell hinter einem anderen Baum. Jason? Jonathan? Justin? Julian? Jeremy? Jay? Plötzlich sprang er hervor und winkte. Ich bin's, Jake! Jake! Genau das war der Name von dem Typen, den sie auf der Party in Glebe kennengelernt hatte, der Name, zu dem die Telefonnummer auf dem Zettel gehörte, den sie ein oder zwei Tage später in ihrer Tasche gefunden hatte. Sie überlegte, ob sie ihn anrufen sollte.

»Und was gibt es da zu grinsen, Philippa?« fragte Chantal.

»Ach, nichts«, erwiderte sie.

Alberto Moravia

Er hat seinen eigenen Kopf

Die Wohnungstür schließt sich. Ich stürze zur Badezimmertür, reiße sie auf, laufe schnurstracks zur Klomuschel, knöpfe die Hose hastig auf, ziehe ihn heraus und uriniere mit gespreizten Beinen. Ich hatte mich bis jetzt zurückgehalten, aus der üblichen Scheu, die mich förmlich lähmt, wenn ich mit Maurizio beisammen bin. Ein klarer, fast weißer Strahl, dick wie ein Strick, trifft die Porzellanmuschel und breitet sich aus zu einer Flut, die fast kochend, einen blonden Schaum bildend, abfließt. Warmer, leicht stechender Uringeruch steigt mir in die Nase. Während ich uriniere, stütze ich »ihn« und die Hoden mit der Handfläche. Ich schätze mit der Hand sein Gewicht und mit den Augen seinen Umfang ab. Ja, wer in seiner Hand ein Genital von solchem Ausmaß wiegen kann, der kann doch nicht irgendein minderwertiger oder auch nur durchschnittlicher Mann sein. Schon gar nicht ein gescheiterter, ein Versager in seinen Bestrebungen, moralisch und geistig impotent. Wenn man in der Handfläche zwei so schwere Hoden und ein so mächtiges Glied halten kann, so müßte das doch ein Trost sein, müßte Mut und Selbstvertrauen einflößen. Von meiner Bewunderung gleichsam angeregt, beginnt er sich schon geschmeichelt zu dehnen, sich mit Blut zu füllen, und deutet, obwohl er noch schräg in meiner Hand liegt, den Beginn einer Erektion an. Unter der Haut zeichnet sich die Eichel mit ihrer Aufwölbung ab, mit der folgenden Einbuchtung und dem weiteren konischen Verlauf. An der Spitze bricht die Haut auf, die kleine Öffnung wird sichtbar, die eine merkwürdige Ähnlichkeit mit dem kleinen, rosigen Auge eines neugeborenen Ferkels hat. Kein Zweifel, ich bin gut versehen, unübertrefflich gut ausgerüstet, die Natur hat mich verschwenderisch bedacht. Ich kann mich ohne falsche Bescheidenheit rühmen, über ein Organ zu verfügen, das in seinen Ausmaßen, seiner Sensibilität, Bereitschaft und Widerstandskraft absolut ungewöhnlich ist. Ja, das alles ist wahr. Und doch, und doch ...

Ich betrachte ihn. Meine Wut bricht durch, übermannt mich: »Und doch ist mir Maurizio, dieses Nichts von einem jungen Mann, einfach überlegen, und ich bin ›unten‹. Wie geht das zu? Sag, du Verbrecher, wie geht das zu?«

So grob zur Rede gestellt, erwidert er ganz sanft, mit falschem Erstaunen: »Wie das zugeht? Ich weiß es wirklich nicht. Zwischen mir und deinem Minderwertigkeitsgefühl Maurizio gegenüber besteht, finde ich, kein Zusammenhang.«

Ich drücke ihn fest, um ihm klarzumachen, daß ich nicht scherze. »Das stimmt nicht«, rufe ich aus. »Ich bin ›unten‹, eben weil du so blödsinnig groß bist, so idiotisch einsatzbereit, so ordinär potent.«

»Warum ärgerst du dich? Bist du verrückt geworden?«

»Nein, ich bin nicht verrückt. Ich ärgere mich, weil Maurizio sublimiert ist und ich unrettbar unsublimiert bin! Und weil an meiner Unsublimiertheit einzig du die Schuld trägst, du ganz allein. Vermutlich ist Maurizios Glied nicht so mächtig wie du, aber er hat Macht über mich. Du bist ein Ausstellungsstück, ein Koloß, ein Monument, ich könnte dich in einer Jahrmarktsbude zur Schau stellen und damit viel Geld verdienen. Umgekehrt bezahle ich deine Ungewöhnlichkeit mit einem dauernden demütigenden, widerwärtigen Minderwertigkeitsgefühl. Alle sind mir überlegen, allen bin ich unterlegen: ich lasse mich von meinen Gefühlen hinreißen, von meinem falschen Ehrgeiz, ich bin sentimental, unbeherrscht, passiv. Und wer trägt die Schuld daran? Wer?«

Diesmal schweigt er. Es ist dies eine feige, duckmäuserische Art zu reagieren, wenn die gegen ihn erhobenen Anklagen zutreffen. Ich rüttle ihn, sage: »Sprich, Kanaille, warum sagst du nichts? Sprich, Verbrecher, verteidige dich. Was hast du zu deiner Entlastung vorzubringen?«

Er verharrt in Schweigen. Ich rüttle ihn wütend und mit aller Kraft, so wie man jemanden, der etwas Böses begangen hat, bei den Schultern packt und hin und her schüttelt, damit er seine Tat zumindest gesteht. Statt jeder Antwort beschleunigt er die Erektion. Auf diese niederträchtige, geradezu unlautere Weise gedenkt er, so scheint mir, meinen Anklagen zu begegnen.

Obwohl schon ziemlich geschwellt, lag er bisher doch noch auf der Handfläche, gleich einem gestrandeten Wal auf einem einsamen Strand; jetzt aber sehe ich, wie er immer größer wird, sich wie ein Zeppelin, wenn die Taue gelöst wurden, in die Luft erhebt, dann halb wieder sinkt und sich schließlich neuerlich erhebt. Ich ziehe die Hand, die ihn bisher stützte, fort, aber er fällt nicht um. Ich sehe ihn vor mir, schwebend, kräftig und massig wie eine Eiche. Plastisch umranken ihn die Venen gleich Schlinggewächsen. Die Eichel ist halb entblößt, violett schimmernd, stumpfsinnig und lüstern mit der Spitze nach oben, die fast meinen Nabel erreicht.

Ich berühre ihn nicht, er schwankt hin und her, als wollte er mit jeder Schwankung seine Kräfte steigern. Ich wende mich um und betrachte mich lange in dem schmalen Spiegel am anderen Ende des Badezimmers. Im Halbschatten erblicke ich meine groteske Gestalt, sie gleicht der eines Silens auf einer nachgeahmten pompejanischen Vase: kahler Schädel, stolzes Gesicht, die Brust hervorgewölbt, und zwischen den kurzen Beinen unterhalb des Bauches er. Es ist, als gehörte er gar nicht zu dem Körper.

Er ist sogar von anderer Farbe, man könnte meinen, er sei auf Flügeln dahergeflogen und von einem spottlustigen Gott zwischen meinen Lenden befestigt worden. Das besänftigt nicht meinen Zorn. »Schuft«, rufe ich, »Verbrecher, willst du endlich antworten?«

Nein, er will nicht antworten. Vom Blutandrang geschwellt, verharrt er weiter in Schweigen. Er schwankt leicht, als konzentriere er all seine Kräfte darauf, sich weiter aufzublähen. Wie rasend versetze ich ihm einen Schlag mit der Handkante. Ein Karateschlag. »Antworte, Kanaille!«

Der Schlag biegt ihn erst nieder, dann schnellt er wieder hoch. Schweigend, so scheint es, pumpt er immer mehr Blut in die Eichel, die nun langsam und unaufhaltsam zur Gänze aus der umhüllenden Haut hervorbricht wie eine frische, schöne Kastanie aus ihrer Schale. Ich gebe nicht nach: »Weißt du, wieviel du mich kostest? Fünf Millionen! Jawohl, deinetwegen, wegen des unüberwindlichen Minderwertigkeitskomplexes, den deine beherrschende Gegenwart in mir hervorruft, bin ich gezwungen, fünf Millionen zu zahlen!«

Immer noch schweigt er. Ich versetze ihm einen weiteren Schlag und noch einen, stets mit der Handkante: »Los, sprich! Begreifst du denn nicht; wenn Maurizio ›gefühlt‹ hätte, daß ich nicht einer der üblichen unsublimierten Menschen bin, daß es mir ernst ist, dann hätte er von mir nicht fünf Millionen als Beweis für meinen revolutionären Einsatz verlangt! Aber selbst angenommen, er hätte trotzdem die fünf Millionen gefordert, ist es doch deine Schuld, daß ich ihm nicht mit einem glatten Nein geantwortet habe. Deine Schuld, verstehst du? Ein unsublimierter Mensch ist eben nicht imstande, zu einem sublimierten nein zu sagen. Das ist, als wollte ein gewöhnlicher Tontopf zu einem Eisentopf nein sagen. Ja, deinetwegen bin ich ein zerbrechlicher, minderwertiger, ganz gewöhnlicher Tontopf.« Da er immer noch frech schweigt, beginne ich ihn in höchster Raserei zu ohrfeigen. Ja, ich ohrfeige ihn, wie man einen unverschämten Lumpen ohrfeigt, der auf gerechte Anklagen höhnisch die Antwort verweigert. Systematisch ohrfeige ich ihn, einmal auf der rechten, dann auf der linken Seite, wieder auf der rechten, wieder auf der linken, wieder auf der rechten und wieder auf der linken. Ich brülle: »Sprich, du Kanaille, sprich endlich einmal!« Von meinen Ohrfeigen getroffen, heftig hin und her schwankend, wird er plötzlich dunkelrot, als sammle sich in ihm alles Blut.

Während ich ihn mit unverminderter Heftigkeit ohrfeige, dämmert es mir verwirrend auf, daß er masochistischerweise aus meinen Beleidigungen und Schlägen auch noch Lust gewinnen könnte. Immer unsicherer wird meine Hand, während ich ihn ohrfeige, immer zögernder, stockender meine Stimme, während ich ihn beschimpfe: »Kanaille, Kanaille, Kanaille!« Ich spüre jetzt, daß er mir antworten will. Es ist eine verschlagene, tückische Antwort, ich hätte sie erwarten müssen, kurz, plötzlich bemerke ich, daß er sozusagen als Antwort im Begriff ist, zu ejakulieren, gegen meinen Willen, allen unseren Abmachungen zum Trotz. In höchster Verzweiflung packe ich ihn, drücke ihn, biege und beuge ihn nieder, als könnte ich hoffen, den kostbaren Samen zurückzutreiben. Ja, ich möchte, daß der Samen zu seinem natürlichen Ursprungssitz zurückkehre. Niemals vor diesem Augenblick, da er tückisch und stur meine Gewaltanwendung nützt, um sich über mich lustig zu machen und sich auszutoben, nie vorher habe ich so stark die Erhabenheit des Samens empfunden, es geradezu als ein Sakrileg angesehen, den Samen um eines kurzen Augenblicks verächtlicher Wollust willen zu vergießen. Nie ist mir dies so deutlich geworden wie eben jetzt, da er daran ist, diesen heiligen Saft herauszuschleudern, als wäre er nichts als Spucke oder irgendeine Absonderung irgendeiner unbedeutenden Drüse, und ihn auf den Fliesenboden des Badezimmers zu vergießen. Ich drücke ihn weiterhin, beuge und biege ihn, winde mich selber in dem vergeblichen Versuch, die Ejakulation zu verhindern, indem ich alle Bauchmuskeln zusammenziehe und mich nach vorne neige. Ich vollführe eine Art Pirouette, stoße dabei gegen das Waschbecken, und grade in dem Augenblick, in dem ich vermeine, mein Vorhaben sei gelungen – gerade in diesem Augenblick explodiert er zwischen meinen Fingern, es ist wie das Überschäumen einer eben entkorkten Champagnerflasche. Ein kurzes Zucken, nur eine ganz kleine Samenmenge tritt heraus, nur ein paar Tropfen sind es. Dann aber, als ich schon hoffe, es sei mir gelungen, mit dieser geringen Menge davonzukommen, überflutet plötzlich die ganze Flüssigkeit meine Hand, tropft zwischen den Fingern herab, mit denen ich immer noch versuche, den tückischen Gegner zuzuhalten und zu ersticken. Außer mir vor Verzweiflung, lasse ich mich zu Boden gleiten und rolle mich, während ich ihn in unversöhnlichem Haß umklammere, über den Boden bis zum Abfluß unterhalb der Dusche, wobei ich wie ein Epileptiker mit den Füßen um mich schlage. Unterhalb der Dusche kauere ich mich hin, hebe den Arm und drehe mit der klebrigen Hand den Hahn auf. Dann falle ich erschöpft mit dem Gesicht auf die Fliesen. Die ersten spärlichen warmen Tropfen fallen. Mit geschlossenen Augen warte ich auf den kalten, reinigenden Wasserstrahl. Vergebens. Die Dusche ist offenbar kaputt oder, was wahrscheinlicher ist, es fehlt das Wasser in den Versenkkästen. Trotzdem bleibe ich hier mit geschlossenen Augen liegen. Hat sein Verrat mich mit Haß erfüllt, so erfüllt mich jetzt sein Sieg, den ich vergeblich zu verhindern versuchte, mit einem Gefühl der Ohnmacht. Dieser Same, so denke ich, der eben noch von meinen Fingern tropfte, enthielt vielleicht die schöpferische, geniale Idee, die meinen Film, wenn ich mich zur Arbeit gesetzt hätte, dank der Zielsicherheit der Sublimierung in den Himmel des Erfolges gehoben hätte.

Wer weiß, vielleicht vertrocknet und verscheidet in diesem Augenblick die geniale, schöpferische Idee. Gleichzeitig denke ich, es sei doch lächerlich, in solche Verzweiflung zu geraten, weil ich onaniert hatte (denn dies hatte ich, wenn auch unabsichtlich). Endlich erhebe ich mich, schleppe mich in die Küche und öffne alle Hähne, aber es fließt kein Wasser. So wasche ich mich, so gut es eben geht, mit Mineralwasser. Natürlich schweigt er jetzt, der Saukerl. Ich werfe mich aufs Bett und schlafe bis in die Abendstunden.

Alina Reyes

Jane und der Marsupilami

Alles war grün. Alles, außer dem Fluß mit seinem türkisfarbenen Wasser und den Hütten aus Palmwedeln und rotem Holz auf der Lichtung. Es war ein undurchdringlicher Urwald, in dem der Gesang von Kolibris und Kakadus und das leise Rascheln von Schlangen zwischen den Blättern widerhallte. Ich entfernte mich vom Waldrand, um auf die Hütten zuzugehen, die neben einem Pfad errichtet waren.

Es waren etwa zehn; kein Mensch war zu sehen, und doch mußte es hier menschliches Leben geben, denn an zwei der Hütten war ein Schild befestigt: an der langgestreckten stand CAFÉ geschrieben, während die kleinste, deren Dach mit einer ganzen Anzahl komplizierter Antennen versehen war, sich als BANK auswies. Sie schienen gut in Schuß und nicht verlassen zu sein.

Ich ging bis zum Fluß weiter, den ich zwischen den Blättern glitzern sah, und stellte fest, daß er an beiden Ufern, so weit ich blicken konnte, von einer etwa fünfzig Zentimeter hohen Mauer aus aufeinandergelegten Steinen gesäumt war. Ich setzte mich auf das Mäuerchen, um mir den funkelnden Fluß anzusehen. Da sah ich plötzlich, wie ein abscheulicher Kopf aus dem Wasser auftauchte, der zuerst lautstark schnaufte und dann kehlige Schreie ausstieß.

Ich war mit einem Satz aufgesprungen. Aber es war nur ein Mann, irgend jemand aus der Gegend, dessen Gesicht halb von einer alten Tauchmaske verdeckt war, und der offensichtlich guter Laune war. Er stieg aus dem Wasser, die Arme in Siegeshaltung in die Höhe gestreckt, lachte und ließ dabei auf komische Weise seine schwächlichen Beine tanzen, die sich in seinen viel zu großen, durchnäßten Shorts verloren. Über die sonnenverbrannte Haut seines Oberkörpers zog sich vom Schlüsselbein bis quer zum Brustbein eine Narbe, die von einem Messerstich zu stammen schien.

Er kam auf mich zu, wobei er immer noch vor Freude

hüpfte und ganz außer Rand und Band war, und öffnete direkt vor meinem Gesicht seine Hände. Ich wich etwas zurück, denn er hielt das, was er mir zeigen wollte, so nah an mich heran, daß ich schielen mußte. In seinen beiden Handflächen glänzte ein großer Goldklumpen.

»Das ist Gold, Kamerad!« sagte er. »Gold!«

Und indem er seine Maske vom Gesicht zog, zeigte er auf die Steinmauern.

»Das da. Das habe ich alles aus dem Fluß geholt, um besser ranzukommen. Schönes Stück Arbeit, was?«

Er betrachtete voller Stolz sein Werk – Tausende von Steinen, die er geduldig gesammelt und aufgetürmt hatte.

»Jetzt gibt es nur noch die Goldklumpen. Jetzt muß man nur noch reintauchen und sich bedienen. Da, nimm, Kamerad!«

Und er drückte mir einen Goldklumpen in die Hand.

»Nimm! Nimm! Ich geb' ihn dir!«

Er war begeistert über mein überraschtes, ungläubiges Gesicht, begeistert von seiner eigenen Großzügigkeit. Seine kleinen, haselnußbraunen Augen glänzten.

»He, he! Los, Kleiner, komm, ich geb' einen aus!«

Er zog mich in Richtung Bar. Unterwegs sah ich mir den Goldklumpen an. Er hatte die Form eines Hinterns, oder eines Herzens, je nachdem, wie man ihn hielt. Ich fragte mich, ob ich ihn behalten oder verkaufen sollte. Alles hing von seinem Wert ab. Heutzutage war es vielleicht interessanter, eine Kreditkarte zu finden als einen Goldklumpen. Ich steckte ihn in meine Tasche.

Die dunkle Bar, die ganz aus Holz war, hatte etwas von einem Saloon. Als wir eintraten, drehten sich die vier Säufer am Tresen gleichzeitig nach uns um, alle mit der gleichen langsamen Kopfbewegung, ohne auch nur zu zwinkern, und ohne ihren restlichen Körper aus seiner starren Haltung zu lösen. Es waren ein kleiner alter Mann, der ein verschlagenes Gesicht hatte, eine Bohnenstange mit dümmlichem Grinsen und zwei mittelgroße Männer mit roten Köpfen, die kräftig gebaut, etwa dreißig bis fünfunddreißig Jahre alt waren und sich wie Brüder glichen.

»Ich geb' einen aus«, wiederholte mein Goldsucher dem Barkeeper, einem großen Mann mit Schnurrbart und Pferdeschwanz, der sechs Biergläser auf dem Tresen aufbaute.

Von nun an gab jeder reihum eine Runde aus. An der Decke wälzte ein riesiger Ventilator die stickige Luft um, während die Männer sich ihre letzten Goldsucher-Abenteuer erzählten oder für mich alte Geschichten hervorholten, die alle schon kannten und in denen es um Goldadern ging, von denen eine phantastischer war als die andere, und um Reichtümer, die innerhalb weniger Tage gewonnen und wieder zerronnen waren.

Mein »Freund« machte ihnen weis, daß ich vor seinen Augen einen Goldklumpen gefunden hätte, einfach so, durch Zufall, ich hätte mich nur gebückt, und er forderte mich auf, ihn ihnen zu zeigen, wobei er behauptete – und das tat er mit einer mysteriösen Selbstgefälligkeit –, er hätte noch nie einen Typen mit so viel Glück getroffen wie mich. Die anderen betrachteten meinen Schatz, wobei sie sichtlich beeindruckt die Köpfe hin und her wiegten. Da ich eine Art Held geworden war, lud ich zu einer neuen Runde ein.

Ich hatte bestimmt schon literweise Bier in mich hineingeschüttet, doch es war immer noch genauso heiß. Das Gespräch wurde immer verworrener, und mein Hemd klebte mir auf der Haut. Ich erkundigte mich nach dem Weg zu den Toiletten. Man zeigte mir einen Gang am Ende des Raumes.

Er war nur durch das schwach flackernde Licht eines Schildes am anderen Ende erleuchtet, das auf die Toiletten hinwies. Ich ging, durch das Bier ein wenig schwankend, darauf zu. Als ich mich gegen die Wand stützen wollte, um leichter meinen Weg zu finden, bemerkte ich, daß meine Hände auf beiden Seiten nur Gitter berührten.

Gleichzeitig wurde mir bewußt, daß sich hinter diesen Gittern etwas ereignete, denn ich hörte plötzlich reibende und keuchende Geräusche. Zuerst hatte ich das Gefühl, mich in dem engen Gang einer Zirkusmenagerie zu befinden, zwischen den Käfigen der Affen und wilden Tiere. Aber mein Gehirn war zu vernebelt, als daß ich mir weitere Fragen gestellt hätte, und mein dringendstes Anliegen bestand darin, die Toiletten zu erreichen, um dort endlich diese unmäßige Flüssigkeitsmenge, die wie ein unruhiges Meer durch meinen Körper wogte, herauszubefördern.

Als ich wieder zur Bar zurückging, hörte ich, daß man mich aus den Käfigen heraus von allen Seiten anrief. Es waren wispernde Stimmen, die jedoch nicht denen der Schatten im Gang glichen, die mich immer beim Namen nannten, während diese hier sich der Sprache der Prostituierten bedienten, wie »Kommst du, Liebster?« und anderer süßer Worte. Obwohl ich noch betrunken war, begriff ich alles: In diesem Dorf, das nur aus ein paar Hütten primitiver Goldsucher bestand, gab es dennoch eine Bank, die zwar klein, jedoch über moderne Kommunikationsmittel mit den Banken und Börsenplätzen der ganzen Welt verbunden war, eine Bar, wo Bier und Schnaps in Strömen flossen, und einen Puff.

Ich lehnte mich gegen die Gitter eines Käfigs, um irgend etwas im Inneren erkennen zu können, worauf die Tür von selbst aufging. Am Ende des Raumes sah ich auf der rechten Seite ein Bett, auf dem sich die sinnlichen Umrisse einer jungen nackten Frau erkennen ließen, die mir den Rücken zuwandte.

»Komm, o bitte, komm schnell«, flüsterte sie mehrmals mit einer vor Lust brennenden Stimme.

Ich entledigte mich meiner Kleider, die ich auf den Boden fallen ließ, und gesellte mich zu ihr auf das Bett. Sie wandte mir weiter den Rücken zu, doch ihr herrliches Gesäß war so wohlgeformt, daß ich gar nicht auf die Idee kam, mich über ihre Position zu beschweren, sondern sie an den Hinterbacken packte und mit meinem Schwanz dazwischenstieß, wo er wie von allein in sie hineinglitt, denn das Mädchen war so erregt, daß sie eine glitschige Salbe zwischen den Beinen zu haben schien. Sie ließ es mit sich geschehen, ohne ein Wort zu sagen.

Sie hatte eine weiche Haut und einen geschmeidigen Körper und war erstaunlich gefügig; ihre Vagina war so elastisch, daß sie einem den Penis gleichzeitig aussaugte und massierte, als würden ein erfahrener Mund und eine geübte

Hand gemeinsam ihr Talent entfalten. Wegen des Alkohols mußte ich mich recht lange betätigen, bis ich spürte, wie langsam die Erregung hochstieg und ich mich in dem Mädchen ergoß. Ich schlief sofort ein, wobei ich sie fest in meine Arme nahm, ohne mich aus ihr zurückzuziehen.

Erst als ich aufwachte, wurde mir bewußt, daß ich eine aufblasbare Puppe gevögelt hatte, deren lüsterne Rufe aus einem kleinen Kassettenrecorder drangen, der auf dem Nachttischchen stand. Jetzt, wo meine Augen sich an die Dunkelheit gewöhnt hatten, betrachtete ich sie mir genau von allen Seiten. Sie hatte verdammt tolle Kurven, besaß ein Paar schöner, spitzer Brüste und ein niedliches Gesicht mit großen, flehenden Augen und einem fleischigen Mund, der gerade ausreichend geöffnet war, um einen Schwanz darin in Empfang zu nehmen.

»Da hast du mich also angelogen, du kleines Miststück«, sagte ich zu ihr.

Und um sie zu bestrafen, stellte ich mich mit gespreizten Beinen über sie und pinkelte ihr ins Gesicht. Dann packte ich sie bei den Haaren und steckte ihr meinen Kolben in den Gummimund.

»Na, was sagst du dazu?«

Sie sagte nichts dazu, aber man hätte meinen können, zwischen den Lippen befände sich ein Saugnapf. Ich ließ ihren Kopf vor- und zurückschnellen, indem ich sie an den Haaren festhielt; ihre großen starren Augen sahen mich immer erstaunter an, und sie saugte mit der Wirksamkeit einer Orgasmusmaschine an meinem Klöppel, während ich die Situation nutzte, um sie mit Beschimpfungen und Obszönitäten zu überschütten. All diese Schweinereien, mit denen ich mich an der Täuschung rächte, die mir widerfahren war, stiegen mir zu Kopf. Ich begann, ihren Hals zwischen meinen beiden Händen zusammenzuquetschen, wobei ich mit aller Kraft meine Daumen zusammendrückte, und genau in dem Moment, als der Latex unter dem Druck zerplatzte, ejakulierte ich.

Auf allen vieren durch den Käfig rutschend, suchte ich nach meinen Kleidern. Doch sie waren verschwunden. Ich fand nur ein winziges Höschen aus Leopardenimitat, ein lächerliches Teil, das ich trotzdem anzog, da ich nichts Besseres hatte.

Die Bar war offensichtlich geschlossen. Sie war leer, und die Tür war von innen verriegelt. Ich war fast erleichtert darüber, denn ich legte keinerlei Wert darauf, mich in diesem Aufzug zu zeigen. Ich sah durch die Scheibe nach draußen. Auch keine Menschenseele. Außer einem kleinen alten Mann, der im Schatten auf dem Boden kauerte. Sehr gut. Ich öffnete die Tür, trat hinaus und ging auf ihn zu.

Sobald er mich sah, prustete er los, schlug sich auf die Schenkel, zeigte mit dem Finger auf mich und brach in ein idiotisches Gelächter aus, in das sich ein heftiger Schluckauf mischte. Ich hätte ihn gerne mit einem Fausthieb zum Schweigen gebracht, doch er war wirklich zu schwächlich.

»Wo sind meine Klamotten?« fragte ich ihn in ziemlich drohendem Tonfall, damit er mir auch ja antwortete.

Immer noch von seinem Schluckauf geschüttelt, zeigte er mit dem Finger auf eine Baumspitze. Als ich auf den mächtigen Stamm zuging, sah ich, daß meine Kleider auf einem dicken Ast abgelegt worden waren, sorgsam gefaltet, die Schuhe obenauf. Zum Glück hing von demselben Ast eine stabile Liane herunter.

Ich begann, mich wie an einem Kletterseil daran hochzuziehen. Der Ast war mehrere Meter vom Boden entfernt. Jedesmal, wenn ich meinen Körper ausstreckte, um mich weiter hochzuziehen, rieb sich mein Geschlecht, das frei unter dem Stückchen Stoff baumelte, welches eigentlich meine Scham schützen sollte, sanft an der Liane. Als ich am Ziel angekommen war, hatte ich einen Ständer und bedauerte fast, daß die Reise schon beendet war.

Dieser Baum hatte etwas Eigenartiges. Es war nämlich eigentlich ein künstlicher Baum, ein Zierbaum. Das Holz, die Rinde, die Blätter, die Lianen, alles war nachgemacht. Ich blickte zu den anderen Bäumen im Dschungel hoch, um zu sehen, ob sie genauso unecht waren wie meiner. Da erst sah ich, daß in den Ästen eines Nachbarbaumes ganz entspannt ein wunderbares Wesen aus Fleisch und Blut saß, eine wunderschöne Frau, die nur mit einem Höschen bekleidet war, das meinem glich. Meinem Höschen, das sie wie gebannt anstarrte, wobei sie mit der Zunge über ihre Lippen fuhr.

Ich senkte meinen Blick auf den Gegenstand ihrer Neugier und Begierde und sah, daß mein durch die Liane steif gewordener Schwanz, der noch steifer war, seit ich dieses nackte Pin-up-Girl erblickt hatte, das Stück Stoff so weit hochgeschoben hatte, daß die Eichel heraussah.

Ich sah wieder zu dem Mädchen hinüber, das sich nach wie vor für nichts anderes als meine Männlichkeit interessierte, und zwar so sehr, daß sie jetzt sogar ihre Brüste massierte und dann mit den Händen über ihren Bauch und ihre Schenkel glitt, um schließlich weit die Beine zu spreizen, ihren Schurz zu lüften und sich leidenschaftlich zu streicheln, den Blick immer noch auf meinen Schwanz geheftet, der steifer war als je zuvor.

Ich griff nach einer Liane und schwang mich daran wie an einem Pendel in ihre Richtung, ohne den Blick von ihr abzuwenden. Der Anblick, den sie mir bot, und die Berührung mit der Liane führten fast dazu, daß ich bereits in vollem Flug kam. Doch es gelang mir, mich zu beherrschen, und ich traf genau in dem Moment bei ihr ein, als sie selbst zum Orgasmus kam. Während sie sich ihrer Wonne hingab, preßte ich meinen Schwanz auf ihren Bauch, und es durchzuckte sie noch heftiger. Dann drang ich in sie ein, indem ich ihre herrlichen Beine über meine Schultern legte.

Mein Naturkind hatte platinblonde Haare, die in eine tadellose Wasserwelle gelegt waren, Augen, die durch die raffinierte Schminke größer wirkten, rot bemalte Lippen, perfekt enthaarte Beine, Achselhöhlen und Geschlechtsteile, zwanzig lackierte Nägel und eine Haut, die den Duft eines luxuriösen Parfüms verströmte. Die heller gebliebenen Stellen in Form eines Bikinis hoben die wenigen Teile ihres Körpers hervor, die sie am Strand aus Gründen der Schicklichkeit normalerweise nicht zur Schau stellte. Sie begann wieder, sich schreiend aufzubäumen, und ich bemühte mich, die Szene möglichst lange andauern zu lassen, denn die Komödie der Wollust, die sie darbot, war von einer solchen

Intensität, daß man sofort Lust bekam, das Ganze noch einmal zu erleben.

Nach einer Weile meinte ich, sie genug von vorne gesehen zu haben, ließ sie sich umdrehen und nahm sie von hinten. Sie klammerte sich an die Äste und ließ in wildem Rhythmus ihren Unterleib tanzen, wobei sie miaute und brüllte und ihre lackierte Mähne hin und her schüttelte. Das war zu viel für mich.

Ich war kurz davor, zusammen mit ihr zu kommen, als plötzlich ein behaartes gelbes Monster mit schwarzen Tupfen vom Himmel zu fallen schien und sie mir entriß. Ehe ich irgend etwas begreifen konnte, hatte sie sich mit einem Freudenschrei an es geklammert, und mit wenigen Sprüngen hatte es sie in die Wipfel des Nachbarbaumes entführt.

Ich war allein, mein geschwollenes, schmerzhaft im Stich gelassenes Geschlecht hing in der Luft. Dort oben bebte meine Jane vor Freude, während sie sich mit dem Schwanz des Marsupilami vergnügte, denn er war es tatsächlich (ich hatte ihn an seinem Siegesruf erkannt, diesem unverkennbaren »houba, houba«, mit dem er mich verhöhnte). Jetzt war ich natürlich aus dem Rennen. Mit seinem Schwanz konnte er sie auf unschlagbare Weise befriedigen, zum Beispiel indem er in sie eindrang und sie dabei gleichzeitig fesselte. Sie wand sich vor Wollust.

So gab ich mich damit zufrieden, den Voyeur zu spielen. Rittlings auf einem Ast sitzend, machte ich es mir, während ich die beiden beobachtete.

Mein Sperma schoß wie eine Fontäne heraus und tropfte von Ast zu Ast, von Blatt zu Blatt, bis auf den Boden, wo es die Erde befruchtete.

Ich kehrte auf meinen Baum zurück, streifte den Schurz ab, zog meine Kleider an und ließ mich an der Liane wieder hinab. Als ich unten war, suchte ich den Goldklumpen in meiner Tasche. Er war immer noch da. Und wie schön er war! Ich drehte ihn gerührt zwischen meinen Fingern. Dann sah ich zu den Hütten hinüber und versuchte, zwischen den Zweigen die Ufer des Flüßchens zu entdecken. Ich wollte mich doch von dem, der sich so großzügig mir gegenüber gezeigt hatte, verabschieden, selbst wenn ich nicht das geringste Verlangen hatte, die anderen wiederzusehen.

Ich ging auf den Fluß zu, die Hände in den Taschen und den Goldklumpen in der Faust, als ich plötzlich spürte, wie der Klumpen durch die Wärme meiner Hand weich wurde und sich verformte. Ich wagte kaum, es mir anzusehen. Als ich dann doch meine Hand öffnete, war sie braun verschmiert, was von einer dunkelbraunen Masse herrührte, die durch das zerrissene Goldpapier quoll.

Ich warf den Schokoladenklumpen auf den Boden ins künstliche Gras, leckte meine Handfläche ab, um sie zu säubern, und kehrte an den Ort zurück, wo ich hereingekommen war, zu der Tür am Ende des Dekors, die mich wieder den dunklen Gängen zuführte, wo sich mir zwei neue Türen anboten.

Klaus Kinski

Jet-Sex

Flavio, der Kostümbildner des Films, ist ein Homo und hat sich für den endlosen Flug auf dem Sitz rechts neben mir einquartiert. Die Zeichen *No Smoking* und *Fasten Seat belts* sind noch nicht einmal verloschen, da faßt er mir schon auf den Oberschenkel. Ich will ihn nicht brüskieren, denn er ist sehr nett, aber mir ist ohnehin heiß und übel, und ich kann seine dicke, dampfende Pfote, die mindestens ein Kilo wiegt, nicht bis Karachi auf meinem Schenkel liegen lassen. Außerdem würde es dabei nicht bleiben.

Ich stehe auf, so oft ich kann, und fasse bald eine schlanke, aber großärschige pakistanische Stewardeß ins Auge. Ich sehe ihr jedesmal, wenn ich an der Bordküche vorbei aufs Klo gehe, aufdringlich in die riesigen kohlschwarzen Augen, verfolge von meinem Platz aus jede ihrer Bewegungen, rufe sie durch das Lichtsignal über mir, so oft mir irgend etwas einfällt, was ich zum Vorwand nehmen könnte, und spreche leise, damit sie sich zu mir herunterbeugen muß.

Ich lasse meinen Arm über die Lehne in den schmalen Kabinengang hängen und streife wie zufällig ihre Beine, wenn sie an mir vorbeigeht. Wenn ich sie am Ende des Ganges entdecke, stehe ich auf, um ihr möglichst da zu begegnen, wo sie nicht in eine Sitzreihe treten kann, um mir auszuweichen, und sie sich an mir vorbeizwängen muß. Mit einem Wort, sie hat keine ruhige Minute mehr und ist sich sicher im klaren, was ich von ihr will, noch bevor die Maschine in Karachi landet. Ich weiß nicht, ob sie deswegen lächelt oder ob es einfach zu ihrem Charme gehört. Jedenfalls lächelt sie um so verlockender, je aufdringlicher ich werde.

Nacht. Alle schlafen. Haben die schwarzen Augenbinden auf den Augen und die Nachtschuhe angezogen. Die Kabinenbeleuchtung ist auf ein Minimum von Notlichtern abgeblendet. Flavio hat das Tatschen aufgegeben und schnarcht in seinem unbequemen Sitz. Und auch die Stewardessen sind, bis auf eine, in tiefen Schlaf gesunken. Bis auf eine. Und diese eine ist meine. Aber ich kann sie nicht finden. Ich gehe immer wieder die Sitzreihen ab und beuge mich über die schlafenden Stewardessen, die ihre Gesichter halb abgewandt haben, damit ich auf keinen Fall die falsche wecke – aber meine ist nicht unter den Schlafenden. Der Gang ist leer. Sie kann also nur im Cockpit oder auf einer Toilette sein. Also zuerst die Toiletten. Die zwei gegenüberliegenden Heck-Toiletten sind frei.

Ich ziehe mir die Schuhe aus, um kein Geräusch zu machen, und schwanke den langen Gang entlang, an dessen Ende sich, vor dem Cockpit, die beiden anderen Doppeltoiletten befinden. Die rechte ist frei. Auf der Tür der linken verschiebt sich das Plättchen *Occupied* auf *Vacant*. Aber die Tür geht immer noch nicht auf. Ich weiß nicht, was mir in diesen Sekunden, oder vielleicht sind es nur zehntel, nur hundertstel Sekunden, durchs Gehirn schießt. Ich bete zu allen pakistanischen und indischen Göttern und – öffne die Tür. Gleichzeitig mit der sich öffnenden Tür dränge ich mich in die Toilette. Und bevor die Stewardeß sich zu mir umwenden kann, schnappt die Tür hinter mir ins Schloß, und ich schiebe den kleinen Riegel vor. Jetzt steht an der Tür wieder *Occupied*.

Sie scheint nicht besonders überrascht zu sein. Sie zittert nur etwas und sieht mir tief in die Augen, was bei den indischen Augen schon einem Beischlaf gleichkommt. Durch eine Bö, die das Flugzeug auf die linke Tragfläche legt, werden unsere Körper fest gegeneinander gepreßt, und ich komme fast auf sie zu liegen.

Der bestialische Uringestank in dem engen Klo, in dem es ein einzelner kaum länger als fünf Minuten aushalten kann, betäubt mich fast.

Es ist nicht einfach, sie auszuziehen. Die Stewardessen der *Pia* tragen über einer weiten Hose eine Art Kleid, das ihnen bis über die Schenkel reicht. Sie kennt sich besser aus, wie man das aufmacht, löst den Hosenbund und steigt aus den Hosen, die ihr bis auf die Schuhe herunterfallen. Dann beugt sie sich mit dem Oberkörper übers Klo, greift über ihre Schulter und zieht sich dabei den Reißverschluß des Kleides auf. Ich helfe nach, sie richtet sich auf, ich streife das Kleid hoch, bis sie es mit gekreuzten Armen fassen kann, sie beugt sich wieder tief zum Klo herunter und zieht es sich mit einer einzigen geschmeidigen, aber ungeduldigen Bewegung über den Kopf, während ich ihr die Schlüpfer runterziehe, aus denen sie nur noch herauszusteigen braucht. Jetzt hilft sie mir, mich selbst auszuziehen, wobei ihre dunklen schweren Brüste mit dem dunklen großen Warzenhof, ihr dunkler Unterleib und der Geruch ihrer noch dunkleren Scham mir den letzten Rest von Beherrschung nehmen.

Ich trample auf meinen Hosen herum, reiße mir das zugeknöpfte Hemd vom Leib, daß die Knöpfe mit dem Geräusch verspritzter Erbsen gegen das stählerne Waschbecken und in die stählerne Klosettschale fliegen. Ihr dunkler Körper wird durch eine neue Bö, die das Flugzeug auf die rechte Tragfläche neigt, auf meinen gegen die Toilettentür gepreßten Körper geworfen.

Meine Wurzel ist so steif, daß der Aufprall ihres Körpers mir weh tut. Sie reagiert schneller, als ich aufstöhnen kann, indem sie nicht, wie es natürlich wäre, sich an meine Brust oder an meine Schultern klammert, sondern sie hat ihre Hände an meinem Schwanz und an meinen Hoden, um sie vor einem weiteren Zusammenprall zu schützen. Das Flugzeug richtet sich wieder auf, und Buddha beginnt ...

Ich kann von der Adresse in Karachi keinen Gebrauch machen, die sie mir fein säuberlich in Blockschrift aufgeschrieben hat, als sie mir und Flavio das Frühstückstablett reicht. In Karachi haben wir nur zwei Stunden Aufenthalt, steigen in ein zweimotoriges Flugzeug um und werden acht Stunden lang durch die Vorläufer des Himalaja geschaukelt, bis wir über dem ersten Drehort eintreffen. Zwei weitere Stunden kann das Flugzeug nicht landen, weil direkt über dem Flugplatz ein Zyklon tobt. Immer wieder versucht der Pilot, im Sturzflug aus dem Sog herauszukommen. Als wir endlich zur Landung ansetzen, ist die Maschine von allen Passagieren von oben bis unten vollgekotzt. Das Flugzeug hat keine Klimaanlage, und man muß schon einen total leeren Magen haben wie ich, um nicht dazuzukotzen.

Ich beeile mich wie immer, so schnell ich kann, die anderen loszuwerden, und lasse mich vor dem Hotel, nachdem ich meine Koffer in mein Zimmer gepfeffert habe, von einem Taxichauffeur anquatschen. Ich weiß, was er will, und sage nur »show me the way«.

Der italienische Arzt, der die Truppe betreut, hatte mir ein Röhrchen in die Hand gedrückt und mir strengstens aufgetragen, täglich eine Tablette zu schlucken. Gegen Cholera. Vor unserer Ankunft hatte eine Epidemie gewütet und fünftausend Tote gefordert. Ich nehme eine Tablette in den Mund und schlucke sie mit etwas Speichel herunter. Der letzten Pockenepidemie waren zehntausend Menschen zum Opfer gefallen. Aber obwohl die Impfung einen nicht unbedingt vor Ansteckung schützen muß, habe ich jetzt andere Sorgen. Wichtigere.

Dieser Taxifahrer wird mich zu einer Hure bringen. Es geht über ungepflasterte, lehmige Straßen und Wege, durch kraterartige Löcher, Gräben und Erdrinnen. Der vor Dreck starrende, uralte amerikanische Buick, auf dessen plastiküberzogenen Sitzen man ganz einfach kleben bleibt, wenn man die Hand aufstützt, wirft mich von einer Seite auf die andere. Und als weit und breit keine Häuser mehr zu sehen sind und auch keine Autos, sondern nur eine Kamel-Karawane, über der Hunderte von Adlern kreisen, und der rote Sonnenball in den grünen Gletschern der Himalajakette zerbricht, frage ich den Taxifahrer, warum wir uns denn so weit entfernen müssen, um eine Hure zu finden.

»Special«, sagt er, wobei er in den Rückspiegel grinst und ein ungeheurer Goldzahn zum Vorschein kommt. Er steuert auf ein einzeln stehendes halbfertiges Backsteinhaus zu.

»I waiting«, sagt der Goldzahn, nachdem die Kiste endlich angekommen ist, und ich hoffe, daß ich für die nächsten Stunden ausgelitten habe. Ich ziehe die frische Abendluft tief in meine Lungen. Diese Luft ist wirklich einmalig. Ich versorge mich schnell noch mit ein paar tiefen Zügen, denn in dem Backsteinklotz wird eine Tür geöffnet, und eine junge Riesin erscheint gebückt im Türrahmen. Sie muß sich bücken, denn sie ist wirklich eine Riesin!

Sie ist mindestens zwei Meter groß und so breit wie ein Schwergewichtler. Ihre steifen waagrechten Titten sind so groß wie Kuheuter. Ihre Arme so stark wie meine Schenkel. Ihre Hände könnten mich mit Leichtigkeit erwürgen. Ihre merkwürdigerweise dunkelblonden Haare, die ihr bis in die Poritze reichen, sind zu einem Zopf geflochten, der den Umfang einer Pythonschlange hat. Pobacken und Hüften sind die einer jungen Stute. Ihre Schenkel kann ich nur mit beiden Armen wie einen Stamm umfassen. Ihre Schuhgröße muß sechzig sein. Ihre Scham ist so groß wie mein Kopf.

Das alles ist aufs genaueste proportioniert und paßt in vollendeter Harmonie zueinander. Wie bei einer überdimensionalen atemberaubenden Statue von Maillol. Sie ist eben eine Riesin.

Ihre Haut ist gebräunt, aber nicht dunkel und so gesund und straff wie bei einem Bauernmädchen. Auch ihr Gesicht ist bäuerlich, aber nicht grob, sondern wunderschön. Weder ihr Leib noch ihr Gesicht deuten darauf hin, daß sie eine Prostituierte ist. Ihr Ausdruck ist verträumt, naiv. Sie lächelt schüchtern. Der Goldzahn hat recht, sie ist »special«.

Ihre Liebkosungen haben nichts Berechnendes. Sie hat nicht die geringste Eile. Als wäre die Zeit stehengeblieben. Als gäbe es überhaupt keine Zeit, sondern nur Liebe.

Jetzt weiß ich es. Ich bin nicht in ihr Land gekommen, um irgendeinen lächerlichen Film zu drehen und nebenher in jeder freien Minute meinen Samen loszuwerden, sondern mich dieser Riesin der Liebe hinzugeben und mich von ihr schwächen zu lassen bis auf den letzten Tropfen Kraft, der in mir ist. Ihre indischen Augen fiebern vor Sinnlichkeit. Aber sie wartet geduldig und sanft, bis sie weiß, was ich mir wünsche. Wir verständigen uns durch Lächeln, durch Nicken oder Kopfschütteln, durch den leichten Druck meiner Glieder und durch meine Hände, mit denen ich ihr andeute, welche Stellungen ich will. Sie bewegt sich leicht und ist darauf bedacht, ihr Körpergewicht so zu verteilen, daß sie mich nicht erdrückt.

Zuerst liegen wir uns gegenüber. Ich fresse an ihren Titten. An ihrer Zunge. Zerküsse ihre Lippen, klappe sie auf, stülpe sie nach oben und unten und lecke die gewaltigen schneeweißen scharfen Zähne, an denen ich mir mein Gesicht, meine Gurgel und meinen Körper aufschürfe. Ich lecke ihre Pranken, jeden einzelnen Finger. Ihre Füße, die Zehen.

Sie legt sich auf die Seite, hebt einen Schenkel, und ich tobe auf ihr herum. Ihr Loch ist keineswegs so riesenhaft, wie ich nach ihren Dimensionen angenommen habe. Ihre Muskeln schließen sich fest um mich zusammen.

Nachdem ich mich bis zur Erschöpfung ergossen habe und sie zu unzähligen Orgasmen gekommen ist, während derer sie Worte in ihrer Muttersprache betet und dankbar und liebevoll lächelt, tauche ich mein ganzes Gesicht in ihre verströmende Frucht, die sie mir wie eine überlaufende Schale hinhält, und saufe mich satt.

Als sie mich genährt hat und ich wieder bei Kräften bin, stehe ich vom Bett auf und mache ihr Zeichen, vor den Spiegel zu treten. Durch ein leichtes Berühren ihrer Innenschenkel mache ich ihr klar, daß sie sich breitbeinig hinstellen soll. Ich tippe ihr an die Schulter, und sie begreift, daß sie sich weit vornüber zu beugen hat. Den Arsch streckt sie von selber aus und stützt ihre Arme mit ihren Händen auf ihre Oberschenkel wie beim *Bockspringen*. Nur, daß sie das Kreuz schön hohl macht.

Der Rücken der Riesin ist trotz der gebückten Stellung so hoch wie ein Vollblüter. Jetzt kommt es mir zugute, daß ich bei den Kosaken gelernt habe, ohne Steigbügel und Sattel auf ein Pferd zu springen, indem man nur die Mähne packt. Ich packe den Zopf der Riesin, und mit einem Satz bin ich oben. Die Riesin hat sich überhaupt nicht bewegt. Ich darf jetzt auf keinen Fall ins Rutschen kommen, denn meine gespreizten Beine, die sich rechts und links mühsam um die Hüften der Riesin klammern, befinden sich hoch über dem Boden. Würde ich heruntergleiten, müßte ich den Aufsprung jedesmal wiederholen.

Ich halte mich mit einer Hand an ihrem starken Zopf und reite sie wie ein Jockey. Sie zittert. Ihre Flanken beben wie bei einem Rassepferd. Nicht weil ich auf ihr reite, sondern weil sie so starke Orgasmen hat. Ich liege flach auf ihrem Rücken.

Es geht um den Endspurt. Nur mein Hintern arbeitet in rasenden Bewegungen. Ziel! Ich beiße in ihren Zopf und zittere auf ihrem zitternden Rücken. Ich bin auf ihrem Rücken eingeschlafen. Als ich die Augen aufschlage, hat sie ihre Stellung nicht verändert und steht noch gebückt vor dem Spiegel. Noch einmal galoppieren wir die Rennstrecke ab – dann gleite ich von ihrem Rücken auf den Boden.

Die Bezahlung erledige ich mit dem Taxifahrer. Aber als der alte Buick, auf dessen vor Dreck starrenden plastiküberzogenen Sitzen man kleben bleibt, wenn man die Hand aufstützt, sich bei aufgehender Sonne über Gräben, verkrustete Erdrinnen und kraterartige Löcher holpernd von den fahl aus dem Himmel schimmernden übereinandergetürmten Diamanten der Himalajagletscher entfernt, Hunderte von Adlern über uns kreisen und uns eine Kamelkarawane entgegenkommt – winkt mir aus dem Backsteinblock eine Riesenhand nach.

Die Dreharbeiten sind unbeschreiblich. Ich soll einen fanatischen indischen Anführer darstellen, der die Bevölkerung gegen Engländer aufputscht. Aus diesem Grunde werde ich von einem Maskenbildner, oder wie man das nennt, mit einer schokoladenfarbigen Lösung angemalt, und mir wird ein Weihnachtsmannbart angeklebt. Die Prozedur dauert jeden Morgen vier Stunden. Danach zieht mir Flavio ein weißes Engelshemd auf den nackten Leib, das mich wie fleischfressende Ameisen peinigt. Was Flavio veranlaßt, mir an alle Körperteile zwischen Haut und Stoff zu greifen. Dann bindet er mir einen goldenen Gürtel um. Den Turban wickelt er auch, was bei den Indern ein mitleidiges Kopfschütteln hervorruft.

Da ich meine Rolle nicht gelesen habe, weil mir keiner ein Drehbuch gegeben hat, und sie mir auch niemand erklärt und weil ich den nur italienisch sprechenden, ewig schreienden Regisseur nicht verstehe, versuche ich, mich nur gegen die Staubwolken zu schützen, in die wir von morgens bis abends eingehüllt sind. Die höllische Hitze verbrennt einem die Eingeweide. Zu trinken gibt es nur abgekochtes Wasser. Abgekocht wegen Pestgefahr. Zu essen gibt es ein Paket, das in schmutzig-weißes, fettiges Papier eingewickelt ist. Was darin ist, will ich gar nicht wissen, denn die Lunchpakete werden in unserem Hotel gepackt. Ich öffne es nie. Öffnet es einer, so ist es, bevor man sich versieht, schwarz. Von Fliegen. Von Hunderten, Tausenden und Abertausenden von Fliegen. Es bleibt ihm nichts übrig, als das Paket weit von sich zu schleudern. Am besten, man nimmt es gar nicht in Empfang.

Im Hotel kann ich keine Ruhe finden. Erstens, weil ich vor Hitze weder atmen noch schlafen, ja mich nicht einmal in meinem Zimmer aufhalten kann, da selbst der Ventilator an der Zimmerdecke nur einen ohrenbetäubenden Lärm, aber keinen Wind erzeugt, und zweitens und hauptsächlich, weil ich an die Riesin denken muß.

Ich finde den Taxichauffeur nicht, der mich zu ihr gefahren hatte. Ich erinnere mich nicht mal an sein Gesicht. Der Goldzahn ist kein Anhaltspunkt, auch die anderen Taxifahrer haben Goldzähne. Ich frage sie nach der Riesin, aber niemand kennt eine Frau, die so groß sein soll, wie ich sie beschreibe.

Mein Blut kocht, ich habe keine Wahl. Ich lasse mich dahin verfrachten, wohin die Taxis mit mir fahren. In leerstehende, vollgeschmierte, vollgespuckte, vollgepißte, vollgeschissene Häuser, in die mir pockennarbige Mädchen aus Bordells gebracht werden. In labyrinthartigen Gehöften hinter hohen Mauern, in die man mich einschließt, damit ich ja nicht ohne zu bezahlen das Weite suche und wo ich mich im Dunkeln durch niedrige Lehmhütten taste und über nackten, auf dem Boden liegenden Frauenkörpern zu Fall komme. Ich wüte auf ihnen, ohne sie jemals zu Gesicht zu bekommen. Aber selbst diese lebensgefährliche Hurerei, bei der ich mir nicht einmal einen Tripper hole, geschweige die Cholera oder die Pest, kann mich nicht über die Riesin hinwegtrösten.

Bei den letzten Aufnahmen, die wir in Rom in irgendwelchen Katakomben drehen, habe ich die Riesin noch immer nicht vergessen. Ich muß die Szene wiederholen, in der ich das indische Volk aufputsche, ich hatte den Text bis zum Erbrechen in einem indischen Tempel geschrien, ohne zu wissen, was ich rede. Diesmal steht die Kamera weit entfernt. Der Regisseur will nur meine wilden Bewegungen und sagt, daß ich schreien könne, was ich wollte. Ich schreie:

»Man schlag dem ganzen Lumpenpack das Maul mit einem Hammer kurz und klein! Laßt mich zu meiner Riesin!«

Die römischen Huren machen es einem leicht. Sie tragen die Röcke so kurz, daß man schon auf der Straße ihre Pobacken und ihre Pflaume sehen kann. Man braucht also nur auszuwählen. Ficken tun sie völlig verschieden. Manche, die richtigen Professionellen, sind abgebrüht und rotzfrech wie Straßenjungen, ficken nur mit Präservativ, wollen sich nicht im geringsten anstrengen und werden ungeduldig, wenn man nicht sofort spritzt. Wer noch mal spritzen will, muß noch mal zahlen. Andere sind das krasse Gegenteil. Sie ficken, weil sie geil sind, ohne Präservativ und so oft wie man will, und haben selbst nach zwanzig Männern nicht genug. Sie rechnen nicht nach Zeit und sind mit dem zufrieden, was man ihnen gibt. Wieder andere, das sind die jüngsten und meistens Anfängerinnen, kommen frisch aus der Provinz, wo sie von ihrem Freund sitzengelassen wurden oder von zu Hause weggerannt sind oder tun es, um sich in der fremden großen Stadt durchzuschlagen. Eine weint, als ich in sie eindringe. Ich küsse ihr die Tränen aus den Augen und ergieße mich mehrmals besonders stark.

Ich bin noch nicht wieder zwei Tage in Berlin, da ruft Constantin an: »Sie müssen am Wochenende nach Mexiko, einen Rennfahrerfilm drehen ...«

»Das ist ja großartig«, rufe ich in die Muschel. »Ich kaufe mir noch heute ein spanisches Lexikon.«

Das war gestern. Heute ruft Constantin wieder an: »Der Film in Mexiko wird vorläufig nicht gedreht. Sie müssen in zwei Tagen nach Madrid, einen Western drehen.«

Ich habe ja schon gesagt, daß ich ein Vertreter bin, also reise ich nach Madrid.

Am ersten Drehtag weigere ich mich, einen verlausten Cowboyhut aufzusetzen, dessen Schweißband durchgefault ist. Die können ihre Lumpen schließlich in die Reinigung geben. Der spanische Regisseur flippt aus und will mich zwingen, den faulen Cowboyhut zu tragen.

»Du kommst auch noch mal auf meinem Lokus Wasser trinken«, sage ich diesem Künstler und reise ab.

Schade. Ich hatte mich mit Anita Ekberg so gut verstanden.

Aber so glatt geht das nicht ab. Ein Verleih-Vertrag ist so etwas Ähnliches wie ein Vertrag mit der Mafia. Man kann sich nicht so mir nichts dir nichts seiner Aufträge entziehen. Maulen gilt nicht. Und so werde ich strafversetzt zu einem Film nach Prag.

Rita Mae Brown

Göttliche Spiele

Venus hielt in Sanssouci für Merkur ein Zimmer bereit. Er konnte nicht existieren ohne ein Fernsehgerät mit großem Bildschirm, auf dem er jeden Sender auf der Welt empfangen und das er auch dazu benutzen konnte, sich Einblick ins Leben der Menschen zu verschaffen. Merkur haßte es, wenn ihm etwas auf Erden, auf dem Meeresgrund oder im Himmel entging. Vulcanus hatte ihm ein schickes silbernes Telefon entworfen, das sich in die Hand schmiegte. Daneben befanden sich auf einem schmalen, eleganten Rechteck sämtliche Leitungen. Merkur brauchte nur einen Leuchtknopf zu drücken – alles war plan mit der Oberfläche, nirgendwo ragte etwas hervor –, um eine Verbindung herzustellen. Was menschliches Design anging, bevorzugte Merkur Bang & Olufsen, doch Vulcanus hatte einen schmalen Metallstreifen in die Wand installiert, und wenn er darauf drückte, glitten CD-Spieler, Kassettenrecorder und Radio lautlos aus der cremefarbenen Wand.

Das Bett war schlicht, aber sinnlich. Merkur liebte klares Design, Venus hingegen bevorzugte barocke Linien. Doch niemand konnte Venus ihre geschmacklichen Ausschweifungen verwehren, da bei ihr trotzdem alles eine Funktion hatte. Ihre Freude an Vergoldungen und lebhaften Farben unterstrich ihre Persönlichkeit. Wäre sie eine Schauspielerin gewesen, hätte der Regisseur bestimmt gesagt, sie trage zu dick auf, aber da sie eine Göttin war, war selbst das Überladene bezaubernd. Venus hielt sich in nichts zurück.

Während Frazier Merkurs Zimmer betrachtete, fragte sie sich, wie es den beiden wohl gelungen war, eine solch wechselvolle Affäre durch die Jahrhunderte aufrechtzuerhalten. Sie kam zu dem Schluß, daß wahrscheinlich gerade ihre Verschiedenheit die Faszination ausmachte.

Merkurs goldfarbene Satin-Turnhose klebte an seinem strammen Gesäß. »Veni, wieso haben wir uns eigentlich bereit gefunden, uns zu diesem Familienporträt zu versammeln?«

»Jupiter wollte es so. Er hat's eben gern heimelig, nehme ich an«, antwortete Venus. »Ich hab nicht soviel gegen die anderen wie du.«

»Ich könnte ewig leben, ohne Dionysos noch einmal wiederzusehen. Oder gar Mars.« Er hob die Hand wie ein Verkehrspolizist: Stopp. »Ich weiß, ich weiß, für dich strömt er Männlichkeit pur aus, aber er hat ein Erbsenhirn, und seine verdammten Kriege werden immer schlimmer.«

»Für die Kriege kannst du ihn nicht verantwortlich machen.«

»Und ob. Er schürt menschliche Schwächen.« Merkur haßte seine Halbbrüder.

»Du findest ja nie ein gutes Haar an ihm. Er ist zu unglaublicher Disziplin und Opferbereitschaft fähig, aber wenn wir jetzt anfangen, über Mars zu reden, gibt es bloß Streit zwischen uns.«

»Ist Athene nicht auch eine Kriegsgöttin?« fragte Frazier, die es sich auf dem Bett mit dem geschwungenen, emaillierten Kopfteil bequem gemacht hatte. Sie konnte Athene gut leiden, weil sie so eine gravitätische Schönheit besaß.

»Krieg und Weisheit.« Merkur suchte Musik aus seinem unermeßlichen Vorrat, drückte einen Knopf auf der CD-Fernbedienung, und fetzige Klänge erfüllten den Raum, Rock-Harfenmusik mit scharfem Rhythmus.

»Geht sie wirklich und wahrhaftig mit niemand ins Bett?« fragte Frazier. Sie erinnerte sich an die Geschichten, die sie über Athene gelesen hatte.

»Oh, ich hab mal mit ihr geflirtet, um zu sehen, ob ich sie rumkriegen kann. Sie wurde so fickrig, daß sie gleich loszog und einen Krieg anzettelte.« Venus kicherte. »Na, angezettelt hat sie ihn eigentlich nicht – das ist ungerecht. Sagen wir, sie hat Napoleon in Austerlitz beigestanden. Sie hatte ihn sehr gern, und als er starb, nachdem die Engländer ihn in der Gefangenschaft vergiftet haben, hat sie sich tagelang gegrämt.«

»Denk dran, wie *du* Trübsal geblasen hast, als Marlene Dietrich starb.« Merkur schlenderte zum Bett.

»Ja, ich hab sie sehr geliebt.« Kummer umwölkte die Stirn der Göttin.

»Ihr könnt einen Menschen nicht am Leben erhalten?«

»Nicht mal die Liebe kann mit dem Tod verhandeln.« Venus schüttelte den Kopf.

»Wenn jemand von euch in Schwierigkeiten gerät und wir ihm wohlwollen, können wir ihm helfen, sich selbst zu retten, doch der Tod hat die letzte Gewalt.« Merkur setzte sich neben Frazier aufs Bett. Venus ließ sich auf ihrer anderen Seite nieder.

»Könnt ihr denn sterben?« Frazier setzte sich in den Schneidersitz.

»Götterdämmerung.« Merkur seufzte. »Ja, am Ende können wir sterben, aber komm nicht darauf zu sprechen, wenn du Jupiter wiedersiehst. Das regt ihn schrecklich auf. Er sagt immer: ›Wer hat schon Zeit zum Sterben?‹ Er ist gegen die Titanen in den Krieg gezogen. Er weiß, daß Götter sterben können.«

»Ich hoffe, nicht so bald.« Frazier hätte gern seine hohen Wangenknochen berührt.

»Kaum.«

»Und der Christengott, also mein Gott – kann der auch sterben?«

»Aber sicher. Wenn er seine Sache nicht gut macht. Er ist so eifersüchtig. ›Du sollst keine anderen Götter haben neben mir.‹ Ich hab ihm vor ein paar Jahren die Zehn Gebote mit Randbemerkungen gefaxt. Er war fuchsteufelswild. Kein bißchen Sinn für Humor. Er will, daß alle sich schuldig fühlen und sich schämen.«

»Er haßt Frauen.« Venus legte sich zurück auf ein Kissen, die Arme hinter dem Kopf.

»Er haßt Sex«, brummte Merkur. »Ich versteh nicht, warum so viele von euch da unten auf ihn hören. Er ist ausgesprochen haßerfüllt und grausam.«

Frazier, benommen von dieser Diskussion zwischen Ebenbürtigen und ihr als Mensch, brauchte einen Moment, um die Sprache wiederzufinden. »Ja, er ist haßerfüllt und grausam, aber was du schon als Krabbelkind beigebracht bekommst, das glaubst du auch. Ideologien müssen nicht mit der Realität übereinstimmen, um die Menschen zu motivieren, und ich nehme an, viele Menschen fühlen sich dermaßen mies, daß sie sich einen Gott wünschen, der sie schlägt, um ihnen ihre Wertlosigkeit zu bestätigen.«

Merkur nahm die Füße vom Boden und drehte sich so, daß er Frazier auf dem Bett direkt gegenübersaß. »Du bist ein kluges Köpfchen, was?«

»Ich hab's dir ja gesagt: Sie ist in manchen Dingen schlau und in anderen dumm wie Bohnenstroh – meistens, wenn's um sie selbst geht.« Venus streichelte Fraziers Rücken, damit sie sich wegen der aufrichtigen Kritik nicht allzu schlecht fühlte.

»Aber Jesus liebe ich. Er hat der Welt Barmherzigkeit und Vergebung gebracht.«

»Vergebung liegt mir nicht besonders«, bekannte Merkur. »Mit Ausnahme von Venus sind wir alle nicht groß darin. Das mag durchaus ein Fehler sein, aber ich habe auf dem Olymp und auf der Erde die Erfahrung gemacht, wenn jemand dich schlägt, schlägst du am besten zurück. Wenn der Blödmann dich dann noch mal schlägt, mach ihn 'nen Kopf kürzer.«

»Hm«, meinte Frazier gedehnt, »das wirkt sicher.«

»Aber es löst nichts, doch über dieses Thema werden Merkur und ich nie einer Meinung sein. Sogar die bewundernswerte, ruhige Athene hat Rachegelüste. Ich denke, das hält die Dinge über Generationen in Gang, und letztendlich wird das Leben fade für jeden, der sich nicht am Rache-Zyklus beteiligt. Ich hingegen weiß mit meiner Zeit was Besseres anzufangen.« Venus umarmte Frazier von hinten.

Merkur verstand den Wink und zog einen Turnschuh aus. Frazier berührte den Gott, und seine Haut erzitterte unter ihrer Hand. »Warte.«

»Warum?« wollte Merkur wissen.

»Ich möchte sehen, ob du mit den Flügeln an deinen Turnschuhen schlagen kannst.«

Er zog den Turnschuh wieder an, sprang vom Bett und schlug mit den kleinen Flügeln. »An meinem Helm – du weißt schon, den man auf antiken Statuen sieht – kann ich auch mit den Flügeln schlagen. Heutzutage tragen wir die Sachen nur noch für Familienporträts. Die übrige Zeit ziehen wir an, worauf wir gerade Lust haben, quer durch die Jahrhunderte. Manche Jahrhunderte hatten wirklich großen Stil. Ich hab immer das zwölfte Jahrhundert geliebt. Ganz klare Linien – die Stoffe herrlich drapiert. Freilich, die Farben haben nicht gehalten, und die Leute waren nicht besonders reinlich, aber wenn du dich nur auf die Linien konzentrierst – wirklich schön.«

»Ich mag die Gegenwart am liebsten, obwohl alles ein bißchen zu formlos geworden ist«, ergänzte Venus Merkurs Ausführungen. »Aber es gibt die unglaublichsten Farben und Stoffe. Entweder die Jetztzeit oder das achtzehnte Jahrhundert – ein himmelweiter Unterschied, zugegeben, aber die Damenmode aus jener Zeit steht mir.«

»Dir steht alles, aber nackt gefällst du mir am besten.« Merkur zog seine Turnschuhe aus und sprang wieder aufs Bett; unter seiner Satin-Turnhose war die wachsende Schwellung zu sehen.

Venus zog Frazier aufs Bett hinunter, und Merkur legte sich neben sie. Während Venus Frazier zwischen die Schulterblätter küßte, nahm Merkur sachte ihr Gesicht in die Hände und küßte sie erst auf den Haaransatz, dann auf die Lippen.

Frazier legte ihre Rechte seitlich an seinen Hals und ließ sie dann zu seinen Brustmuskeln hinabgleiten. Sie waren stramm und sehr gut entwickelt, aber nicht so massig wie Jupiters. Merkurs wohlproportionierter Körper hätte auf einen Menschen von Anfang oder Mitte Zwanzig schließen lassen. Hätte er eine Sportart gewählt, er wäre Rückenschwimmer geworden. Er schob sich näher an Frazier heran, und sie spürte den Herzschlag in seinem Schwanz, der an ihrem Schenkel ruhte.

Venus griff um Frazier herum und umarmte alle beide.

Frazier streifte leicht mit den Fingern über seine Turnhose. Merkur stöhnte lustvoll. Sie fuhr mit den Fingernägeln über seinen Schenkel und wieder zurück zur Hose, wo sie die Konturen seines Schwanzes nachzeichnete. Merkur zitterte. Sie faßte in die Hose und berührte ihn, während Venus hinter ihn glitt und ihm die Turnhose auszog. Ein winkelförmiges, weiches Haarbüschel führte zum Instrument der Lust.

»Das wird ein Heidenspaß«, flüsterte Venus ihm ins Ohr, dann glitt sie hinunter zu seinem Gesäß, wo sie ihn küßte und biß, während Frazier seine gewaltige Erektion streichelte. Merkur war in jeder Hinsicht vollkommen, und sein Penis bildete keine Ausnahme. Eichel und Schaft standen im richtigen Verhältnis, die Hoden waren nicht zu schlaff oder zu klein. Frazier rollte sie in den Händen, nur um die weiche Haut zu fühlen. Merkur preßte sich an sie und begann sich zu bewegen.

»Denk dran, sie ist ein Mensch«, sagte Venus. Sie griff zwischen seine Beine und hielt Fraziers Hand, während beide Frauen ihn streichelten.

Venus' lange, schmale Finger umschlossen Fraziers und drückten sachte ihre Hand und zugleich Merkurs Schwanz.

Frazier küßte Merkur auf den Mund. Er verstand was vom Küssen. Sein Kuß hatte nichts Schlabbriges. Er zog mit der Zungenspitze Fraziers Lippen nach, dann schloß er den Mund und küßte sie leidenschaftlich. Als Merkur aufhörte, übernahm Venus. Nachdem sie Frazier heiß gemacht hatte, küßte Venus Merkur. Obwohl sie sich schon seit Jahrhunderten küßten, konnte Frazier die Glut fühlen. Venus und Merkur hatten sich aufrichtig gern, und das war auf lange Sicht vielleicht mehr als romantische Liebe.

Frazier biß in die Haut zwischen Merkurs vollendeten Brustmuskeln, dann leckte sie an seinen Brustwarzen. Er bekam eine Gänsehaut. Sie legte die Hand auf seine Brustmuskeln, stemmte dann die Fingernägel darauf und kratzte ihn bis hinunter zur Leiste. Dann knabberte sie sich zu seinen pulsierenden Bauchmuskeln vor und folgte den schrägen Strängen bis zu seinem Schwanz. Sie begann am unteren Ende und bewegte sich mit der Zungenspitze an der Unterseite entlang zur Eichel, die sie mit der Zunge umkreiste. Der Gott bäumte sich voller Hingabe auf.

Frazier hob den Kopf, als Venus über ihr verharrte, und

küßte eine schwingende, herrliche Brust, ehe sie sich wieder Merkurs sich rötendem Schwanz zuwandte.

Sie liebkoste seine Hoden immer fester mit der Zunge, bis sie am Ende seinen Schwanz in den Mund nahm und lutschte. Sie spürte seinen Herzschlag in ihrem Mund. Er hielt aus, solange er konnte, dann entzog er sich ihr sanft.

Merkur umarmte Frazier und schob seinen Schwanz in sie hinein. Jetzt spürte sie den Herzschlag tief in ihrem Innern.

Als sie über seine Schulter sah, staunte sie über den Anblick von Venus, die sich, jetzt mit einem Schwanz ausgestattet, so schön und erigiert wie Merkurs, auf den Gott stürzte.

»Das Geschlecht soll dem Vergnügen nie im Wege stehen«, säuselte sie. Sie legte die Hände auf seine runden Pobacken und teilte sie. »Das wünsch ich mir schon seit Jahrhunderten.« Sein After öffnete sich, eine Rosenknospe der Lust, und Venus, von jeher eine Verehrerin der Schönheit, drang sanft in ihren Freund ein.

Frazier spürte ihn unter sich erzittern. Venus glich sich seinem Rhythmus an. Machte er lange, langsame Stöße, tat sie es ihm nach. Bewegte er sich schneller und heftiger, tat sie es ihm gleich. Geschmeidig wie Delphine bewegten sie sich zu dritt. Unmöglich, zu sagen, wer die größte Verzückung erfuhr. Unter gewaltigen Zuckungen kamen sie gleichzeitig. Venus ließ sich lachend aufs Bett zurückfallen, und während sie Merkur umarmte, streichelte sie Fraziers Haare.

Frazier kniff sich mit beiden Händen in die Arme, um sich zu vergewissern, daß sie lebendig war. Sie zählte ihre Finger. Sie zählte ihre Zehen. »Ist noch alles dran«, jubelte sie und stürzte sich lachend und Küsse verteilend auf Venus und Merkur. »Warum kann es so nicht mit Menschen sein?«

»Du mußt den oder die richtigen finden«, erwiderte Venus. Sie zog an der Kordel hinter dem Bett, und zwei Nymphen erschienen mit geeisten Getränken und belegten Gurkenbroten, Hörnchen, Honig und diversen Törtchen. Die jungen Damen stellten alles auf eine Ablage, die sie aus dem Bett herauszogen, und entfernten sich.

Merkur reichte Frazier ein Glas Louis Roederer Cristal,

Jahrgang 1973. »Cola ist auch da, zum Nachspülen. Der Champagner des Südens, stimmt's?«

»Stimmt.«

Venus erhob ihr Glas. Das Licht durchströmte das blaßgoldene Naß, Blasen schwebten nach oben. »Auf die Liebe, auf das Lachen, auf die Freunde.«

»Zum Wohl«, stimmte Merkur ein, und Frazier stieß mit beiden an.

»Das Zeug schmeckt so gut wie Nektar«, fand Frazier.

»Das finde ich auch, aber Juno, die stets auf Tradition achtet, besteht darauf, daß es bei allen Familienzusammenkünften Nektar und Ambrosia gibt. Mir ist das hier oder ein guter Hamburger viel lieber. Ihr Amerikaner macht die besten.«

»Die Franzosen machen die beste Pastete und den besten Champagner.« Venus nahm einen Mundvoll Champagner, dann küßte sie Frazier und ließ den Champagner in ihren Mund rinnen.

»Laß mich das auch mal versuchen.« Merkur wiederholte die Prozedur bei Venus.

»Die Deutschen haben den besten Spargel, besonders im Mai. Und das beste Bier.« Frazier nahm sich noch ein Gurkenbrot.

»Können wir etwas über die englische Küche sagen oder die indische oder japanische?« Merkur lehnte sich gegen die Kissen.

»Das beste Rindfleisch gibt's in Kobe, Japan«, sagte Frazier.

»In Argentinien«, widersprach Venus.

»Rindfleisch esse ich nicht mehr, aber das beste Sushi habe ich in einem kleinen Lokal in Tokio gegessen, und das beste Hähnchen in meinem ganzen Leben gab es in einem kleinen Straßencafé bei Charleston, North Carolina.«

»Eine meiner absoluten Lieblingsstädte.« Venus lehnte sich an Merkur, den sie als Kissen benutzte. »Ich habe die Stadt in mein Herz geschlossen.«

»Darf ich?« Frazier lehnte sich an Venus, und zu dritt aßen und tranken sie, einträchtig und zufrieden.

Anaïs Nin

Der Baske und Bijou

Es war eine Regennacht, die Straßen glänzten wie nasse Spiegel, die alles reflektierten. Der Baske hatte dreißig Francs in der Tasche und fühlte sich reich. Man hatte ihm versichert, daß er auf seine naive, grobe Art ein vorzüglicher Maler sei. Die Leute hatten nicht gemerkt, daß er seine Bilder von Postkarten kopierte. Für sein letztes Bild hatte man ihm dreißig Francs bezahlt. Deshalb war er in gehobener Stimmung und wollte feiern. Er begab sich auf die Suche nach einer bestimmten dieser kleinen roten Laternen, die Vergnügen verhießen.

Eine mütterlich aussehende Frau machte ihm auf. Sie war von jener Mütterlichkeit, die kalten Blickes sofort zu den Schuhen des Mannes ging, denn sie pflegte an ihnen abzulesen, wieviel ihr Besitzer für sein Vergnügen zahlen konnte. Danach jedoch, und um auf ihre eigenen Kosten zu kommen, wanderte ihr Blick aufwärts zu seinem Hosenschlitz. Gesichter interessierten sie nicht. Ihr ganzes Leben bestand nur aus der Beschäftigung mit der unteren männlichen Anatomie. Mit ihren großen und immer noch lebendigen Augen schien sie die Hosen der Männer zu durchleuchten, als könnte sie Umfang und Gewicht der in ihnen versteckten männlichen Reize abschätzen. Es war ein professioneller Blick. Sie verstand sich besser darauf, ihren Kunden die richtige Partnerin zu verschaffen, als die anderen Puffmütter, sie schlug jedesmal ganz bestimmte Kombinationen vor. Sie hatte darin die Übung einer Handschuhverkäuferin. Selbst durch die Hose hindurch konnte sie einem Freier das Maß nehmen, um ihm dann den perfekt sitzenden und genau passenden Handschuh zu beschaffen. War dieser zu geräumig, machte es keinen Spaß, war er zu eng, ebenfalls nicht. Madame war der Ansicht, daß die Menschen heutzutage einfach nicht wußten, wie wichtig eine genaue Paßform war. Sie hätte gerne ihr Wissen weitergegeben, aber sie war zu der Überzeugung gekommen, die Menschen scherten sich nicht darum und stellten eben keine so hohen Ansprüche mehr. Wenn sich heutzutage ein Mann in einem Handschuh befand, der ein paar Nummern zu groß war, ruderte er darin herum wie in einer leeren Wohnung und versuchte verzweifelt, das beste herauszuholen. Er ließ den Schwanz herumflattern wie eine Flagge und nahm ihn dann wieder heraus, ohne den wahrhaft umfassenden Griff verspürt zu haben, der ihm die Eingeweide wärmte. Oder aber er mußte den Schwanz erst einmal mit Speichel benetzen, ehe er ihn einführte, und schieben, als wollte er unter dem Türspalt hindurch in ein verschlossenes Zimmer gelangen. Die allzu beengende Umgebung kniff ihn, und er schrumpfte, um überhaupt drinzubleiben. Und wenn das Mädchen etwa vor Vergnügen – oder gespieltem Vergnügen – herzhaft lachte, flog er sofort wieder heraus, denn das aufsteigende Gelächter machte alles nur noch enger.

Nachdem Madame dem Basken auf die Hose gestarrt hatte, erkannte sie ihn wieder und lächelte. Es traf sich nämlich, daß der Baske genauso ein Perfektionist war wie Madame. Sie wußte, daß er nicht einfach so zu bedienen war. Er hatte einen kapriziösen Schwanz, der rebellierte, wenn man ihm eine Briefkastenschlitzmöse bot. Er zog sich zurück, wenn er sich einem allzu engen Rohr gegenüber fand. Der Baske war ein Feinschmecker, ein Kenner weiblicher Schmuckkästchen. Sie mußten samtausgeschlagen und bequem, liebevoll und anschmiegsam sein. Madame blickte ihn lange an, länger als die meisten ihrer Kunden. Ihr gefiel der Baske, und zwar nicht wegen seines kurznasigen, fast klassischen Profils, seiner mandelförmigen Augen, seines glänzenden schwarzen Haars, seines federnden, graziösen Ganges, seiner ungezwungenen Gesten. Er gefiel ihr nicht etwa wegen des roten Halstuches oder der keck und schief auf seinem Kopf sitzenden Mütze. Sie machte sich auch nichts aus der Erfahrung, die er offenbar mit Frauen hatte. Nein: Es ging ihr einzig und allein um sein königliches Gehänge, um dessen edle Ausmaße, dessen empfindliche, stets wache Reaktionsfähigkeit, dessen Freundlichkeit, dessen Herzlichkeit, dessen Großzügigkeit. Niemals hatte sie einen solchen Apparat gesehen. Manchmal legte er einfach seinen Schwanz auf den Tisch, als wäre er ein Geldbeutel, und klopfte damit, um ihre Aufmerksamkeit zu erregen. Er nahm ihn so selbstverständlich heraus wie andere Männer den Mantel ausziehen, wenn ihnen warm geworden ist. Es sah jedesmal so aus, als fühlte sich sein Schwanz einfach nicht wohl, als behagte es ihm nicht, eingeschlossen zu sein, als müßte er ihn auslüften, als brauche der Schwanz sein Publikum.

Madames Schwäche war eben das Brunzzeug der Männer. Kamen sie zum Beispiel gerade aus dem *urinoir* und knöpften sich wieder zu, war ihr oft das Glück beschieden, den letzten Schimmer eines goldfarbenen oder dunkelbraunen oder am liebsten eines zugespitzten Schwanzes zu erhaschen. Auf den Boulevards wurde sie nicht selten mit dem Anblick nachlässig zugeknöpfter Männerhosen belohnt. Ihre scharfsichtigen Augen durchdrangen die dunkle Öffnung. Noch lieber hatte sie es, wenn sie einen Stadtstreicher beobachten konnte, wie er sich gegen eine Hauswand erleichterte und nachdenklich den Schwanz in der Hand wog, als sei es sein allerletztes Silberstück.

Man könnte meinen, Madame wäre vielleicht nicht in den intimeren Genuß dieses männlichen Anhängsels gekommen, aber dem war nicht so. Im Gegenteil: Wer ihr Haus frequentierte, fand sie durchaus appetitlich und wußte um ihre Vorzüge, verglichen mit denen der anderen Frauen, denn Madame konnte in der Tat einen wahrhaft köstlichen Saft für Liebesmahlzeiten produzieren, den andere Frauen meist nur durch Kunstkniffe aller Art zustande brachten. Madame war befähigt, einem Mann die Illusion einer raffiniert bereiteten Mahlzeit zu vermitteln, etwas, in das sich gut beißen ließ und das doch feucht genug war, um jeden Mannes Durst zu löschen.

Wenn die Männer unter sich waren, redeten sie oft über die delikaten Soßen, in denen sie ihre muschelrosa Häppchen anrichtete und sie dann dicht verpackt anbot. Man brauchte nur ein paarmal bei dieser runden Muschel anzuklopfen, und schon erschien Madames einmalige Gewürzmischung. Ihre Mädchen konnten das nur ganz selten produzieren – einen Honig, der nach Muscheln duftete und der beim Eintritt in den weiblichen Alkoven jeden männlichen Besucher in Entzücken versetzte.

Der Baske fühlte sich wohl bei ihr. Es war lindernd, sättigend, warm, dankbar – ein Festmahl. Und für Madame war es ein Festtag, an dem sie ihr Bestes gab.

Der Baske wußte auch, daß es bei ihr kein langes Vorspiel brauchte. Den ganzen Tag lang hatte sie sich nämlich durch ihre forschenden, überallhin wandernden Augen vorbereitet und aufgeheizt, denn ihr Blick war niemals über oder unter die Mitte eines Manneskörpers gegangen. Er ruhte stets auf dem Niveau des Hosenschlitzes. Sie registrierte zerknitterte, allzu hastig nach einem Schnellschuß wieder zugeknöpfte oder sorgfältig gebügelte, noch nicht zerdrückte. Und dann die Flecke, oh, die Liebesflecke! Merkwürdige Spuren, die sie finden konnte, als suchte sie sie mit der Lupe. Dort zum Beispiel, wo der Mann die Hosen nicht ganz heruntergelassen hatte, oder aber dort, wo sein Schwanz in der Hitze des Gefechts im falschen Augenblick an seinen angestammten Platz zurückgekehrt war. Dann lag dort ein juwelenbesetzter Fleck mit winzigen, glimmernden Partikeln wie geschmolzenes Mineral, der etwas Zuckriges hatte, das den Stoff verklebte. Ein schöner Fleck war das jedesmal, der Fleck der Lust: Er war entweder wie ein Parfüm, aus dem Springbrunnen des Mannes dort hingesprüht, oder aber von einer allzu leidenschaftlichen, sich krampfhaft festhaltenden Frau angeklebt worden. Madame hätte gerne dort begonnen, wo der Akt bereits vorüber war. Sie ließ sich leicht anstecken. Dieser kleine Fleck regte sie zwischen den Beinen auf. Bereits ein abgerissener Knopf gab ihr das Gefühl, sie hätte den Mann in ihrer Gewalt. Manchmal brachte sie, wenn sie sich in einer Menschenmenge befand, den Mut auf, die Hand auszustrecken und hinzulangen, zuzufassen. Dann stahl sich ihre Hand vor wie die eines versierten Taschendiebes. Sie war unglaublich geschickt dabei, sie fummelte nie herum, berührte nie eine falsche Stelle, sie ging schnurstracks unter die Gürtellinie, wo der Beutel mit seinen Billardkugeln und manchmal sogar noch einem aufrührerischen Stock lagen.

In Straßenunterführungen, wenn es dunkel und regnerisch war, oder auf den geschäftigen Boulevards oder aber bei Tanzfesten hatte Madame es sich zur Gewohnheit gemacht, Vermutungen anzustellen und zu den Waffen zu rufen. Wie oft wurde ihr Ruf beantwortet, wurden die Waffen ihrer vorbeistreichenden Hand präsentiert! Sie hätte es wahrhaft genossen, wenn ein ganzes Regiment aufmarschiert wäre, um ihr die einzigen Waffen zu präsentieren, mit denen es sie hätte erobern können. In ihren Träumereien sah sie das Regiment, sie war der General, der die Parade abnahm, sie dekorierte die langen, die schönen Waffen und stellte sich bewundernd vor jeden so Ausgezeichneten. Hätte sie doch nur Katharina die Große sein können, um diesen Anblick mit einem Kuß ihres gierigen Mundes – nur auf die Spitze – belohnen zu dürfen, nur um die erste Träne der Lust hervorzuzaubern!

Madames größtes Vergnügen war die Parade eines schottischen Regiments gewesen, die an einem lauen Frühlingsvormittag stattgefunden hatte. Sie befand sich gerade in einem *bistro*, um einen Apéritif zu nehmen, als sie hörte, wie von den schottischen Soldaten die Rede war. Ein Mann hatte gesagt: »Sie üben ihn von Jugend an, diesen ganz speziellen Gang. Sehr schwierig, sehr schwierig. Dazu gehört ein *coup de fesse*, ein Arschschwenk, damit der *sporran*, die an entscheidender Stelle getragene, verzierte Ledertasche, genau richtig schwingt. Schwingt er nicht richtig, hat der Mann versagt. Diese Gangart ist schwerer zu erlernen als der *pas* eines Ballettänzers.«

Madame nahm es in sich auf und überlegte: Jedesmal, wenn der *sporran* schwingt und der Schottenrock schwingt, nun, dann müssen die übrigen Anhängsel mitschwingen, oder? Ihr altes Herz war gerührt. Schwing. Schwing. Und alles aufeinander abgestimmt. Ein perfektes Regiment. Wie gerne wäre sie einer solchen Truppe gefolgt, ganz gleich, in welcher Eigenschaft. Eins, zwei, drei. Der bloße Gedanke hatte sie erregt. Und dann fügte der Mann an der Bar auch noch hinzu: »Und wissen Sie auch, daß sie nichts darunter tragen?«

Sie trugen also nichts darunter! Diese stämmigen, aufrechten, wackeren Männer! Erhobenen Hauptes marschierten sie, den Blick geradeaus, sie warfen die nackten, muskulösen Beine voran, sie trugen Röcke – das machte sie in der Tat so anfällig wie eine Frau. Wackere Männer, und doch verführerisch wie eine Frau und dazu noch nackt unter ihren Röcken. Madame wünschte, sie wäre ein Pflasterstein, auf den man treten könnte, sie wünschte, ihr würde ein Blick unter den kurzen Rock auf den verborgenen *sporran* gewährt, der mit jedem Schritt mitschwang. Madame fühlte sich beengt. Im *bistro* war es zu warm geworden. Sie mußte an die frische Luft.

Sie stellte sich an den Straßenrand und wartete auf den Vorbeimarsch. Jeder Schritt des Schottenregiments war wie ein Schritt in ihren eigenen Körper, so schwang sie mit. Eins, zwei, drei. Ein Tanz auf ihrem Bauch, wild und rhythmisch, der pelzbesetzte *sporran* schwang auch mit wie ein Busch. In Madame war eine Julihitze aufgestiegen. Nur ein Gedanke beseelte sie jetzt: Sie mußte sich einen Weg bahnen, in die vorderste Reihe. Dort sank sie in die Knie und fingierte eine Ohnmacht. Aber alles, was sie aus dieser Stellung erkennen konnte, waren Beine, die unter den karierten Faltenröcken verschwanden. Später, am Knie des Polizisten lehnend, verdrehte sie die Augen, als bekäme sie einen Anfall. Wenn doch der Zug kehrtmachen und über sie hinwegmarschieren würde!

So trocknete Madames Honigseim nie aus. Er wurde regelmäßig erneuert. Am Abend war dann ihr Fleisch so zart, als wäre es den ganzen Tag über auf kleiner Flamme geköchelt worden.

Ihr Blick wanderte von den Freiern zu den Frauen, die für sie arbeiteten. Auch deren Gesichter interessierten sie nicht, sondern nur ihre Figuren unterhalb der Taille. Sie gebot ihnen, sich umzudrehen, sie gab ihnen einen kleinen Klaps auf den Popo, um die Konsistenz des Fleisches zu erproben; dann erst durften sie ihre kurzen Hemdchen anziehen.

Sie wußte, daß Mélie sich wie ein Seidenband um einen Mann rollen und ihm das Gefühl geben konnte, als liebkosten ihn mehrere Frauen. Sie wußte, daß die Träge, die so tat, als schliefe sie, schüchternen Freiern Dinge gestattete, die sie sich bei keiner anderen Frau herausgenommen hätten, denn sie ließ sich betasten, manipulieren, untersuchen, als wäre nichts dabei. In den Falten ihres üppigen Körpers lagen all ihre Geheimnisse versteckt. Nichtsdestoweniger gestattete es ihre Trägheit, daß sie von wißbegierigen Fingern enthüllt wurden.

Madame wußte auch, daß die Schlanke feurige Männer angriff und ihnen das Gefühl vermittelte, ihre Opfer zu sein. Männer, die sich schuldig fühlten, kamen zu ihr. Sie ließen sich von ihr vergewaltigen, denn das besänftigte ihr schlechtes Gewissen. Sie konnten nachher ihren Ehefrauen beichten und berichten: Sie hat sich über mich geworfen, hat sich mir aufgedrängt, oder so ähnlich. Sie legten sich einfach zurück, und nun setzte die Schlanke sich auf sie wie auf ein Pferd und gab ihnen die Sporen durch den Druck ihrer Schenkel; dann galoppierte sie über die steifen Schweife oder aber verfiel in einen gemächlichen Trab oder aber machte ausladende Schritte. Sie drückte dabei ihre kräftigen Knie in die Flanken ihrer gebändigten Opfer. Wie ein Herrenreiter hob sie sich elegant im Sattel, um sich dann wieder fallen zu lassen. Sie konzentrierte ihr ganzes Gewicht auf die Körpermitte und versetzte dabei, von Zeit zu Zeit, dem Mann mit der flachen Hand einen Klaps, wie um sein Tempo zu steigern und um zwischen ihren Schenkeln mehr Pferdestärke zu spüren. Wie sie dieses Tier zu reiten verstand, wie ihre Beine ihm die Sporen gaben, wie sie ihr Pferd mit ihrem hochgebogenen Körper anfeuerte, bis ihm Schaum vor dem Mund stand! Zum Schluß peitschte sie es mit wilden Rufen und Schlägen, um es immer schneller ins Ziel zu treiben.

Madame wußte, welche Reize Viviane, die Südfranzösin, hatte. Ihr Fleisch schwelte wie glühende Asche, so daß selbst die kühlste Haut sich an ihr erwärmte. Sie verstand die Kunst, den Fick hinauszuzögern. Zuerst setzte sie sich auf ihr Bidet, für die Waschzeremonie. Mit gespreizten Beinen thronte sie auf dem kleinen Sitz, ihre üppigen Hinterbacken quollen über den Rand. Sie besaß zwei riesige Grübchen am Steißbein, ein Paar goldbraune Hüften, breit und fest wie die Kruppe eines Zirkuspferdes. Wenn sie so dasaß, schwollen die Kurven. Hatte der Mann genug von ihrer Rückansicht, durfte er sie von vorne betrachten und zusehen, wie sie ihren Busch und ihre Oberschenkel mit Wasser bespritzte, wie sie sorgfältig die Lippen teilte und sie dann mit Seife beschäumte. Überall war weiße Seifensahne, dann wurde sie sorgfältigst abgespült. Die Lippen erschienen rosig glänzend. Manchmal untersuchte sie sie in aller Ruhe. Hatte sie tagsüber allzu viele Freier gehabt, waren sie leicht geschwollen. Der Baske mochte das sehr. Sie tupfte sich dann ein wenig behutsamer ab, um die Schwellung nicht unnötig zu reizen.

An einem solchen Tag war der Baske gekommen, weil er dachte, er könnte von diesem Umstand profitieren. Meist war Viviane lethargisch, träge, gleichgültig. Sie bot ihren Körper an wie ein Rubensmodell, das seine überwältigenden Kurven, seinen Festpopo malen ließ. Sie legte sich auf die Seite und bettete den Kopf auf den Oberarm. Es schien, als dehnte sich ihr Fleisch mit seinen Kupfertönen aus, als wäre es gepeinigt von einer unterschwelligen Lust, als reagierte es auf eine unsichtbare Liebkosung. Solcherart bot sie sich an: üppig, wollüstig, aber ganz verhalten. Sie reagierte nicht, und die meisten Männer versuchten auch nicht, sie zu erregen. Voller Verachtung wandte sie den Mund ab von ihnen. Gleichzeitig aber bot sie den Körper um so freimütiger an. Aber sie blieb bei allem ganz unbeteiligt. Die Männer durften ihre Schenkel spreizen und sie nach Herzenslust anstarren. Aber sie konnten ihr keinen Saft entlocken. Befand sich jedoch ein Mann erst einmal in ihr, tat sie, als flösse ein siedendheißer Lavastrahl in sie. Sie wand sich viel heftiger als Frauen, die Lust empfinden, sie übertrieb, um Echtes vorzutäuschen. Sie schlängelte sich wie eine Python und zappelte, als würde sie angesengt oder verprügelt. Ihre kräftige Muskulatur gab ihren Bewegungen eine Stärke, die die tierischsten Instinkte wachrief. Die Männer rangen mit ihr, um sie festzunageln, um den orgiastischen Tanz, den sie aufführte, zu beenden. Dann lag sie, plötzlich und ganz unerwartet, still. Die Wirkung davon war, daß es die Männer abkühlte und den Höhepunkt hinauszögerte. Sie war wieder zu einem Bündel passiven Fleisches geworden. Wenn dieses Stadium erreicht war, nahm sie den Schwengel in den Mund, als nuckelte sie sanft am Daumen, ehe sie einschlief. Das reizte die Männer wieder, die sie nun streichelten und erregen wollten. Sie ließ es geschehen, blieb aber unbeteiligt.

Der Baske nahm sich Zeit und verfolgte Vivianes zeremonielles Waschen. Heute waren es viele Freier gewesen, ihre Möse war gerötet. Aber einerlei, wie gering die Geldsumme war, die man für sie auf den Tisch legte, niemals, so hieß es, wäre Viviane nicht bereit gewesen, einem Mann Befriedigung zu verschaffen.

Nun waren die großen, üppigen Lippen, an denen sich allzu viele gerieben hatten, geschwollen. Viviane hatte leichte Temperatur. Der Baske war sehr zuvorkommend. Er legte sein kleines Geschenk auf den Tisch und zog sich aus. Er versprach, ihr Balsam, ihr Verband, ihr Polster zu sein. Soviel Zartgefühl verführte sie, und sie wurde unachtsam. Der Baske behandelte sie so wissend, als wäre er eine Frau. Ein kleiner Tupfer hier, um die Schwellung zu lindern, das Fieber zu senken. Ihre Haut war dunkel wie die einer Zigeunerin, glatt und makellos. Seine Finger waren sanft. Wenn er sie berührte, war es rein zufällig, im Vorbeistreichen. Er legte ihr den Schwanz wie ein Spielzeug auf den Bauch, damit sie ihn bewunderte. Er antwortete, dieser Schwanz, wenn man ihn ansprach. Ihr Bauch vibrierte unter seinem Gewicht, hob sich ein wenig, um ihn besser zu spüren. Da der Baske sich aber nicht anschickte, sein Spielzeug dorthin zu bewegen, wo es geschützt und geborgen wäre, wurde Viviane leichtsinnig.

Der Egoismus anderer Männer, ihr rücksichtsloses Begehren, die Lust, nur sich selbst zu befriedigen, hatten sie mißtrauisch gemacht. Dagegen war der Baske ein Kavalier. Er verglich ihre Haut mit Seide, ihr Haar mit Moos, ihren Geruch mit dem Duft erlesener Hölzer. Dann legte er seinen Schwanz an die Öffnung ihrer Möse und fragte besorgt: »Tut es noch weh? Ich werde ihn draußen lassen, wenn es dir weh tut.«

Soviel Besorgnis rührte Viviane. Sie antwortete: »Es tut zwar noch ein bißchen weh, aber versuch's mal.«

Er ging behutsam, zentimeterweise vor. Jedesmal erkundigte er sich: »Tut es dir weh?« und bot ihr an, ihn zurückzuziehen. Nun war Viviane diejenige, die ihn drängte. »Nur mit der Spitze, bitte. Versuch's noch mal.«

Also schlüpfte die Spitze ein wenig tiefer hinein und blieb dort. Dieses gab Viviane genug Zeit, sich mit seiner Anwesenheit in ihr vertraut zu machen, Zeit, welche ihr die anderen Männer noch nie gelassen hatten. Zwischen jedem Zentimeter des Eindringens hatte sie genug Zeit, sich zu vergewissern, wie heilend und wohltuend es war, diesen Schwanz zwischen den fleischigweichen Wänden ihrer Möse zu spüren, wie gut er hineinpaßte, wie es weder zu eng noch zu locker war. Und wieder hielt er inne, wartete, schob ein wenig vor. Viviane hatte Zeit, sich ganz darauf zu konzentrieren, wie schön es war, randvoll ausgefüllt zu sein, zu fühlen, wie ausgezeichnet dieser weibliche Ofen fürs Festhalten, ja fürs Behalten geschaffen war. Wie gut war es doch, dort etwas zu bergen, sich gegenseitig zu wärmen, die Säfte zu vermischen. Wieder bewegte er sich. Oh, diese Spannung, dieses Gefühl der Leere, wenn er zurückzog – ihr Fleisch welkte jedesmal. Sie machte die Augen zu. Sein behutsames Hineingleiten erzeugte in ihr einen Strahlenkranz. Unsichtbare Ströme kündeten eine Explosion in den Tiefen ihres Schoßes an. Es war, als ob etwas modelliert wurde, um sich dem weichwandigen Tunnel anzupassen und um dann von seinen hungrigen Tiefen und Taschen ganz und gar verschlungen zu werden, dort, wo rastlos vibrierende Nervenenden lauerten. Ihr Fleisch wurde immer nachgiebiger. Er drang weiter vor.

»Tut es weh?« Er nahm ihn naßglänzend heraus. Sie war enttäuscht, wollte ihm aber nicht gestehen, daß sie dann jedesmal nahezu trocken wurde.

Nun aber bettelte sie: »Bitte, steck ihn wieder rein. Es war so süß.«

Er schob ihn halbwegs hinein. Sie konnte ihn spüren, aber noch nicht umklammern, festhalten. Es hatte den Anschein, als wollte er ihn eine Ewigkeit auf halbem Wege lassen. Instinktiv wollte sie sich ihm entgegenbäumen, doch sie hielt sich zurück. Das von ihm nicht berührte Fleisch brannte, wenn er in seine Nähe kam. In der Tiefe ihres Schoßes war Fleisch, das nach Durchbohrung lechzte. Es stülpte sich einwärts, es öffnete sich wieder. Die schmelzenden, fleischigen Wände bewegten sich wie die Fangarme von Seeanemonen: Sie wollten den Stengel wie fleischfressende Pflanzen einsaugen, aber er kam nur nahe genug, um Stöße peinigender Begierde durch sie zu jagen. Wieder bewegte sich der Baske und beobachtete derweil ihr Gesicht. Dann sah er, wie sich ihr Mund öffnete. Sie wollte sich ihm entgegenbäumen, um ihn in sich zu begraben, aber sie zögerte. Diese langsame stetige Reizung hatte sie fertiggemacht, sie war fast hysterisch. Noch einmal öffnete sie den Mund, als wäre er Abbild ihrer offenen Möse. Und jetzt erst stieß er ganz tief in sie hinein und spürte ihr orgastisches Pulsieren.

Und so hatte der Baske Bijou entdeckt: Eines Tages, als er wieder einen Besuch in dem Bordell machte, begrüßte ihn eine fast hinschmelzende Madame und teilte ihm mit, daß Viviane zu tun hätte. Sie bot sich selbst als Trostpreis an, es war beinahe, als sei er ein betrogener Ehemann. Aber der Baske wollte lieber warten. Madame ließ nicht ab von ihm, sie streichelte und liebkoste ihn. Schließlich sagte der Baske: »Kann ich zusehen?«

Jedes Zimmer war so beschaffen, daß Voyeure durch eine verborgene Öffnung alles mit ansehen konnten. Hin und wieder amüsierte es den Basken, Viviane bei der Arbeit zuzusehen. Madame nahm ihn mit und versteckte ihn hinter einem Vorhang.

Im Zimmer waren vier Personen: ein gut gekleideter Ausländer, seine Begleiterin und zwei Frauen, die auf einem breiten Bett lagen.

Viviane, groß und brünett, hatte sich mit gespreizten Beinen auf dem Bett ausgestreckt. Über ihr, auf Händen und

Knien, war ein herrliches Wesen mit elfenbeinfarbener Haut und langem, dichtgelocktem Haar. Ihre Brüste waren straff, ihre Taille außergewöhnlich schmal und die Hüften darunter ausladend und üppig. Sie war gebaut, als hätte ein Korsett sie modelliert. Ihr Körper war fest und von einer marmornen Glätte. Es gab nichts Schlaffes oder Loses, nur geballte Kraft, wie die Kraft eines Pumas. Ihre Gesten äußerten sich vehement, wie die Gebärden einer Spanierin. Das war Bijou.

Die beiden Frauen paßten wunderbar zueinander; sie hielten sich nicht zurück, noch taten sie sentimental. Beide waren aktiv, beide lächelten ironisch, verdorben.

Der Baske war nicht sicher, ob sie Theater spielten oder ob sie tatsächlich Spaß hatten, so überzeugend war ihre Vorstellung. Die Besucher waren wohl gekommen, um einen Mann und eine Frau beim Liebesspiel zu sehen. Dies war Madames Kompromiß: Bijou hatte sich einen Godemiché umgeschnallt, der den Vorzug besaß, niemals zu erschlaffen. Einerlei, was sie tat, der Gummipeter stak hervor aus ihrem Busch, als hätte ihn eine immerwährende Erektion dort festgenagelt.

Über Viviane kauernd ließ Bijou den künstlichen Schwanz nicht etwa der anderen in die Fotze gleiten, sondern hatte ihn zwischen die Beine ihrer Partnerin gesteckt und bewegte ihn, als butterte sie Milch. Viviane zuckte mit den Beinen, wie wenn ein richtiger Mann sie ritt. Aber das war nur der Anfang von Bijous Spiel; es hatte den Anschein, als ob sie Viviane den künstlichen Ständer nur äußerlich spüren lassen wollte. Sie gebrauchte ihn wie einen Türklopfer und pochte sanft damit an Vivianes Pforte. Dann fuhr sie ihr mit ihm durchs Schamhaar und kitzelte ihr den Kitzler, der inzwischen leicht hervorgetreten war. Wenn dies geschah, zuckte Viviane merkbar zusammen, Bijou tat es noch einmal. Und wieder zuckte Viviane. Die fremde Frau hatte sich vornüber gebeugt, als wäre sie kurzsichtig; als wollte sie das Geheimnis dieser empfindlichen Reaktionen ergründen. Viviane strampelte vor Ungeduld, spreizte ihre Beine und hielt Bijou ihre Fotze entgegen.

Hinter dem Vorhang stand der Baske und mußte über Vivianes Verstellungskünste lächeln. Der Mann und die Frau waren wie hypnotisiert. Sie hatten sich mit aufgerissenen Augen neben das Bett gestellt. Bijou drehte sich zu ihnen um und fragte: »Wollen Sie zusehen, wie wir uns lieben, ohne uns dabei anzustrengen?«

»Dreh dich um«, befahl sie Viviane. Viviane legte sich auf ihre rechte Seite. Bijou streckte sich hinter ihr aus und hakte ihre Füße um Viviane. Viviane schloß die Augen. Dann machte sich Bijou mit beiden Händen Platz für ihren Eintritt, spreizte das dunkle Fleisch von Vivianes Arschbacken, um den Gummipeter hineinzuschieben. Viviane rührte sich nicht und ließ Bijou zustoßen. Dann aber schlug sie aus wie ein Pferd. Bijou gab vor, sie dafür zu bestrafen, und zog zurück. Der Baske konnte erkennen, daß der Gummipeter fast wie ein echter Schwanz glänzte.

Wieder reizte Bijou. Sie spielte mit der Spitze des Gummigliedes an Vivianes Lippen, kitzelte ihre Ohren, ihren Hals, legte ihn ihr zwischen die Brüste. Viviane preßte ihre Titten zusammen, um ihn dort festzuhalten. Sie stemmte sich Bijous Körper entgegen, wollte sich an ihm reiben, aber Bijou wich zurück, denn es hatte den Anschein, als würde Viviane die Beherrschung verlieren. Auch der Mann, der sich über die beiden gebeugt hatte, war nun so geil, daß er sich augenscheinlich auf die beiden Frauen werfen wollte. Seine Begleiterin hielt ihn zurück, obwohl auch ihr Gesicht lustvoll verzerrt war.

Dann kam der Baske aus seinem Versteck heraus. Er verbeugte sich und sagte: »Sie wollten einen Mann sehen ... gut, hier ist er.« Er zog sich aus. Viviane blickte dankbar zu ihm auf. Dem Basken war nicht verborgen geblieben, wie scharf sie war. Zwei potente Männer würden sie eher befriedigen als diese spielerische, flüchtige, künstliche Männlichkeit. Er warf sich zwischen die beiden Frauen. Nun bot sich dem Besucherpaar überall etwas Aufregendes. Ein Hintern wurde gespreizt, ein neugieriger Finger fuhr ins Loch, ein Lippenpaar schloß sich um einen steifen, gebieterischen Ständer. Ein anderer Mund hatte sich an einer Brustwarze festgesaugt. Gesichter wurden unter Brüsten begraben oder wühlten in einem Busch. Ein glänzendnasser Schwanz kam zutage und stieß wieder in Fleisch. Elfenbeinfarbene und Zigeunerhautglieder flochten sich um den muskulösen Männerkörper.

Dann passierte etwas Seltsames: Bijou lag ausgestreckt unter dem Basken. Viviane schien vergessen. Der Baske kauerte sich über die Frau, die unter ihm aufgeblüht war wie eine Treibhauspflanze: duftend, feucht, mit Schlafzimmeraugen und nassen Lippen, ein Prachtweib, reif und sinnlich. Aber der Gummischwanz ragte immer noch steif zwischen ihnen hoch. Der Baske hatte ein seltsames Gefühl, als das Ding gegen seinen Schwanz stieß und Vivianes Loch verteidigte wie ein Speer. Darum sagte er ein wenig irritiert: »Schnall ihn ab.« Sie ließ ihre Hände nach hinten gleiten, öffnete den Gürtel und nahm den Godemiché ab. Der Baske warf sich auf sie, aber sie hatte den Gummipeter nicht losgelassen und hielt ihn über den Arsch des Mannes, als sie ihn packte; der Baske hatte sich in sie hineingegraben. Aber als er sich aufbäumte, um erneut in sie zu fahren, hieb sie ihm den Godemiché zwischen die Arschbacken. Er zuckte hoch wie ein wildes Tier und stieß um so heftiger in sie. Jedesmal, wenn er sich bäumte, erhielt er einen Stoß von hinten. Er spürte die Brüste der unter ihm liegenden Frau, fühlte, wie sie sich unter ihm wand, spürte, wie ihr elfenbeinerner Bauch sich unter ihm hob, wie sie ihr Becken gegen seines drückte, wie ihre feuchte Möse ihn ganz und gar aufsog. Jedesmal, wenn sie den Gummikerl in ihn hineinstieß, fühlte er nicht nur seine eigene, sondern auch ihre Erregung. Zuweilen dachte er, die doppelte Reizung müßte ihm den Verstand rauben. Viviane lag daneben und sah sich alles mit an. Der Besucher und seine Frau warfen sich angezogen über sie. Wie Wahnsinnige rieben sie sich an ihr; sie waren viel zu verzückt, um eine Öffnung zu finden.

Der Baske glitt hinein und hinaus. Das Bett schwankte. Sie rollten darüber, klammerten sich aneinander, bogen sich, füllten alle Kurven aus. Die Liebesmaschine, genannt Bijou, verströmte Honig. Wellen der Lust rollten von ihren Haarwurzeln bis hinunter zu ihren Fußspitzen. Die Zehen suchten die des anderen, Zungen traten hervor wie Blütenstempel. Bijous Lustschreie stiegen in nicht enden wollenden Spiralen empor, aih, ah, aiih, ah. Sie dehnten sich, wurden noch unbändiger. Auf jeden Schrei reagierte der Baske mit einem neuen Stoß. Sie bemerkten die neben ihnen verknäuelten Körper nicht mehr. Er mußte sie einfach bis zum Gehtnichtmehr, bis zum Auslöschen besitzen – Bijou, die Hure, das Weib mit den tausend Fangarmen und Tentakeln auf seinem Körper, erst unter ihm liegend, dann über ihm und gleichzeitig in ihm mit ihren allgegenwärtigen Fingern, mit ihren Brüsten in seinem Mund.

Zum Schluß schrie sie hemmungslos auf, als würde er sie ermorden. Sie sank zurück. Der Baske hatte sich erhoben. Er war berauscht, er brannte. Seine Lanze war immer noch hart, rot, wie entzündet. Die unordentlichen Kleider der fremden Frau erregten ihn. Er konnte ihr Gesicht nicht sehen, das sie unter ihren hochgehobenen Röcken verborgen hatte. Der Mann hatte sich auf Viviane geworfen und bearbeitete sie. Die Frau lag über beiden und strampelte mit den Beinen. Der Baske ergriff die Beine und wollte die Frau nehmen. Sie schrie auf, wälzte sich vom Bett und keuchte: »Ich wollte doch nur zusehen.« Sie strich sich ihre Röcke glatt, der Mann ließ von Viviane ab. Zerzaust und unordentlich wie sie waren, verbeugten sie sich irritiert und gingen.

Bijou setzte sich auf und lachte, ihre Mandelaugen waren verschleiert. Der Baske sagte: »Haben wir ihnen nicht eine gute Vorstellung geliefert? Zieh dich an und komm mit mir. Ich nehme dich mit zu mir. Ich will dich malen. Und Madame bezahle ich, was immer sie verlangt.«

Und er nahm sie zu sich in seine Wohnung.

Falls Bijou aber glaubte, der Baske hätte sie zu sich genommen, um sie ganz ausschließlich zu besitzen, dann hatte sie sich geirrt. Es dauerte nicht lange, bis sie erkannt hatte, daß er sie eigentlich nur als Modell gebrauchte. Meistens kamen abends seine Künstlerkollegen zum Essen, und Bijou mußte für sie kochen. Nach dem Abendessen hatte sie sich auf den Diwan im Atelier zu legen, während seine Freunde herumsaßen und miteinander plauderten. Er setzte sich neben Bijou und streichelte sie. Seine Freunde konnten nicht umhin, es zu beobachten. Automatisch fuhr er mit der Hand um ihre üppigen Brüste. Bijou hielt still, wie in einer Art Trance. Der Baske berührte den Stoff ihres Kleides, als wäre es ihre Haut. Sie trug immer enganliegende Sachen. Seine Hand registrierte alles, teilte kleine Klapse aus, liebkoste, umkreiste ihren Schoß. Plötzlich kitzelte er sie, daß sie zusammenzuckte. Dann knöpfte er ihr das Kleid auf, holte eine Brust heraus und sagte zu seinen Freunden: »Habt ihr schon mal ein solches Prachtexemplar gesehen? Schaut her!« Sie taten es. Der eine rauchte, der zweite skizzierte Bijou, der dritte sagte gerade etwas – aber alle sahen hin. Die prachtvoll geformte Brust lag auf dem schwarzen Kleid, als sei sie aus altem, elfenbeinfarbenem Marmor. Der Baske kniff sie in die Brustwarze, daß sie rot wurde. Dann schloß er ihr Kleid wieder. Nun strich er ihr die Beine entlang und fuhr ihr mit der Hand unter den Rock bis hinauf zu den straffen Strumpfbändern. »Sind sie nicht ein wenig zu straff, zu eng für dich? Sehen wir doch nach. Haben sie einen roten Streifen gelassen?« Er hob den Rock hoch und entfernte das Strumpfband. Als Bijou dazu das Bein hob, zeigte sie den Männern die ebenmäßigen Linien ihrer Schenkel oberhalb des Strumpfbandes. Dann schob sie den Rock wieder herunter. Der Baske liebkoste sie. Bijous Augen verschleierten sich, als sei sie betrunken. Weil sie sich aber nun für die Ehefrau des Basken hielt, die sich in Gegenwart seiner Freunde befand, glaubte sie, es wäre schicklich, sich jedesmal, wenn er sie entblößt hatte, wieder zu bedecken. Sie versteckte also jedes neue Geheimnis, das er enthüllt hatte, wieder unter den schwarzen Falten ihres Kleides.

Sie streckte die Beine aus und streifte die Schuhe ab. Die erotischen Signale, die ihre Augen aussandten, das Licht, das ihre dichten Wimpern nicht ganz abschirmen konnte – sie fuhren über die Körper der anwesenden Männer wie ein Waldbrand.

An Abenden wie diesen wußte Bijou, daß der Baske ihr nicht etwa Freude bereiten, sondern sie nur quälen wollte. Er gab sich erst dann zufrieden, wenn er eine Veränderung, ja ein Abwenden in den Zügen seiner Freunde bewirkt hatte. Er zog an dem seitlichen Reißverschluß ihres Kleides und ließ die Hand hineingleiten. »Du trägst ja heut kein Höschen, Bijou.« Dann folgten die Blicke der Männer der Hand unter dem Kleid; wie sie den Bauch streichelte und tiefer glitt in Richtung der Schenkel. Er hielt inne und zog die Hand zurück. Sie sahen zu, wie die Hand wieder aus dem schwarzen Kleid hervorkam und den Reißverschluß hochzog.

Einmal hatte er einen der Maler gebeten, ihm seine noch warme Tabakspfeife zu leihen. Der Mann reichte sie ihm herüber. Der Baske ließ die Pfeife unter Bijous Rock gleiten und hielt sie gegen ihre Möse. »Sie ist warm«, sagte er, »warm und glatt.« Bijou wich zur Seite, weg von der Pfeife, weil sie die anderen nicht wissen lassen wollte, daß die Streicheleien des Basken sie feucht gemacht hatten. Aber die Pfeife kam wieder zum Vorschein und verriet es: Sie sah aus wie in Pfirsichsaft getunkt. Der Baske reichte sie ihrem Besitzer zurück, der nun ein wenig von Bijous Mösenaroma zu riechen bekam. Bijou fragte sich beklommen, was der Baske als nächstes mit ihr vorhatte. Vorsichtshalber preßte sie die Schenkel zusammen. Der Baske rauchte. Die drei Freunde hatten sich um das Bett gruppiert und redeten einfach weiter, als ob die Handlungen, die sich vor ihren Augen abspielten, nichts mit der Unterhaltung zu tun hätten.

Einer der Männer erzählte gerade von einer Malerin, deren Bilder die Galerien füllten. Es waren riesige, in Regenbogenfarben gehaltene Blumenstilleben. »Das sind keine Blumen«, erklärte der Pfeifenraucher, »das sind Mösen. Jeder sollte das erkannt haben. Das ist ihre Masche. Sie malt eine Vulva in der Größe einer ausgewachsenen Frau. Gewiß, auf den ersten Blick sieht es aus wie Blütenblätter, wie das Herz der Blume, aber beim Näherhinsehen erkennt man zwei ungleiche Lippenpaare, die feine Trennlinie, den gekräuselten Rand der Lippen, wenn sie geöffnet sind. Was kann das nur für eine Frau sein, die immer diese gigantische Möse zur Schau stellt, eine Büchse, die in einer perspektivischen, tunnelartigen Wiederholung verschwindet, die immer kleiner wird, wie ein dunkler, enger Gang, der zum Eintritt auffordert? Man hat das Gefühl, vor einer fleischfressenden Pflanze zu stehen, die sich nur dann öffnet, wenn sie Nahrung wittert, die sie dann in sich saugt und die dann wieder mit denselben, im Wasser schwankenden Fängen Opfer sucht.«

Das hatte dem Basken eine Idee gegeben. Er bat Bijou, ihm sein Rasierzeug zu holen. Bijou gehorchte, denn sie war froh, daß sie aufstehen durfte. So konnte sie die Schwüle abschütteln, mit der die Liebkosungen seiner Hände sie umsponnen hatten. Ihm war offenbar etwas Neues eingefallen. Er nahm ihr den Pinsel und die Rasierseife aus der Hand und fing an, Schaum zu schlagen. Dann legte er eine frische Klinge ein. »Streck dich aufs Bett.«

»Was hast du vor?« fragte sie. »Meine Beine sind unbehaart.«

»Das weiß ich. Zeig sie uns.« Sie streckte sie aus. Sie waren in der Tat so glatt, daß sie wie poliert schienen. Sie schimmerten wie bleiches, kostbares, glänzendes Holz. Kein Haar war zu sehen, kein Äderchen, keine rauhen Stellen, keine Narben, kein Makel. Die drei Männer beugten sich über ihre Beine. Als sie sie schüttelte, fing der Baske sie ein und hielt sie fest. Er hob ihren Rock hoch; gleichzeitig wollte sie ihn aber herunterziehen.

»Was hast du vor?« fragte sie noch einmal.

Er zog den Rock ganz hoch und enthüllte ein derart üppiges Vlies aus gelocktem Haar, daß die drei Männer bewundernd Luft schnappten. Dabei hielt sie die Schenkel fest zusammengepreßt, die Füße gegen den Bauch des Basken gestemmt. Dieser bekam auf einmal ein Gefühl, als krabbelten Hunderte von Ameisen über seinen Schwanz.

Er bat die drei Männer, Bijou festzuhalten. Zuerst wollte Bijou sich ihnen entwinden, aber dann sah sie ein, daß es weit weniger gefährlich war, still zu halten, denn der Baske machte sich nun daran, ihren Muff abzurasieren – zuerst die Seiten, wo er spärlicher wuchs und auf ihrem samtenen Leib glänzte. Der Bauch verlief dort in einer sanften Kurve. Wieder tauchte der Baske den Pinsel in den Rasierschaum. Er rasierte sie behutsam und trocknete die Haut vorsichtig ab.

Zuerst, als Bijou die Schenkel noch fest zusammengepreßt hielt, konnten die Männer nichts weiter als das Haar erkennen, aber nun hatte der Baske das Zentrum des Deltas erreicht und eine Mooskuppe enthüllt, einen perfekten Venushügel. Die kalte Klinge irritierte und erregte Bijou. Sie war wütend, aber auch gekitzelt – und fest entschlossen, ihre Möse nicht zu offenbaren. Doch die Rasur enthüllte sie nun ganz deutlich; ihre Form war sichtbar geworden. Sie zeigte sich, sie zeigte die Knospe der Öffnung, das weiche, in Falten liegende Fleisch um die Klitoris, aus dem dann die dunkler und leuchtender gefärbten kleinen Lippen hervortraten. Bijou wollte ausweichen, aber sie fürchtete, die Klinge könnte sie verletzen. Die drei Männer hielten sie fest und beugten sich über sie. Hatte der Baske nicht endlich genug? Nein: Er befahl ihr nun, die Schenkel zu öffnen. Sie strampelte verzweifelt, aber das schien ihn noch mehr zu reizen. Wieder herrschte er sie an: »Nimm die Beine auseinander. Da unten sind noch mehr Haare.« Sie konnte nicht anders tun, als ihr befohlen. Er machte sich daran, auch dort die Haare abzurasieren, wo sie spärlicher wuchsen und zart gelockt die Möse umrankten.

Nun war nichts mehr zu verbergen – der lange, vertikale Mund, ein zweiter Mund, der sich aber nicht wie der im Gesicht öffnete, sondern nur dann, wenn sie sich freiwillig ein wenig nach vorne schob. Bijou weigerte sich und schob nicht. Alles, was die Männer erkennen konnten, war das doppelte, geschlossene Lippenpaar, das den Weg versperrte.

Der Baske sagte: »Jetzt sieht sie aus wie die Bilder dieser Malerin, stimmt's?«

Aber in den Bildern klaffte die Muschel, standen die Ränder auseinander und enthüllten die innere Schicht, die rosa wie die Innenseite des Mundes war. Und gerade dies wollte Bijou nicht offenbaren; nach der Rasur hatte sie die Beine wieder geschlossen.

Der Baske sagte: »Ich werde es schon schaffen, daß du dich dort öffnest.«

Er hatte inzwischen den Pinsel abgespült und strich nun zart damit über die Lippen der Möse, hinauf, hinunter. Anfangs zog sich Bijou noch mehr zusammen. Die Männer beugten wieder die Köpfe über sie. Der Baske, der ihre Füße gegen seinen steif gewordenen Hänger preßte, fuhr nun mit der Pinselspitze ganz sachte über die Fotze und über die leicht hervortretende Spitze des Kitzlers. Und nun bemerkten die Männer, daß Bijou ihren Hintern und ihre Fotze nicht länger unter Kontrolle halten konnte, daß ihre Hinterbacken ein wenig vorwärts rollten, wenn sich der Pinsel bewegte, und daß sich die Schamlippen fast unmerklich teilten. Die rasierte Haut verbarg nichts mehr. Nun trennten sich die Lippen und gaben den Blick frei auf eine zweite Aura, dann auf eine dritte, blassere. Bijou konnte sich nicht mehr zurückhalten, sie stemmte und schob, als wollte sie sich öffnen. Ihr Becken hob und senkte sich, und der Baske stemmte sich noch kräftiger gegen ihre zappelnden Füße.

»Hör auf«, flehte Bijou, »so hör doch auf!« Die Männer konnten mit ansehen, wie der Saft heraustrat. Der Baske hielt tatsächlich inne; er wollte ihr nämlich keine Befriedigung geben. Er wollte sich sein Vergnügen mit ihr vorbehalten – für später.

HENRY MILLER

Der kleine Tod

Am nächsten Tag gehe ich um halb zwei zu Van Norden. Es ist sein freier Tag, oder richtiger sein freier Abend. Er hat bei Carl hinterlassen, ich sollte ihm heute beim Umzug helfen.

Ich finde ihn in ungewöhnlich deprimiertem Zustand. Er hat eine ganze Nacht kein Auge zugetan, versichert er mir. Etwas beschäftigt ihn, zehrt an ihm. Es dauert nicht lange, bis ich herausfinde, was es ist. Er hat ungeduldig auf mich gewartet, um es loszuwerden.

»Dieser Kerl«, fängt er an, auf Carl gemünzt, »dieser Kerl ist ein Künstler. Er beschreibt jede Einzelheit ins kleinste. Er hat es mir mit solcher Genauigkeit erzählt, daß ich weiß, es ist alles eine gottverdammte Lüge ... und doch kann ich es nicht aus dem Sinn bringen. Du weißt, wie mein Hirn arbeitet!«

Er unterbricht sich, um zu fragen, ob Carl mir die ganze Geschichte erzählt hat. Er hegt nicht den geringsten Zweifel, daß Carl die Sache mir so und ihm ganz anders dargestellt haben könnte. Er scheint zu glauben, die Geschichte sei absichtlich dazu erfunden worden, ihn zu quälen. Er scheint nicht so sehr darüber ungehalten, daß sie ein Lügengespinst ist. Es sind ›die Bilder‹, wie er sagt, die Carl in ihm hervorgerufen hat, was ihn fertigmacht. Die Bilder sind echt, auch wenn die ganze Geschichte erlogen ist. Und außerdem ist die Tatsache, daß wirklich eine reiche Pritsche aufgetaucht ist und Carl ihr wirklich einen Besuch abgestattet hat, nicht zu leugnen. Was sich wirklich zutrug, ist nebensächlich. Er nimmt mit Sicherheit an, daß Carl sie abgestaubt hat. Aber was ihn zur Verzweiflung treibt, ist der Gedanke, daß Carls Schilderung *möglich* gewesen sein könnte.

»Das sieht dem Burschen ganz ähnlich«, meint er, »mir zu erzählen, er habe es ihr sechs- oder siebenmal besorgt. Ich weiß, das ist Mist, und ich mache mir nicht viel daraus, wenn er mir aber erzählt, daß sie einen Wagen nahm und ihn hinausfuhr ins Bois und sie den Pelzmantel des Ehemannes als Decke benutzten, so geht das zu weit. Ich vermute, er hat dir von dem Chauffeur erzählt, der achtungsvoll wartete ... und paß auf, hat er dir erzählt, daß der Motor die ganze Zeit lief? Mein Gott, er malte das wundervoll aus. Es sieht ihm ganz ähnlich, an solche Einzelheit zu denken ... es ist eine von den kleinen Einzelheiten, die eine Sache psychologisch glaubwürdig machen ... man bringt sie nachher nicht mehr aus dem Kopf. Und er erzählte es mir so flüssig, so natürlich ... Ich frage mich, ob er es sich vorher ausgedacht hat, oder ob es einfach so, spontan, aus ihm herauskam? Er ist ein so geschickter, kleiner Lügner, daß man ihn nicht abschütteln kann ... es ist, wie wenn einer einem einen Brief schreibt, eines dieser blumenreichen Wortgebinde, die er über Nacht zusammenbaut. Ich verstehe nicht, wie ein Mensch solche Briefe schreiben kann ... begreife die Mentalität nicht, die dahintersteckt ... es ist eine Form der Onanie ... was glaubst du?«

Aber ehe ich noch meine Meinung äußern oder ihm ins Gesicht lachen kann, fährt Van Norden in seinem Monolog fort.

»Hör zu, ich nehme an, er hat dir alles erzählt ... hat er dir erzählt, wie er im Mondlicht auf dem Balkon stand und sie küßte? Das klingt banal, wenn man es wiederholt, aber wie dieser Bursche das beschreibt ... ich kann den kleinen Pint geradezu dort stehen sehen mit der Frau in seinen Armen, und schon schreibt er ihr einen neuen Brief, noch so einen blumenreichen über das Dächermeer und all das Zeug, das er von seinen französischen Schriftstellern stiehlt. Dieser Kerl, das habe ich herausgefunden, sagt nie auch nur einen Satz, der von ihm stammt. Man braucht so etwas wie einen Schlüssel, muß herausfinden, wen er in letzter Zeit gelesen hat, und das ist schwer, weil er so verdammt verschwiegen ist. Weißt du, wenn ich nicht wüßte, daß du mit ihm hingegangen bist, würde ich nicht glauben, daß es die Frau überhaupt gibt. Ein solcher Kerl wäre imstande, Briefe an sich selbst zu schreiben. Und doch hat er Schwein ... er ist so verflucht zierlich, so zerbrechlich, sieht so romantisch aus, daß dann und wann die Frauen auf ihn hereinfallen ... sie adoptieren ihn quasi ... haben Mitleid mit ihm, vermute ich. Und manche Pritschen empfangen gerne blumige Wortgebinde, sie kommen sich dann wichtig vor. Aber diese Frau sei klug, sagt er. Du müßtest es wissen, du hast ihre Briefe gesehen. Was glaubst du, was eine solche Frau an ihm findet? Ich kann verstehen, daß die Briefe auf sie Eindruck machten ... aber was, glaubst du, empfand sie, als sie ihn *sah*?

Aber hör zu, um all das geht es ja in Wirklichkeit gar nicht. Worauf ich hinauswill, ist die Art, wie er es mir schildert. Du weißt, wie er Dinge ausmalt ... schön, nach dieser Szene auf dem Balkon – die er mir wie ein Hors d'œuvre servierte, verstehst du – danach, sagt er, gingen sie hinein, und er knöpfte ihren Schlafanzug auf. Warum lächelst du? Hat er mich damit angeschissen?«

»Nein, nein! Du gibst es mir genau so wieder, wie er es mir erzählt hat. Fahr fort ...«

»Danach« – hier muß Van Norden selber lächeln – »danach, wohlgemerkt, erzählt er mir, wie sie auf dem Stuhl saß mit hochgezogenen Beinen ... ohne einen Faden am Leib ... und er sitzt auf dem Fußboden, blickt zu ihr empor und sagt ihr, wie schön sie aussieht ... hat er dir gesagt, daß sie aussah wie ein Bild von Matisse? Wart einen Augenblick, ich möchte mich genau erinnern, was er gesagt hat. Er brachte einen cleveren, kleinen Satz von einer Odaliske ... was, zum Teufel, ist eigentlich eine Odaliske? Er sagte es auf französisch, darum ist es so schwierig, sich an das Scheißzeug zu erinnern ... aber es klang gut. Es klang genau, wie seine Worte hätten lauten können. Und sie dachte vermutlich, es sei auf seinem Mist gewachsen ... Ich vermute, sie hält ihn für einen Dichter oder so was. Aber hör zu, all das ist nichts ... mag er seine Phantasie schweifen lassen. Was danach kam, macht mich verrückt. Die ganze Nacht wälzte ich mich herum, beschäftigte ich mich mit den Bildern, die er mir eingeprägt hat. Ich kann es nicht aus dem Kopf kriegen. Es klingt mir so echt, daß ich den Hund erwürgen könnte, wenn es nicht so war. Ein Mensch hat nicht das Recht, derlei Dinge zu erfinden. Oder aber er ist nicht normal ...

Worauf ich hinauswill, ist der Augenblick, als er, wie er sagt, sich auf seine Knie niederließ und mit seinen zwei dünnen Fingern ihre Möse aufspreizte. Erinnerst du dich daran? Er sagt, sie habe mit über die Stuhllehne baumelnden Beinen dagesessen, und plötzlich, sagt er, habe es ihn überkommen. Das war, nachdem er es bereits ein paarmal mit ihr getrieben hatte ... nachdem er das Spielchen mit dem Matisse gemacht hatte. Er läßt sich auf seine Knie nieder – stell dir vor! – und mit seinen zwei Fingern ... nur den Fingerspitzen, wohlgemerkt ... öffnet er die kleinen Blumenblätter ... *sksch – sksch* ... ganz einfach so. Ein klebriges kleines Geräusch ... fast unhörbar. *Sksch – sksch!* Lieber Gott, ich hörte es die ganze Nacht hindurch! Und dann sagt er – als wäre das nicht schon genug für mich –, dann erzählt er mir, wie er seinen Kopf in ihrem Muff vergrub. Und als er das tat, helf mir Gott, wenn sie nicht ihre Beine um seinen Nacken legte und ihn so in die Klemme nahm. *Das machte mich fertig!* Stell dir das vor! Stell dir eine feine, empfindsame Frau vor, die ihre Beine um *seinen Hals* legt! Das hat etwas Vergiftetes an sich. Es ist so phantastisch, daß es überzeugend klingt. Wenn er mir nur vom Champagner und der Fahrt ins Bois und sogar die Szene auf dem Balkon erzählt hätte, wäre ich darüber hinweggegangen. Aber dies ist so unglaublich, daß es nicht mehr wie eine Lüge klingt. Ich kann nicht glauben, daß er jemals dergleichen irgendwo gelesen hat, und kann nicht sehen, wie ihm der Gedanke in den Sinn gekommen sein könnte, es sei denn etwas Wahres daran. Bei so einem kleinen Pint, weißt du, kann alles passieren. Er hat sie vielleicht überhaupt nicht gefickt, aber sie hat ihn vielleicht an sich herumspielen lassen ... bei diesen reichen Pritschen weiß man nie, was sie von einem erwarten ...«

Als er sich endlich vom Bett losreißt und sich zu rasieren beginnt, ist der Nachmittag bereits weit vorgeschritten. Es ist mir schließlich gelungen, seine Gedanken auf andere Dinge, vor allem den Umzug, abzulenken. Das Zimmermädchen kommt herein, um nachzusehen, ob er fertig ist. Er hätte das Zimmer bis Mittag räumen sollen. Er ist gerade dabei, in seine Hose zu schlüpfen. Ich bin ein wenig erstaunt, daß er sich nicht entschuldigt oder abwendet. Als ich ihn dastehen und ungeniert seinen Hosenlatz zuknöpfen sehe, während er ihr Weisungen gibt, fange ich zu kichern an.

»Kümmere dich nicht um sie«, sagt er, wobei er ihr einen Blick erhabener Verachtung zuwirft, »sie ist lediglich eine große Sau. Zwick sie in den Hintern, wenn du magst. Sie wird keinen Ton sagen.« Und dann, an sie gewandt, sagt er auf englisch: »Komm her, du Schnalle, leg deine Hand hier drauf!« Nun kann ich mich nicht länger halten. Ich breche in Lachen aus, bekomme einen hysterischen Lachanfall, der auch das Zimmermädchen ansteckt, obwohl sie nicht weiß, worum es sich handelt. Das Zimmermädchen beginnt, die an den Wänden hängenden Bilder und die Fotografien, die meist ihn darstellen, abzunehmen. »Sie«, sagt er, mit seinem Daumen deutend, »kommen Sie her! Hier haben Sie etwas zur Erinnerung an mich« – damit reißt er eine Fotografie von der Wand – »wenn ich fort bin, können Sie sich damit den Hintern abwischen. Siehst du«, sagt er zu mir gewandt, »sie ist eine sture Pritsche. Sie würde kein gescheiteres Gesicht machen, wenn ich es auf französisch sagte.« Das Mädchen steht mit offenem Munde da; sie ist offenkundig davon überzeugt, daß er verrückt ist. »He!« schreit er sie an, als wäre sie schwerhörig. »He, Sie! ja, *Sie!* So ...« und er nimmt die Fotografie, seine eigene Fotografie und wischt sich damit über den Hintern. »*Comme ça!* Kapiert? Man muß es ihr aufmalen«, sagt er, indem er, gründlich angeekelt, die Unterlippe vorschiebt.

Er beobachtet ihre Hilflosigkeit, als sie seine Sachen in die großen Koffer wirft. »Da, tun Sie auch das hinein«, sagt er und gibt ihr die Zahnbürste und den Beutel mit der Spülspritze. Die Hälfte seiner Sachen liegt auf dem Fußboden. Die Koffer sind gestopft voll, und er weiß nicht, wohin mit den Bildern, den Büchern und den halbleeren Flaschen. »Setz dich einen Augenblick«, sagt er, »wir haben einen Haufen Zeit. Wir müssen uns das überlegen. Wenn du nicht erschienen wärst, wäre ich nie hier weggekommen. Du siehst, wie hilflos ich bin. Laß mich nicht vergessen, die Birnen auszuschrauben, sie gehören mir. Dieser Papierkorb gehört auch mir. Sie erwarten von einem, daß man wie ein Schwein lebt, diese Hunde.« Das Zimmermädchen ist hinuntergegangen, um Schnur zu holen. »Wart ab, und du wirst sehen, daß sie mir die Schnur berechnet, und wenn es auch nur drei Sous sind. Sie würden einem hier keinen Hosenknopf annähen, ohne etwas dafür zu berechnen. Die elenden, dreckigen Pfennigfuchser!« Er greift eine Flasche Calvados vom Kaminsims und winkt mir, die andere zu nehmen. »Es hat keinen Zweck, sie mitzunehmen. Trinken wir sie hier aus. Aber gib *ihr* keinen Tropfen! Dieses Luder, ich möchte ihr kein Blatt Klosettpapier dalassen. Ich würde gern die Bude zusammenschlagen, bevor ich gehe. Hör mal, schiff auf den Fußboden, wenn du Lust hast. Ich wollte, ich könnte einen Kaktus in die Kommodenschublade pflanzen.«

Er ist so restlos angeekelt von sich selbst und allem anderen, daß er nicht weiß, wie er seinen Gefühlen Luft machen soll. Er geht mit der Flasche in der Hand hinüber zum Bett, schlägt die Decke zurück und besprengt die Matratze mit Calvados. Nicht zufrieden damit, bohrt er seinen Absatz in die Matratze. Leider ist kein Schmutz an seinem Absatz. Schließlich nimmt er das Laken und putzt sich damit die Schuhe. »Da haben sie wenigstens was zu tun«, murmelt er rachsüchtig. Dann nimmt er einen tüchtigen Schluck, beugt den Kopf zurück und gurgelt seine Kehle aus, und nachdem er sie tüchtig ausgegurgelt hat, speit er es gegen den Spiegel. »So, ihr billiges Pack! Wischt das weg, wenn ich fort bin!« Er geht auf und ab und brummelt vor sich hin. Als er seine durchlöcherten Socken auf dem Fußboden liegen sieht, hebt er sie auf und zerreißt sie in Fetzen. Auch die Bilder versetzen ihn in Wut. Er nimmt eines hoch – ein Porträt von ihm, das eine Lesbierin gemalt hat, die er kannte – und fährt mit dem Fuß durch die Leinwand. »Diese Schnalle! Weißt du, was sie die Stirn hatte, mich zu bitten? Sie bat mich, ihr meine Pritschen zu überlassen, wenn ich mit ihnen fertig sei. Sie hat mir nie auch nur einen Sou dafür gegeben, daß ich sie lobend herausstrich. Sie dachte, ich sei ehrlich begeistert von ihrer Arbeit. Ich hätte kein Bild von ihr bekommen, wenn ich ihr nicht versprochen hätte, sie mit der Pritsche aus Minnesota zusammenzubringen. Sie war verrückt auf sie ... schlich uns nach wie eine läufige Hündin ... wir konnten die Hure nicht loswerden! Sie plagte mich schier zu Tode. Es ging so weit, daß ich mich fast scheute, ein Weibsstück hier heraufzubringen, aus Angst, sie könnte hier hereinplatzen. Ich schlich mich immer herauf wie ein Dieb, und sobald ich drin war, sperrte ich die Tür hinter mir zu ... Sie und diese Georgia-Pritsche machen mich verrückt. Die eine ist immer heiß, und die andere immer hungrig. Ich hasse es, eine Frau zu ficken, die hungrig ist. Es ist, als stopfe man Essen in sie hinein und ziehe es wieder heraus. Ach, dabei fällt mir was ein ... wo habe ich die blaue Salbe hingestellt? Das ist wichtig. Hast du jemals diese Dinger gehabt? Es ist schlimmer, als etwas einnehmen zu müssen. Und ich weiß auch nicht einmal, wo ich sie her habe. Ich habe in der letzten Woche so viele Frauen hier oben gehabt, daß ich mich nicht mehr auskenne. Komisch, denn sie rochen alle so sauber. Aber du weißt, wie das ist ...«

Das Mädchen hat seine Sachen auf dem Gehsteig zusammengestellt. Der *patron* sieht mit saurer Miene zu. Als alles ins Taxi verladen ist, bleibt drin im Wagen nur noch für einen von uns Platz. Sobald wir in Fahrt sind, zieht Van Norden eine Zeitung hervor und beginnt seine Töpfe und Pfannen einzuwickeln. In seinem neuen Zimmer ist Kochen streng verboten. Bis wir unser Ziel erreichen, ist sein ganzes Gepäck aus dem Leim gegangen. Das wäre nicht so peinlich, wenn nicht gerade, als wir vorfuhren, die Madame den Kopf aus der Tür gereckt hätte. »Mein Gott!« ruft sie aus. »Was um Himmels willen ist das alles? Was soll das bedeuten?« Van Norden ist so eingeschüchtert, daß ihm nichts Besseres einfällt. als zu sagen: »*C'est moi ... c'est moi, madame!*« Und sich zu mir wendend murmelt er wild: »Diese Glucke! Hast du ihr Gesicht gesehen? Sie wird es mir schwermachen.«

Das Hotel liegt hinter einem schmutzigen Durchgang und bildet ein Rechteck, ganz ähnlich einem modernen Gefängnis. Das Büro ist geräumig, und trotz des von den gekachelten Wänden strahlend reflektierten Lichtes düster. In den Fenstern hängen Vogelkäfige, und überall sind Emailleschildchen angebracht, auf denen die Gäste in einer veralteten Sprache gebeten werden, dies oder jenes nicht zu tun oder nicht zu vergessen. Es ist fast untadelig sauber, aber ganz von Armut gezeichnet, fadenscheinig, trübselig. Die gepolsterten Stühle sind mit Draht zusammengehalten; sie gemahnen einen unangenehm an den elektrischen Stuhl. Das für ihn bestimmte Zimmer liegt im fünften Stock. Während wir die Treppen hinaufsteigen, teilt mir Van Norden mit, daß Maupassant einmal hier gewohnt habe. Und im gleichen Atemzug stellt er fest, daß ein merkwürdiger Geruch in der Diele herrscht. Im fünften Stock fehlen ein paar Fensterscheiben. Wir stehen einen Augenblick da und starren die Mieter auf der anderen Seite des Hofes an. Es ist bald Abendessenszeit, und die Leute eilen auf ihre Zimmer mit dem müden, niedergeschlagenen Gesicht, das man bekommt, wenn man seinen Lebensunterhalt ehrlich verdienen muß. Die meisten Fenster stehen weit offen: die schäbigen Zimmer sehen aus wie gähnende Münder. Auch die Zimmerbewohner gähnen oder kratzen sich. Sie bewegen sich teilnahmslos und offenbar ohne Ziel hin und her – sie könnten ebensogut Verrückte sein.

Als wir in den Gang zu Zimmer 57 einbiegen, öffnet sich plötzlich vor uns eine Tür, und eine alte Hexe mit verfilztem Haar und den Augen einer Wahnsinnigen lugt heraus. Sie erschreckt uns so, daß wir erstarrt stehenbleiben. Eine geschlagene Minute stehen wir drei da, unfähig, eine Bewegung oder auch nur eine vernünftige Gebärde zu machen. Hinter der alten Hexe kann ich einen Küchentisch sehen, und auf ihm liegt ein völlig unbekleidetes Baby, ein winzigkleines Balg, nicht größer als ein gerupftes Hühnchen. Endlich ergreift die Alte einen neben ihr stehenden Spüleimer und macht einen Schritt auf uns zu. Wir treten beiseite, um sie vorbeizulassen, und als die Tür sich hinter ihr schließt, stößt das Baby einen durchdringenden Schrei aus. Es ist Zimmer Nummer 56, und zwischen 56 und 57 liegt die Toilette, in der die alte Hexe ihr Spülwasser ausleert.

Seit wir die Treppe hinaufgestiegen sind, hat Van Norden geschwiegen. Aber seine Blicke sind beredt. Als er die Tür von 57 öffnet, habe ich einen flüchtigen Augenblick das Gefühl, wahnsinnig zu werden. Ein riesiger, mit grünem Flor verhangener Spiegel hängt in einer Neigung von 45 Grad gerade dem Eingang gegenüber über einem mit Büchern gefüllten Kinderwagen. Van Norden verzieht nicht einmal das Gesicht zu einem Lächeln; statt dessen geht er lässig zu dem Kinderwagen hin, entnimmt ihm ein Buch und beginnt darin zu blättern, ungefähr so, wie jemand, der in eine öffentliche Bibliothek kommt und gedankenlos an das nächstbeste Regal herantritt. Und vielleicht wäre mir das nicht so lächerlich vorgekommen, wenn ich nicht gleichzeitig zwei in der Ecke ruhende Lenkstangen erspäht hätte. Sie sehen so friedlich und zufrieden aus, als hätten sie seit Jahren dort geschlummert, daß es mir plötzlich vorkommt, als hätten wir unberechenbar lange Zeit in genau dieser Haltung in diesem Zimmer gestanden, als wäre es eine Pose, die wir in einem Traum angenommen hätten, aus dem wir nie erwachten, einem Traum, den die geringste Bewegung, auch nur ein Augenblinzeln, zunichte machen würde. Aber noch erstaunlicher ist die plötzlich auftauchende Erinnerung an einen tatsächlich gehabten Traum, den ich erst unlängst nachts hatte, einen Traum, in dem ich Van Norden in genau so einer Ecke sah, wie sie jetzt die Lenkstangen einnehmen, nur daß statt der Lenkstangen dort eine Frau mit hochgezogenen Beinen kauerte. Ich sehe ihn über der Frau mit dem entschlossenen, gierigen Augenausdruck dastehen, den er bekommt, wenn er etwas heftig begehrt. Die Straße, auf der das vor sich geht, ist verschwommen – nur die von den zwei Wänden gebildete Ecke und die kauernde Frauengestalt sind deutlich. Ich sehe, wie er in seiner raschen, animalischen Art auf sie losgeht, unbekümmert um alles, was um ihn vorgeht, nur entschlossen, seinen Willen zu haben. Und ein Ausdruck in seinem Auge, als wollte er sagen: ›Du kannst mich hinterher umbringen, aber laß mich ihn hineinkriegen ... ich muß ihn hineinkriegen!‹ Und da ist er, über sie gebeugt, ihre Köpfe schlagen gegen die Wand. Er hat eine so riesige Erektion, daß es einfach unmöglich ist, ihn hineinzubekommen. Plötzlich richtet er sich auf, mit jener angewiderten Miene, die er so gut aufzusetzen versteht, und ordnet seine Kleidung. Er ist im Begriff wegzugehen, als er plötzlich bemerkt, daß sein Penis auf dem Gehsteig liegt. Er ist etwa von der Größe eines abgesägten Besenstiels. Er hebt ihn lässig auf und schiebt ihn unter den Arm. Als er fortgeht, sehe ich zwei große Knollen, wie Tulpenzwiebeln, am Ende des Besenstiels baumeln, und ich kann ihn vor sich hinmurmeln hören: ›Blumentöpfe ... Blumentöpfe.‹

Der *garçon* kommt schweratmend und schwitzend herein. Van Norden sieht ihn verständnislos an. Jetzt kommt die Madame und geht geradewegs auf Van Norden zu, nimmt ihm das Buch aus der Hand, wirft es in den Kinderwagen und schiebt ohne ein Wort den Kinderwagen auf den Flur.

»Dies ist eine Wanzenbude«, sagt Van Norden mit betrübtem Lächeln. Es ist ein so zaghaftes, unbeschreibliches Lächeln, daß für einen Augenblick das Traumgefühl wiederkehrt und es mir scheint, als stünden wir am Ende eines langen Ganges, an dessen anderem Ende ein gewellter Spiegel angebracht ist. Und diesen Gang entlang taumelt Van Norden, schwenkt seine Betrübnis wie eine schäbige Laterne, taumelt hinein und heraus, je nachdem wie da und dort eine Tür sich öffnet und eine Hand ihn hineinzieht oder ein Huf ihn hinausstößt. Und je weiter er geht, desto kummervoller wird seine Betrübnis. Er trägt sie wie eine Laterne, wie sie Radfahrer nachts zwischen die Zähne nehmen, wenn das Pflaster naß und schlüpfrig ist. Hinein und heraus aus den schmutzigen Zimmern wandert er, und wenn er sich setzt, bricht der Stuhl zusammen; wenn er seinen Koffer aufmacht, ist nur eine Zahnbürste drin. In jedem Zimmer ist ein Spiegel, vor dem er aufmerksam steht und seinen Zorn zerkaut, und von dem ständigen Kauen, dem Murmeln und Murren und dem Brummen und Fluchen haben sich seine Kinnbacken ausgerenkt und sind schlimm heruntergesackt, und wenn er seinen Bart reibt, bröckeln Stücke von seinem Kiefer ab, und er ist so angewidert von sich selber, daß er auf seinen eigenen Kiefer stampft, ihn mit seinen schweren Absätzen zertrampelt.

Inzwischen ist das Gepäck hereingeschleppt worden.

Und die Dinge beginnen sogar noch verrückter auszusehen als zuvor – besonders, als er seinen Expander am Bett befestigt und mit seinen Sandow-Übungen beginnt. »Es gefällt mir hier«, sagt er und lächelt dem *garçon* zu. Er zieht seine Jacke und seine Weste aus. Der *garçon* beobachtet ihn mit verblüfftem Gesicht; er hat in einer Hand einen Koffer und in der anderen die Spülspritze. Ich stehe allein im Vorzimmer und halte den Spiegel mit dem grünen Flor. Kein einziger Gegenstand scheint einen praktischen Wert zu besitzen. Selbst das Vorzimmer scheint unbenutzbar, eine Art Vorraum zu einem Stall. Es ist genau dasselbe Gefühl, das ich habe, wenn ich die Comédie-Française oder das Theater im Palais-Royal betrete; es ist eine Welt des Nippes, der Falltüren, Waffen und Büsten und gewachsten Fußböden, von Kandelabern und Männern in Rüstungen, von Statuen ohne Augen und Liebesbriefen in Glaskästen. Etwas tut sich, aber es hat keinen Sinn. Es ist, wie wenn man die halbleeren Flaschen Calvados deshalb austrinkt, weil im Koffer kein Platz ist.

Beim Treppenhinaufsteigen hatte er, wie ich kurz vorher gesagt habe, die Tatsache erwähnt, daß Maupassant einmal hier wohnte. Dieser Zufall scheint Eindruck auf ihn gemacht zu haben. Er möchte gerne glauben, daß Maupassant in eben diesem Zimmer eine jener grausigen Geschichten erfand, auf denen sein Ruhm beruht. »Sie wohnten wie die Schweine, die armen Teufel«, sagt er. Wir sitzen an dem runden Tisch in einem Paar bequemer Lehnsessel, die mit Klammern und Gurten zusammengeflickt sind; das Bett steht unmittelbar neben uns, so nahe, daß wir die Füße darauf legen können. Die *armoire* steht hinter uns in einer Ecke, ebenfalls in bequemer Reichweite. Van Norden hat seine schmutzige Wäsche auf den Tisch ausgeleert. Wir sitzen da, die Füße in seine schmutzigen Socken und Hemden vergraben, und rauchen behaglich. Die Trostlosigkeit des Hotels scheint es ihm angetan zu haben. Er fühlt sich hier wohl. Als ich aufstehe, um das Licht anzuknipsen, schlägt er vor, Karten zu spielen, bis wir zum Essen gehen. Und so sitzen wir denn am Fenster, zwischen der auf dem Fußboden verstreuten schmutzigen

Wäsche, unter dem vom Kronleuchter herabbaumelnden Expander, und spielen ein paar Runden Bezique zu zweien. Van Norden hat seine Pfeife weggelegt und einen Priem Kautabak in die Innenseite seiner Unterlippe geschoben. Dann und wann spuckt er aus dem Fenster einen tüchtigen Strahl braunen Saft, der hörbar auf dem Pflaster aufklatscht. Er scheint jetzt zufrieden.

»In Amerika«, sagt er, »ließe man es sich nicht träumen, in einer solchen Höhle zu wohnen. Sogar als ich auf der Walze war, schlief ich in besseren Zimmern als dem da. Aber hier scheint das natürlich, es ist wie die Bücher, die man liest. Wenn ich je zurückgehe, will ich dieses ganze Leben hier vergessen, wie man einen bösen Traum vergißt. Ich werde vielleicht das alte Leben genau da wieder anfangen, wo ich aufgehört habe – wenn ich überhaupt zurückgehe. Manchmal liege ich im Bett und träume von der Vergangenheit, und sie wird mir so lebendig, daß ich mich schütteln muß, um mir bewußt zu machen, wo ich bin. Besonders wenn ich eine Frau neben mir habe; eine Frau kann mich allem besser entrücken als sonstwas. Das ist alles, was ich von ihnen will – mich vergessen. Manchmal verliere ich mich so in meine Träumereien, daß ich mich an den Namen der Pritsche nicht mehr erinnern kann, noch daran, wo ich sie aufgelesen habe. Das ist komisch, was? Es tut gut, einen frischen, warmen Körper neben sich liegen zu haben, wenn man am Morgen erwacht. Es gibt einem ein sauberes Gefühl. Man vergeistigt sich ... bis sie mit diesem läppischen Quatsch anfangen, von Liebe et cetera. Warum reden alle Pritschen so viel von Liebe, kannst du mir das sagen? Eine gute Nummer genügt ihnen offenbar nicht ... sie wollen auch deine Seele ...«

Nun hatte dieses Wort Seele, das oft in Van Nordens Monologen vorkommt, anfangs eine spaßige Wirkung auf mich. Wann immer ich das Wort Seele von seinen Lippen hörte, wurde ich hysterisch. Irgendwie schien es wie Falschgeld, denn es war gewöhnlich von einer Ladung braunen Tabaksafts begleitet, die ein Gerinnsel an seinem Mundwinkel zurückließ. Da ich mich nie scheute, ihm ins Gesicht zu lachen, kam es regelmäßig dazu, daß Van Norden, wenn dieses Wörtchen fiel, gerade lange genug innehielt, um mich in ein Gemecker ausbrechen zu lassen, um dann, als wäre nichts geschehen, in seinem Monolog fortzufahren, wobei er das Wort öfter und öfter und jedesmal mit liebevollerem Ton wiederholte. Es sei seine Seele, wovon die Frauen Besitz zu ergreifen versuchten – soviel machte er mir klar. Er hat es mir wieder und wieder erklärt, aber er kommt immer aufs neue darauf zurück wie ein Verfolgungswahnsinniger auf seine Zwangsvorstellung. In gewissem Sinne ist Van Norden geisteskrank, davon bin ich überzeugt. Seine einzige Furcht ist, allein gelassen zu werden, und diese Furcht sitzt so tief und ist so dauerhaft, daß er, sogar wenn er auf einer Frau liegt, sogar wenn er sich mit ihr vereinigt, nicht dem Kerker entrinnen kann, den er sich selber schuf. »Ich versuche alles Mögliche«, erklärt er mir. »Ich zähle sogar manchmal oder denke über ein philosophisches Problem nach, aber es hilft nichts. Es ist, als wäre ich zwei Menschen, von denen der eine mich dauernd beobachtet. Ich werde so verdammt wütend auf mich selbst, daß ich mich umbringen könnte ... und in gewisser Weise tue ich das ja auch jedesmal, wenn ich einen Orgasmus habe. Für die Dauer einer Sekunde lösche ich mich gleichsam aus. Dann ist nicht einmal *ein* Ich vorhanden ... nichts ... nicht einmal die Pritsche. Es ist wie der Empfang der Kommunion. Ehrlich, es ist mir ernst. Ein paar Sekunden danach ist ein schöner, geistiger Glanz in mir ... und vielleicht ginge es so ohne Ende weiter, wer weiß? – wenn da nicht neben einem eine Frau wäre und dann die Spülspritze und das rauschende Wasser ... all diese Kleinigkeiten, die einen wieder verzweifelt seiner selbst bewußt, verzweifelt einsam machen. Und für diesen Augenblick der Freiheit muß man diesen ganzen Quatsch über Liebe anhören ... es macht mich manchmal ganz verrückt. Ich möchte sie sofort hinauswerfen ... hin und wieder tu ich's auch. Aber das hält sie nicht ab. Sie mögen es sogar. Je weniger man sich um sie kümmert, desto mehr sind sie hinter einem her. Den Frauen haftet etwas Perverses an ... im Grunde sind sie alle Masochistinnen.«

»Aber was willst du dann von den Weibern?« frage ich.

Er beginnt, seine Hände zu kneten. Seine Unterlippe fällt herunter. Er sieht völlig niedergeschlagen drein. Als es ihm endlich gelingt, ein paar abgebrochene Sätze zu stammeln, geschieht es mit der Überzeugung, daß hinter seinen Worten eine vernichtende Leere steht. »Ich will fähig sein, mich einer Frau freiwillig zu ergeben«, stöhnt er. »Ich will, daß sie mich meinem Selbst entreißt. Aber um das fertigzubringen, muß sie besser sein als ich; sie muß ein Gemüt haben, nicht nur eine Möse. Sie muß mich glauben lassen, daß ich sie brauche, daß ich ohne sie nicht leben kann. Such mir doch so eine Pritsche. Wenn du das fertigbrächtest, würde ich dir meine Stellung abtreten. Dann wäre mir nicht bange, was aus mir wird: ich brauchte keine Stelle oder Freunde oder Bücher oder sonstwas. Wenn sie mich nur glauben lassen könnte, daß es etwas Wichtigeres auf der Welt gibt als mich! Mein Gott, wie ich mich hasse! Aber diese elenden Pritschen hasse ich sogar noch mehr – weil keine von ihnen etwas mehr taugt.

Du glaubst, ich liebe mich«, fährt er fort. »Das zeigt, wie wenig du mich kennst. Ich weiß, daß ich ein toller Kerl bin ... ich hätte all diese Probleme nicht, wenn an mir nicht etwas dran wäre. Aber es nagt an mir, daß ich mich nicht ausdrücken kann. Die Leute glauben, ich sei ein Pritschenjäger. Das zeigt, wie seicht sie sind, diese Intellektuellen, die den ganzen Tag auf der *terrasse* sitzen und psychologischen Brei wiederkäuen. Gar nicht so schlecht, was, psychologischer Brei? Schreib es für mich auf. Ich bringe es nächste Woche in meiner Zeitungsspalte ... Nebenbei bemerkt, hast du je Stekel gelesen? Taugt er was? Mir kommen seine Geschichten nur wie Krankenberichte vor. Ich wünschte zu Gott, ich brächte den Mut auf, zu einem Analytiker zu gehen ... einem guten, meine ich. Ich will nicht zu diesen kleinen Quacksalbern mit Spitzbart und Gehrock wie dein Freund Boris. Wie bringst du es fertig, diese Burschen zu ertragen? Langweilen sie dich nicht zu Tode? Du unterhältst dich mit jedem, fällt mir auf. Es kümmert dich nicht. Vielleicht hast du recht. Ich wollte, ich wäre nicht so verdammt kritisch. Aber diese dreckigen kleinen Juden, die da im *Dôme* herumhocken, machen mir eine Gänsehaut. Sie hören sich an wie ein Lehrbuch. Wenn ich jeden Tag mit dir reden könnte, würde ich vielleicht manches loswerden. Du bist ein guter Zuhörer. Ich weiß, daß du dir keinen Pfifferling aus mir machst, aber du hast Geduld. Und keine Theorien, auf denen du herumreitest. Ich vermute, du trägst nachher alles in dein Notizbuch ein. Hör zu, es ist mir gleich, was du über mich sagst, aber stelle mich nicht als Pritschenjäger hin – das ist zu einfach. Eines Tages werde ich ein Buch über mich schreiben, über meine Gedanken. Ich meine nicht einfach nur eine introspektive Analyse ... ich meine, daß ich mich auf den Operationstisch legen und meine ganzen Eingeweide, jedes verfluchte Ding, zur Schau stellen will. Hat das je einer getan? Warum, zum Teufel, grinst du so? Klingt das naiv?«

Ich lächle, weil jedesmal, wenn wir das Thema dieses Buches berühren, das er eines Tages schreiben will, die Dinge einen schiefen Aspekt annehmen. Er braucht nur zu sagen ›mein Buch‹ und sofort schrumpft die Welt zu den privaten Ausmaßen von Van Norden & Co. zusammen. Das Buch muß völlig einmalig, ganz vollkommen sein. Das ist, unter anderem, der Grund, warum es ihm unmöglich ist, damit anzufangen. Sobald er einen Einfall hat, beginnt er ihn in Frage zu stellen. Er entsinnt sich, daß Dostojewski oder Hamsun oder jemand anderes ihn verwendet hat. »Ich will nicht sagen, daß ich besser sein will als sie, aber ich will anders sein«, erklärt er. Und so, statt sein Buch in Angriff zu nehmen, liest er einen Schriftsteller nach dem anderen, um ganz sicher zu gehen, keine geistige Anleihe bei ihnen zu machen. Und je mehr er liest, desto geringschätziger schaut er auf sie herab. Keiner von ihnen ist befriedigend; keiner von ihnen erreicht den Grad der Vollendung, den er von sich selbst fordert. Und indem er völlig vergißt, daß er noch nicht einmal ein einziges Kapitel geschrieben hat, spricht er von ihnen herablassend, ganz so, als gäbe es eine Reihe von Büchern unter seinem Namen, Bücher, die jedermann kennt und deren Titel daher gar nicht erst erwähnt zu werden brauchen.

Obwohl er in dieser Sache nie offen gelogen hat, ist es doch offensichtlich, daß die Menschen, die er festhält, um ihnen seine Privatphilosophie, seine Kritik, seine Klagen vorzubringen, als selbstverständlich annehmen, daß hinter seinen hingeworfenen Bemerkungen ein greifbares Werk steht. Besonders die jungen und törichten Jungfrauen, die er unter dem Vorwand in sein Zimmer lockt, ihnen seine Gedichte vorzulesen, oder dem noch besseren, sie um ihren Rat zu bitten. Ohne das geringste Schuldgefühl oder die leiseste Scham überreicht er ihnen ein Stück schmutziges Papier, auf das er ein paar Zeilen – den Entwurf zu einem neuen Gedicht, wie er es ausdrückt –, gekritzelt hat, und verlangt von ihnen allen Ernstes eine ehrliche Meinung. Da sie gewöhnlich nichts dazu zu sagen wissen, weil sie durch die gänzliche Sinnlosigkeit der Zeilen völlig verwirrt sind, ergreift Van Norden die Gelegenheit, ihnen seine Kunstanschauung auseinanderzusetzen, eine Anschauung, die, wie man nicht erst zu sagen braucht, spontan dem Anlaß entsprechend, zurechtgemacht ist. So geschickt ist er in seiner Rolle geworden, daß der Übergang von Ezra Pounds *Cantos* zum Bett ebenso einfach und natürlich bewerkstelligt wird wie der Übergang von einer Tonart in die andere. In der Tat, gelänge es nicht, so entstünde ein Mißklang, wie er ihm dann und wann unterläuft, wenn er sich in diesen Schwachköpfen irrt, die er als ›Matratzen‹ bezeichnet. So wie er beschaffen ist, redet er nur ungern von diesen fatalen Fehlurteilen. Wenn er es aber über sich bringt, einen solchen Irrtum einzugestehen, so geschieht es mit völliger Offenheit. Tatsächlich scheint er ein perverses Vergnügen daran zu finden, sich des langen und breiten über seine Ungeschicklichkeit auszulassen. So gibt es zum Beispiel eine Frau, die er seit nunmehr fast zehn Jahren zu erobern versucht hat – zuerst in Amerika und schließlich hier in Paris. Sie ist die einzige Vertreterin des anderen Geschlechts, zu der er in herzlicher, freundschaftlicher Beziehung steht. Sie scheinen einander nicht nur gern zu haben, sondern sich wirklich gut zu verstehen. Zuerst schien es mir, wenn er dieses Wesen wirklich erobern könnte, wären vielleicht seine Probleme gelöst. Alle Elemente für eine erfolgreiche Bindung waren vorhanden – außer dem grundlegenden, Bessie war in ihrer

Art fast ebenso ungewöhnlich wie er. Sich einem Mann hinzugeben bedeutet ihr nicht mehr als die auf eine Mahlzeit folgende Nachspeise. Gewöhnlich bestimmt sie das Objekt ihrer Wahl und macht selbst den Vorschlag. Sie sah nicht übel aus, aber man konnte sie auch nicht gutaussehend nennen. Sie hatte einen schönen Körper, das war die Hauptsache – und liebte ihn, wie man so sagt.

Die beiden waren so dick miteinander befreundet, daß Van Norden sie manchmal, um ihre Neugier zu befriedigen (und auch in der vergeblichen Hoffnung, sie durch diese Heldentat anzufeuern), während einem seiner Damenbesuche in seinem Wandschrank verbarg. Nachdem die Sache vorbei war, kam Bessie aus ihrem Versteck hervor, und sie besprachen die Angelegenheit beiläufig, das heißt mit einer fast völligen Gleichgültigkeit gegenüber allem außer der ›Technik‹. Technik war einer ihrer Lieblingsausdrücke, wenigstens bei den Diskussionen, denen ich den Vorzug hatte beizuwohnen. »Was ist falsch an meiner Technik?« fragte er. Und Bessie antwortete: »Du bist zu grob. Wenn du mich je rumkriegen willst, mußt du zarter werden.«

Wie gesagt, es herrschte ein so vollständiges Einvernehmen zwischen ihnen, daß ich oft, wenn ich Van Norden um halb zwei Uhr besuchen kam, Bessie auf dem Bett sitzend fand, während die Decken zurückgeschlagen waren und Van Norden sie aufforderte, seinen Penis zu streicheln ... »Nur ein paarmal leise drüberstreicheln«, sagte er, »damit ich den Mut finde, aufzustehen.« Oder er fordert sie auf, ihn anzublasen, oder wenn ihm das nicht gelang, ergriff er ihn selbst und schüttelte ihn wie eine Tischglocke, worüber beide sich fast totlachen wollten. »Ich kriege dieses Luder nie«, sagt er. »Sie hat keine Achtung vor mir. Das habe ich davon, daß ich sie ins Vertrauen gezogen habe.« Und dann konnte er ohne jeden Übergang hinzufügen: »Was hältst du von dieser Blonden, die ich dir gestern zeigte?« Das natürlich an Bessie gerichtet. Und Bessie fiel dann höhnisch über ihn her, versicherte ihm, daß er keinen Geschmack habe. »Oh, komm mir nicht so«, sagte er. Und dann, scherzhaft, denn es war ein ständig wiederkehrender Witz zwischen ihnen geworden: »Paß auf, Bessie, wie wär's schnell mit einer Nummer? Nur eben eine kleine Nummer – nein?« Und wenn sich das in der üblichen Weise abgespielt hatte, fügte er im gleichen Tonfall hinzu: »Nun, wie wär's mit *ihm?* Warum läßt du dir von *ihm* keinen verpassen?«

Die ganze Geschichte mit Bessie war, daß sie sich nicht einfach als Nummer betrachten konnte oder wollte. Sie sprach von Leidenschaft, als wäre es ein vollkommen neues Wort. Sie war bei allen Sachen leidenschaftlich, sogar in einer so kleinen Sache wie einer Nummer. Sie mußte ihre Seele hineinlegen. »Ich werde auch manchmal leidenschaftlich«, konnte Van Norden beteuern.

»Ach, du«, sagt Bessie. »Du bist nur ein abgebrühter Lüstling. Du weißt nicht, was Leidenschaft bedeutet. Wenn du eine Erektion bekommst, glaubst du, du seist leidenschaftlich.«

»Schön, vielleicht ist das keine Leidenschaft ... aber du kannst nicht leidenschaftlich werden ohne eine Erektion, das stimmt doch, oder nicht?«

All das mit Bessie und den anderen Weibern, die er tagein, tagaus in sein Zimmer schleppt, beschäftigt meine Gedanken, während wir zum Restaurant gehen. Ich habe mich so sehr an diese Monologe gewöhnt, daß ich, ohne meine eigenen Träumereien zu unterbrechen, automatisch, sobald ich seine Stimme verklingen höre, die nötige Bemerkung mache. Es ist ein Duett, und wie bei den meisten Duetten lauscht man nur aufmerksam auf das Einsatzzeichen für die eigene Stimme. Da es sein freier Abend ist und ich ihm Gesellschaft zu leisten versprochen habe, habe ich mich bereits taub gemacht gegen seine ewigen Fragen. Ich weiß, daß ich vollkommen erschöpft sein werde, ehe der Abend zu Ende ist. Wenn ich Glück habe, das heißt, wenn ich ihm unter diesem oder jenem Vorwand ein paar Francs abknöpfen kann, versetze ich ihn in dem Augenblick, wo er auf die Toilette geht. Aber er kennt meine Neigung, zu verschwinden, und statt beleidigt zu sein, baut er dieser Möglichkeit ganz einfach dadurch vor, daß er auf seinen Sous sitzt. Wenn ich ihn um Geld für Zigaretten bitte, besteht er darauf mitzugehen.

Er will nicht eine Sekunde allein bleiben. Selbst wenn es ihm gelungen ist, ein Weibsbild aufzutreiben, ist er noch voller Angst, mit ihr allein gelassen zu werden. Am liebsten würde er mich im Zimmer sitzen lassen, während er seine Vorstellung gibt. Es wäre für ihn dasselbe, als ob er mich bitten würde, zu warten, während er sich rasiert.

Assia Djebar

Hochzeitsnacht in Paris

In Paris zog das junge Paar in die kleine Wohnung eines Buchhändlers, die auch als Laden diente, um Hochzeit zu feiern.
Etwas unwirkliche Tage der Vorbereitungen. Es schien, als ob das Fest sich dem Kern eines lauernden Unheils näherte, und man fragte sich, ob die Gäste und die Brautleute selbst nicht im letzten Augenblick verhindert sein würden ...
Die zukünftige Braut ging durch die dämmrigen Zimmer voller Bücherregale. Ihre Mutter traf mit dem Nachtflugzeug ein, eine Frau von nicht einmal vierzig Jahren, schlank, mit einem schweren Zopf aus schwarzem Haar, der auf ihrem Rücken baumelte; sie hatte ihre jüngste Tochter mitgebracht, die kaum der Kindheit entwachsen war. Die drei Frauen machten gründlich Hausputz, dann gingen Mutter und Tochter und besorgten in einem Kaufhaus das Nötigste an Aussteuer: Wäsche, ein hellblaues Pepitakostüm, ein Paar Schuhe.
Den Zeitpunkt der Hochzeit hatte der Verlobte vor einem Monat festgesetzt; er war gezwungen, sich zu verstecken, und wechselte ständig die Wohnungen: das junge Mädchen lebte in einem Studentenheim und erfuhr jedesmal von dem neuen Unterschlupf; es war eine sehr provisorische Sicherheit. Diese Lebensweise dauerte etwa ein Jahr lang.
Eine frühere Wohnung lag gegenüber von einem Heim für Taubstumme. Der junge Mann hatte sie Hals über Kopf verlassen müssen. Die Hausmeisterin war eine zerzauste, untersetzte Person; jeden Abend ließ sie sich im Hof aus Ohnmacht vor der täglichen Sauferei ihres Mannes mit einer Litanei aus Obszönitäten hören. Eines Tages fuhr sie zwei Polizisten an, die sich nach dem jungen Studenten erkundigten, und wimmelte sie ohne Zögern ab: »Der ist schon längst ausgeflogen, der Vogel!«

Als die Polizisten fort waren, stieg sie in aller Eile die Treppe hinauf, um das junge Paar zu warnen, weil »ich Bullen von Natur aus nicht leiden kann!«, erklärte sie.

Die polizeilichen Nachforschungen nach dem jungen Mann hatten aus einem banalen Grund begonnen: der Aufschub vom Wehrdienst, den er als Student bekommen hatte, war zurückgezogen worden. Seine alten Eltern in ihrem Marktflecken in den Bergen, der von häufigen Attentaten und darauffolgenden »Rattenjagden« der französischen Armee heimgesucht wurde, warnten ihren Sohn: sie hatten seine Anschrift in Paris herausgeben müssen und hofften, daß er nicht mehr dort wohnte: »Er schreibt mir nicht mehr!« hatte der Vater den Polizisten versichert. »Er muß in Frankreich arbeiten, damit er sein Studium fortsetzen kann. Wir sind arm. Ich kann ihm kein Geld schicken.«

Dann hatte er seiner zwölfjährigen Tochter einen Brief diktiert: »Schreib: ›Sie werden Dich finden! Zieh sofort um!‹«

Der Sohn hatte nicht schnell genug untertauchen können. Daher der Alarm. In jenem Sommer kämpften die alte nationalistische Bewegung und die neue Einheitspartei um den Einfluß auf die algerischen Arbeiter in Frankreich und bedrohten sich gegenseitig. Der erste Zusammenstoß zwischen den beiden Gruppen – beide in Frankreich verboten – hatte in einem Restaurant mitten in Paris sechs Tote gefordert. Die großen Tageszeitungen hatten darüber wie von einer Abrechnung unter Gangstern berichtet.

Bei den Spaziergängen, die das junge Paar sich noch gönnte – gesprächiges Herumschweifen außerhalb der Zeit, für die anderen und für die »Revolution«, als ob ihr Glück trotzdem Teil des kollektiven Fiebers sei, auch wenn sie keinen Anspruch auf die großen Anfangsbuchstaben der Geschichte hatten, wenn sie sich in den Toreinfahrten umarmten –, achteten sie natürlich darauf, daß sie nicht von Polizisten in Zivil beobachtet würden. Aber diese Gefahr schien nicht die größte zu sein.

Fiel eine beharrliche oder im Gegenteil zu scheue Gestalt auf, so mußte man der Beaufsichtigung entkommen, den Aufpasser entdecken und ihn entmutigen: das junge Paar wußte, daß der Bruderkrieg überall lauerte ... Diese rivalisierenden Gruppen schickten sich gegenseitig mit der Post wüste Drohbriefe mit endgültigen Verurteilungen im Namen eines obskuren Rechtes, wie eine verlassene Frau aus Liebesverzweiflung eine Nebenbuhlerin bedroht.

Dem jungen Mädchen kam es vor, als ob es ziellos dahintreibe in diesem Paris, wo sein Blick an jeder Kreuzung unwillkürlich dem Rot der Trikolore auswich (das sie an das Blut ihrer Landsleute erinnerte, die gerade in einem Gefängnis in Lyon geköpft worden waren). Ihr schien es, daß sie beide vor den Augen der anderen verschwanden, plötzlich unsichtbar waren trotz des strahlenden Lichtes in diesem Sommeranfang.

Sie mußten fort: ihre Gespräche drehten sich nur um dieses Thema. Zusammen fortgehen! Nach Hause zurückkehren und sich in den vertrauten Bergen den Aufständischen anschließen, sorglos wie sie selbst. Doch der junge Mann sträubte sich: »Die Wirklichkeit ist anders, du träumst! Dort gibt es keine Studentinnen, wie du meinst! Wir könnten nicht zusammenbleiben ... Die einzigen Frauen, die den Widerstand unterstützen, sind Bauersfrauen, die an die Wälder und ihr Gestrüpp gewöhnt sind! Vielleicht sind höchstens noch ein paar Krankenschwestern dabei!« Das junge Mädchen begriff nicht, warum er ihr den Zugang zu diesem Paradies verweigerte: Für sie konnte das Abenteuer nur ein gemeinsames und deshalb fröhliches sein ... Hatten sie nicht erst gestern abend in der Metro mit geradezu sportlicher Selbstverständlichkeit zwei Polizisten »abgehängt« und sich hinterher vor unbändigem Lachen gebogen? ...

Aus dieser Uneinigkeit, die das junge Mädchen nur für eine Taktik hielt, entstand ein Kompromiß: wenn sie nicht sofort in ihr Land zurückkehren konnten, so wollten sie wenigstens Frankreich so schnell wie nur möglich verlassen und die Grenze notfalls heimlich oder getrennt überschreiten. (Nur der Name des jungen Mannes stand auf der Liste der Verdächtigen.) In Tunis könnten sie sich bei den algerischen Flüchtlingen wieder treffen: Von dort gelangten die Massen der Freiwilligen sicher ganz leicht in den Maquis. Sie glaubte weiterhin beharrlich, daß auch Mädchen genommen würden; sprachen die Parteifunktionäre nicht ständig von der Gleichheit aller im Kampf?

Die Diskussionen und Pläne störten nicht den Rhythmus der Schritte. Während sie diese Zukunft entwarfen, entschied der Verlobte über ihre Heirat: so schnell wie nur möglich und dann Paris verlassen.

Im vergangenen Frühjahr hatten sich die beiden Familien getroffen. Die beiden Verlobten fehlten dabei, dennoch war dies der Tag der offiziellen Verlobung, wie man ihnen hinterher schrieb, denn der Ehevertrag war »im voraus« aufgesetzt worden. Der Onkel des Bräutigams hatte ihn stellvertretend unterschrieben; die Braut, selbst wenn sie anwesend gewesen wäre, hätte auf jeden Fall ihren Vater als Vormund gebraucht. Die Ehe war in ihrer Abwesenheit legalisiert worden: Sie hatten über diese Formalitäten gelacht, die wie eine Komödie schienen.

»Schreib an deine Familie«, bat der Verlobte plötzlich in einem Anfall von Verlangen oder Besorgnis, die er sich nicht eingestand. »Sag ihnen, daß wir heute in einem Monat heiraten! Nach dem Gesetz sind wir es schließlich schon!«

Diese Wohnung des Buchhändlers stand seit Monaten leer, weil ihr Besitzer, ein Franzose, wegen Unterstützung algerischer Nationalisten verhaftet worden war. Sie wurde jetzt nicht mehr von der Polizei beobachtet. Ein gerade aus dem Gefängnis entlassener Freund brachte das junge Paar dorthin.

Sie entschieden sich für diese vorübergehende Zuflucht. In den Tagen vor der Hochzeit versank die Braut in der Lektüre seltener alter Bücher mit kostbaren Einbänden, nachdem sie versucht hatte, den alten Kohleofen in Gang zu setzen: an diesen Wintervormittagen gab er nur Rauch von sich, der nicht einmal wärmte.

Die Mutter und die kleine Schwester der Braut trafen also ein und fühlten sich nicht ganz fremd. Der Bruder, noch ein junger Bursche, war in Lothringen als »Aufwiegler« verhaftet worden und wurde von einem Gefängnis ins andere verlegt: Die Mutter hatte also gelernt, wie eine europäische Touristin mit dem Zug, dem Flugzeug, dem Schiff zu reisen, und jedes Vierteljahr besuchte sie ihren einzigen Sohn, wohin immer man ihn in Frankreich und Navarre gerade verschleppt hatte.

Die Frauen brachten also die Pariser Wohnung in Ordnung: bohnerten den Parkettboden, machten die Küche sauber, bereiteten für die Brautleute neues Bettzeug vor, das erst im letzten Augenblick geliefert wurde, dachten auch an die traditionelle Mahlzeit am Tag nach der Hochzeit – die Mutter fand diesen Brauch unerläßlich und lud ein Dutzend Freunde und Vettern ein, Studenten und Arbeiter, die als Immigranten in Paris lebten ...

Bei der Lebhaftigkeit und den Unternehmungen ihrer jungen Mutter kam die Braut sich vor wie eine Figur in einem Spiel mit geheimen Regeln. Sie sprach von den Hochzeitssitten ihrer Heimatstadt, die ihnen, von diesem Ort des Exils aus betrachtet, plötzlich wie vom Erdboden verschluckt oder zerstört vorkam. Die Gefahr, in der der Verlobte bei seinen immer häufigeren Gängen zu politischen Versammlungen schwebte, ließ Zweifel an der Hochzeitszeremonie aufkommen. Welche Zeremonie?

Das junge Mädchen wurde sich bewußt, daß es unter der Abwesenheit des Vaters litt – aber wenn die Hochzeit nach den traditionellen Riten gefeiert worden wäre, so hätte sich dafür eine ausschließlich weibliche Gästeschar versammelt.

Doch die Tradition verlangte, daß der Vater in dem Augenblick, in dem die Frauen des Hochzeitszuges die Braut mitnehmen, die Tochter in seinen Burnus hüllt und sie in seinen Armen über die Schwelle hinausführt. In diesem Augenblick der Trennung weint die Mutter heftig, manchmal auch laut; man könnte an einen Trauerfall ohne Liturgie denken. Vom Lärm der Musikerinnen und der Nachbarinnen begleitet, beklagt jede Mutter, daß man sie jetzt ihrer Stütze bei zukünftiger Krankheit beraubt. Aber sie klagt auch über die wiedererweckte Erinnerung an ihre Träume als Frau ...

Aber meine Mutter befand sich im winterlichen Paris, und sie durfte nicht weinen. Selbst wenn die Hochzeit daheim stattgefunden hätte, im Haus der toten Großmutter mit den vielen Dachterrassen, selbst wenn der andalusische Tenor mit seiner weichen Stimme eine ganze Nacht lang die Musik der Rebek begleitet hätte – die Nacht der Entjungferung und der schleichenden Unruhe –, mein Vater hätte keinen Burnus aus reiner Wolle genommen, gewebt von den Frauen des Stammes, um mich darin einzuhüllen und über die Schwelle hinauszuführen. Er hätte dieses Ritual nicht mitgemacht: er wollte »aufgeklärt« sein, verachtete die allerneuesten Moden genauso wie den Zwang der alten Sitten. Die alten Frauen hätten vergeblich darauf beharrt, ihn vergeblich daran erinnert, daß er an den göttlichen Schutz denken solle, er hätte ... Aber warum Vermutungen anstellen, wäre er diesem Verlobten überhaupt entgegengetreten, der ihm, wie er meinte, in all diesen Jahren der heimlichen und dann offiziellen Verlobung seine Älteste gestohlen hatte?

Es war eine Tatsache: diese Heirat fand ohne den Schutz des Vaters statt, und das nicht, weil er die von den Großmüttern und Großtanten gewünschten Formen ablehnte. Die Tatsache war: die beiden Männer hätten sich in dieser zwiespältigen Situation nicht begegnen können, denn keiner wollte dem anderen nachgeben, und wahrscheinlich haßten sie sich und wußten es nur noch nicht.

In Paris, wo die Nachbeben des Aufstandes auch diese provisorische Hochzeitswohnung erreichten, ließ ich mich von der Erinnerung an meinen Vater überwältigen: ich beschloß, ihm per Telegramm eine feierliche Versicherung meiner Liebe zu schicken. Den genauen Wortlaut habe ich vergessen: »Ich denke vor allem an Dich an diesem wichtigen Tag. Und ich liebe Dich.«

Vielleicht war es für mich in diesen Stunden vor der Hochzeit notwendig, offen und ohne Zwang »ich-liebe-dich-in-der-französischen-Sprache« zu sagen, ehe ich es wagte, es im Dunkeln und in welcher Sprache auszusprechen?

Diese Hochzeit wurde ständig karger: es fehlten die schrillen Laute der weiblichen Stimmen, der Lärm der in viele Gewänder gehüllten Menge, der Duft der überreichlichen Speisen – ein Tumult, der geschürt wird, damit die Braut allein und verlassen im Mittelpunkt des Getümmels sich mit Trauer um das nun beginnende Leben füllen kann ...

Für mich bedeutete die Heirat vor allem Aufbruch: Grenzen, die in aller Eile überschritten werden mußten, neue politische Freunde in einem anderen Land. Die Ankunft meiner Mutter und meiner noch so kleinen Schwester verband mich mit den gemächlichen Erinnerungen der Vergangenheit. Diese beiden trugen tiefen Ernst in sich: bei jedem miteinander geteilten Schweigen waren wir alle drei darauf bedacht, den jungen Menschen nicht zu vergessen, der in ständig anderen Gefängnissen eingesperrt wurde, meinen Bruder.

Und ich komme behutsam zum Schrei der Entjungferung, die Umgebung der Kindheit steht an diesem Weg voll Symbolen auf. Über zwanzig Jahre später scheint dieser Schrei vom Vorabend herüber zu klingen: weder Zeichen von Schmerz noch von Staunen ... Flug der schwachen Stimme, ernste Augen, die sich in wirbelnder Leere öffnen und Zeit brauchen, um zu verstehen.

Ein Schrei ohne die Fantasia, die bei jeder Hochzeit hätte davonpreschen können, selbst wenn die herausgeputzten Pferde und Reiter fehlten. Dünner Schrei, leicht geworden in hastiger Befreiung, dann jäh abgebrochen. Langer, unendlicher erster Schrei des lebendigen Körpers.

Der junge Mann hatte es sich immer so vorgestellt: wenn er die Schwelle des Zimmers überschritte – Muschel der transzendentalen Liebe –, würde er spüren, wie stummer Ernst ihn überfiele, und ehe er sich der reglosen Jungfrau zuwandte, müßte er seine religiöse Andacht verrichten.

Den Körper tief gebeugt, zu Boden geworfen, das Herz erfüllt von Gott, vom Propheten und dem vertrautesten Heiligen seiner Heimat oder seines Stammes und sich labend an den heiligen Worten, so muß der Mann, so muß jeder Mann sich als gehorsames Geschöpf im Gebet sammeln, ehe er sich, und nur dann, dem Lager nähert, das blutig werden würde.

Lächeln in den ausdruckslosen Augen der Jungfrau. Wie soll man dieses Blut in einen Hoffnungsschimmer verwandeln, ohne daß es die beiden Körper beschmutzt? Eine beinahe mystische Annäherung. Bei dieser Hochzeit in Paris voll Sehnsucht nach dem heimatlichen Boden geschieht es, daß der Bräutigam, als er das Zimmer mit dem neuen Bett und der rötlichen Lampe daneben auf dem Boden betritt, sofort zu der Braut geht, die ihn erwartet, daß er sie betrachtet und daß er vergißt.

Stunden später, neben der noch bebenden jungen Frau ausgestreckt, fällt ihm die vergessene Zeremonie ein. Er, der sonst nie betet, hatte sich vorgenommen, es wenigstens diesmal, vor der Hochzeit, zu tun. Eine Vorahnung beunruhigt ihn: »Unsere Ehe wird nicht beschützt sein«, murmelt er.

Die junge Frau beruhigt ihn, belustigt über diese abergläubische Sorge. Sie malt sich die Zukunft ihrer Liebe mit Zuversicht aus; er hatte versprochen, daß die Initiation so viele Nächte dauern sollte, wie sie wollte. Doch gleich zu Beginn dieser überstürzten Nacht war er in sie eingedrungen.

Der Schrei, reiner Schmerz, hat sich in seinen Urtiefen in Überraschung verwandelt. Seine Kurve steigt. Als aufgerissene Spur eines Dolches richtet er sich im Raum auf, er stapelt an seinem Nadir Schichten eines inneren »Nein«.

Ist es mir eines Tages gelungen, diesen Wellenkamm zu erreichen? Habe ich die Schwingungen dieser Verweigerung wiedergefunden? In diesem Grenzstreifen sperrt sich der Körper, läßt seine Begierde in den vorbeiziehenden Strom fließen. Was macht es, wenn die Seele dann unwiderstehlich verbrennt?

Auch meinen Triumph aussprechen, seinen Geschmack voll flüchtiger Süße in den Wellen des Augenblicks. Sieg über das Schamgefühl, über die Zurückhaltung. Rot werdend, aber fest habe ich es fertiggebracht, der jungen Mutter und der so beruhigend liebevollen Schwester zu sagen: »Überlaßt mir die Wohnung allein für diese Nacht, bitte! … ›Er‹ wird euch zum Schlafen ins Hotel bringen!«

Ich habe diesen Wunsch in gelassenem Ton ausgesprochen … Nachdem das Schicksal mir keine Hochzeit mit Lärm, Menschenmengen und Festmahlen bestimmt hatte, sondern eine Wüste, einen Ort, an dem die Nacht sich weit genug, leer genug ausbreiten würde, um mich »ihm« gegenüber zu finden – sprach ich plötzlich auf die traditionelle Weise von meinem zukünftigen Mann.

Dieser Schrei in der Wohnung, die ein Versteck war. Ich genoß meinen Sieg. Weil das Haus sich nicht mit Neugierigen und Schaulustigen füllte, weil eine Frau und ein junges Mädchen sich vorübergehend entfernten, zog der Schrei die Spirale der Verweigerung auseinander und flog hinauf bis zu den Deckenleisten.

Die Lampe wird nicht gelöscht ... Der junge Ehemann, den die Polizei sucht, versinkt in seiner Enttäuschung: er hatte sich doch fest vorgenommen, vorher zu beten.

»Vor was?« denke ich, als ich durch den Flur schwanke, getroffene Gazelle, und den Blick in die Spiegel vermeide.

Vor dem Schrei natürlich. Nein, sage ich mir, weder Gott noch irgendeine magische Formel werden diese Liebe beschützen, die der Mann sich »bis in den Tod« erhofft. Wenn ich in den darauffolgenden Tagen mit der Metro fahre, mustere ich mit begierigem Blick die Frauen, alle Frauen. Eine Urneugier plagt mich: »Warum sagen sie es nicht, warum wird keine einzige es sagen, warum verschweigen es alle: Liebe, das ist der Schrei, der Schmerz, der bleibt und sich nährt, während man den Horizont des Glücks erahnt. Ist das Blut einmal geflossen, breitet sich Blässe über allen Dingen aus, ein Schleim, ein Schweigen.«

Es hat keine Blicke von weiblichen Voyeuren gegeben, die von wiederholter Vergewaltigung träumten.

Kein Tanz einer Megäre, geschmückt mit dem befleckten Bettlaken, die wie ein Garaguz auf dem Jahrmarkt lacht und grinst und gestikuliert – Zeichen des in der Liebe verborgenen Todes, erstarrte Körper dort auf den Matratzenhaufen ... Die Braut schreit und weint gewöhnlich nicht, mit offenen Augen liegt sie wie ein Opfer auf dem Lager, wenn der Mann gegangen ist, der vor dem Geruch des Samens und des Parfüms des Idols flieht; und die geschlossenen Schenkel halten den Lärm zurück.

Kein zur Schau gestelltes Blut am nächsten Morgen.

Leon de Winter

Total nackte Mädchen

Tom hatte den Wein ganz allein getrunken, und Sol schickte ihn mit einem Taxi zu seiner Pension in West Harlem. Ein russischer Taxifahrer fuhr ihn, nachdem Sol einen Hundertdollarschein in Toms Innentasche geschoben hatte.

Es war zweiundzwanzig Uhr; an einer Straßenecke warf Sol eine Münze in einen Fernsprecher ein. Naomi war noch nicht zurück. Er hinterließ eine Nachricht auf Band und lief weiter. Er wollte nicht nach Hause. Die Unruhe wühlte in seinen Eingeweiden, weckte ein unbestimmtes, wehes Verlangen und trieb ihn durch die belebten Straßen des Village, vorbei an Restaurants und Kneipen, wo alle Welt erhitzt über Mösen und Titten und Samen diskutierte. Naomis Galerie befand sich am West Broadway, und sie rechnete vielleicht damit, daß er bei ihr vorbeikam, aber er wollte allein sein und sich Rechenschaft darüber ablegen, was in seinem Bewußtsein allmählich Gestalt annahm. Schockiert hatte er Toms Beichte zugehört, hatte die Verzückung in dessen Blick gesehen, und ein Gefühl der Verlassenheit hatte sich seiner Seele bemächtigt.

Genesis 2,7 verkündet: *Da bildete der Ewige, Gott, den Menschen vom Erdboden und hauchte Lebensodem, Nischmáth Chajím, in sein Antlitz. So ward der Mensch ein lebend Wesen.* Doch die menschliche Seele, die Sols Tradition zufolge dreifaltig war, hatte auch einen tierischen Anteil, eine *Néfesch behemíth*. In Leviticus 17,11 heißt es hierzu: *Denn die Seele des Fleisches ist im Blut.* Das war der Aufenthaltsort der tierischen Seele, die den Menschen vom Geistigen abhalten konnte. War das auch bei ihm der Fall, genau wie bei Tom?

Sol machte sich Sorgen über den Anteil seiner Seele, der Gott am nächsten war: die *Neschamáh*. Zu ihr gelangte man ausschließlich durch Nachdenken, Kontemplation, Besinnung. Alle Seelen wurden am Anfang aller Zeiten erschaffen und stellen erst bei der Empfängnis eine Verbindung mit einem Körper her. Im Hebräischen heißt Tod *Jeziáth-ha-Neschamáh*, »Auszug der Seele«. Und die Seele eines Gerechten findet Platz an Gottes Thron. Sol glaubte nicht an die Wortwörtlichkeit dieser Konzepte, doch sie hatten eine starke gefühlsmäßige Bedeutung für ihn, seit sein unbefriedigter, nach Rausch und Erlösung fiebernder Unterleib zunehmend auf sich aufmerksam machte.

Auf seinem späten Spaziergang durch die Straßen des Village versuchte Sol seine Phantasiebilder von heftigen Beischlafszenen zu durchleuchten. War er in dieser Hinsicht so viel anders als alle anderen unglücklich verheirateten Männer? Vermutlich nicht. Aber Sol war Rabbiner und stellte höhere Anforderungen an die Reinheit seiner Vorstellung als irgendein x-beliebiger bedauernswerter geiler Bock. Und da war noch etwas, was die Eindringlichkeit seiner Phantasien unbegreiflich machte: Er war mit einer femininen Frau verheiratet, die in seiner Einbildung durchaus im Mittelpunkt seiner körperlichen Bedürfnisse hätte stehen können.

Anders als Tom stieß ihn der Gedanke an eine Hure ab. Und auch wenn er es Tom angeraten hatte, er selbst war nicht imstande, Naomi die Leidenschaft vorzuspiegeln, die früher ganz natürlich bei der Berührung ihres Körpers aufgekommen war. Als sie noch Verkehr miteinander gehabt hatten, war es ihnen ausschließlich um die Befruchtung einer Eizelle gegangen. Sie hatten sich in zwei stotternde Maschinen verwandelt, und die Erotik war ihnen abhanden gekommen. Er sehnte sich nach einer Frau, die seine Erektion ohne Hintergedanken aufnehmen konnte.

Nachdem sie vier Monate lang in völliger Enthaltsamkeit gelebt hatten, fragte sie ihn eines Abends, wieso er sie nicht mehr anfaßte.

»Ich weiß nicht«, antwortete er feige, »das ist wohl nur vorübergehend, es wird sich schon wieder geben.«

»Was wird sich dann geben?«

»Daß ich mir nichts daraus mache.«

Er machte sich wohl etwas daraus, aber seine Leidenschaft hatte sich von ihrem Körper abgekehrt, von ihren prallen Pobacken, dem samtweichen Bauch und den voll entwickelten Hüften, die inbrünstig auf jemanden mit emsigen Samen warteten. Er versuchte sich in ein Wesen ohne Körper zu transformieren, in puren Geist, der sich von der wunderlichen Sucht nach vollen Brüsten mit einladenden Brustwarzen und nach aromatischen Hautfalten voller Geheimnisse befreit hatte. Viele Monate lang war er davon überzeugt gewesen, daß er hierin Fortschritte verbuchen konnte, aber seit dem Anblick der Sängerin war ihm klar, daß ihn noch immer die Tollheit der *Néfesch behemíth* beherrschte, des Tieres in seinem Blut.

Vielleicht brauchte er einen Psychiater, einen scharfsinnigen *shrink*, der ihn nicht auslachen würde, wenn er erzählte, daß er seine attraktive Frau nicht mehr lieben konnte, weil sie ihn an einen Brutapparat erinnerte. Leider hatte er niemanden, dem er sich anvertrauen konnte. Und seine Gebete? Er fand es ziemlich lächerlich, Gott anzuflehen, ihn von seinen Morgenerektionen zu erlösen. Er vergrub sich in seine Arbeit, das bewährte Rezept für den unglücklich Verheirateten, und schrieb Artikel, besuchte die Gemeindemitglieder, die etwas zu feiern oder zu betrauern hatten, und delegierte so wenig wie möglich an seine Assistenten.

Warum aber betrat Sol dann das Haus, in dem für ihn ausschließlich Schmerz und Verwirrung zu erwarten waren?

In der Seventh Avenue, inmitten von jungen Leuten, die an diesem Samstagabend nach intensiven, atemberaubenden Abenteuern suchten (sie umringten ihn in jeder nur erdenklichen Zusammensetzung, Gruppen von Jungen, Gruppen von Mädchen, Pärchen, lachend, großspurig, still, ausgelassen, aggressiv, entspannt, provokativ), trat Sol durch die Tür unter dem großen Schild: TOTAL NACKTE MÄDCHEN, NACKT, NACKT, NACKT!!!

Sol fand, er müsse sich auf die Probe stellen. Wenn er diesen Test bestand, würde er die unmittelbare Zukunft auch ohne Intimität überstehen können, ohne fürchten zu müssen, daß er sich in einem verfluchten Moment ein Callgirl auf ein Hotelzimmer kommen ließ. Kein bezahlter Sex. Keine Mösen in seinem Kopf. Er war davon überzeugt, daß ihn nicht nur Geilheit trieb. Dieser Besuch war eine Roßkur gegen seine perversen Gedanken.

Er bezahlte zwanzig Dollar und lief durch einen schmalen Flur mit roten Lampen. Der Saal war warm und feucht, und der Geruch erinnerte an fauligen Schimmel, als stünden die Keller voll mit Abwässern. Lautstarker *Heavy metal* attackierte sein Trommelfell, und er blieb einige Sekunden stehen und legte sich schützend die Hände auf die Ohren.

Dichter Zigarettenqualm verschleierte die Sicht auf die grell erleuchtete Bühne, und Sol forschte nach einem freien Platz. Ein junger Afroamerikaner in rotem Smoking rief ihm etwas Unverständliches zu, er wollte wissen, ob er einen Tisch oder einen Platz an der Bar wolle, begriff Sol endlich.

»Tisch!« rief er zurück, überzeugt, daß der junge Mann ihn nicht verstehen würde. Doch der konnte offenbar von den Lippen ablesen, und Sol bekam einen Tisch rechts von der Bühne.

Er setzte sich auf einen gußeisernen Stuhl mit Kunstlederbezug, und der Smoking winkte nach der Bedienung. Ein anderer Smoking tauchte neben ihm auf und stellte einen vergoldeten Weinkühler auf das Rauchglas seines runden Tisches, der wie der Stuhl aus weißlackiertem Gußeisen war. Ohne daß etwas zu hören war, entkorkte der Smoking mit verbissenem Gesicht, die ganze Kraft seiner Arme aufbietend, eine Halbliterflasche kalifornischen Champagner. Hinter dem Kellner, im farbigen Licht der Bühne, bewegten sich drei nackte Frauen auf hochhackigen Schuhen zum *beat* der Rockmusik und versuchten möglichst synchron über das Podium zu tanzen.

Sie waren atemberaubend schön. Ihre Körper glänzten, nicht nur weil sie schwitzten, sondern weil sie mit Öl eingerieben waren. Ihr Schamhaar war zu einem koketten kleinen Büschel auf dem Venushügel gestutzt. Alle drei hatten kolossale Brüste mit makellosen Brustwarzen, vielleicht mit Silikon gefüllt, doch von klassischer Schönheit. Sie hatten straffe Körper mit gutgeformten Beinen, Hintern und Hüften, und ihre Gesichter waren noch jung und erwartungsvoll und nicht von harten Zügen entstellt. Das hier waren keine halbverhungerten Models oder ausgezehrten Ballettänzerinnen, sondern pralle Körper, die sich nach Sols hartem Schwanz sehnten. Er kämpfte gegen diese Illusion an und sah ein, daß er sich selbst etwas vormachte. Diese aufreizenden Frauen tanzten für Geld.

Ein Glatzkopf mit Hängebacken legte einem der Mädchen einen Geldschein vor die Füße. Es nickte und löste sich aus der Tanzformation. Während die beiden anderen nach ihrem Schema weitertanzten, stellte sich die Angebetete am Rand der Bühne auf. Sie spreizte die Beine und ging in die Hocke. Mit dem Mann blickte der ganze Saal auf ihre vollen Schamlippen. Sie streichelte ihre Brustwarzen, und der Mann blieb regungslos stehen, mit geballten Fäusten und an den Schläfen dick hervortretenden Adern, und starrte ohnmächtig in ihre Möse.

Sol wandte den Blick ab. Er nippte an dem süßen Sekt und bedachte gerade noch rechtzeitig, daß der Alkohol die Schnelligkeit seiner Samen beeinträchtigen würde. Also winkte er nach dem Smoking und bestellte brüllend ein Fläschchen Pellegrino. Er versuchte seinen Körper zu beherrschen, spürte aber, wie sich sein Schwanz in der Hose dennoch aufrichtete, und er trichterte sich Psalm 97,10 ein: *Die ihr den Ewigen liebt, haßt das Böse!*

Sol hatte sein Leben dem *kiddúsch-ha-Schém* geweiht, der Heiligung Gottes, und das beinhaltete, daß sein Leben ein Musterbeispiel an Gläubigkeit und Hinwendung zu sein hatte. Nicht aus Opportunismus, nicht aus Angst, sondern aus Liebe zu Ihm. Was hatte Gott noch über einen Menschen gesagt, der Seinen Vorschriften gehorchte und somit ein vorbildliches Leben führte? Er sagte zu ihm: *Mein Knecht bist du, Israel, daran ich mich berühme.* So stand es in Jesaja 49,3. Und was tat Rabbi Mayer? Er bezahlte für den Anblick nackter Frauen, die ihre Heiligkeit vor einem Saal schwitzender Männer entblößten. Indirekt, doch die Absicht war eindeutig vorhanden, machte er sich des *Chilúl ha-Schém*, der Schändung Gottes, schuldig. Und die Strafe dafür war Jesaja 22,14: *Ob euch gesühnt wird diese Missetat, bis daß ihr sterbet.* Sol spürte, daß sein Geschlecht schrumpfte und sich seinen Gedanken fügte, und er schaute wieder zur Bühne hoch, nach neuen Peinigungen suchend.

Die Frau befeuchtete den Mittelfinger ihrer rechten Hand und steckte den glänzenden Finger, nachdem sie ihn dem Saal gezeigt hatte, ganz in ihre Vagina.

Es wurde applaudiert, Sol sah die Handbewegungen, ohne daß das dazugehörige Geräusch durch die laute Musik hindurchdringen konnte, und die Zuschauer – unter denen sich auch Frauen befanden, entdeckte Sol – lachten erleichtert auf. Als er sich wieder der Bühne zuwandte, sah er, wie der Mann, der das trickreiche Verschwinden des Fingers aus zwei Fuß Entfernung verfolgt hatte, die Hände in die Oberschenkel krallte, um nicht der Versuchung zu erliegen, die Frau anzufassen.

Die Frau zog ihren Finger wieder hervor und ließ sich auf die Fersen nieder. Sie hielt dem Mann den feuchten Finger unter die Nase. Mit geschlossenen Augen sog er ihren Geruch ein, als hielte er sein Gesicht über ein delikates Gericht, und plötzlich packte er sie und zog sie von der Bühne herunter.

Unwillkürlich sprang Sol auf, um das Mädchen zu befreien, doch noch ehe er seinen Tisch verlassen hatte, beugten sich bereits drei Smokings über den Mann, und das Mädchen rannte mit vor der Brust verschränkten Armen auf eine Seitentür zu, sich seiner verletzlichen Nacktheit plötzlich seltsam bewußt. Ungerührt blieben die beiden anderen Tänzerinnen an Ort und Stelle. Sie boten dem Publikum den Hintern dar und beugten sich so weit vor, daß ihre dunkel gefärbte Gesäßspalte sichtbar wurde. Dem schlaffen Glatzkopf drehte man die Arme auf den Rücken und schleifte ihn aus dem Saal, so sehr er sich auch wand.

Ein Musikwechsel kündigte eine neue Tänzerin an. Die beiden verließen das Podium, und der Beat des nächsten Songs sorgte für eine weitere Beschleunigung des Herzschlags. Noch fünf Minuten, dachte Sol, wenn ich die ohne Erregung, im Vollbewußtsein der Schmutzigkeit dieses ganzen Theaters überstehe, dann verlasse ich diese Hölle und werde nachher Naomi zu ihren ehelichen Rechten kommen lassen. Das gebieten mir ihre Treue und ihr Anstand. Das gebieten mir meine Prinzipien.

Die Podiumlampen wurden bis auf einen gelben Lichtkegel gedimmt, in den jetzt eine andere Frau trat. Glitzernde Fransenbüschel schmückten ihre Brustwarzen, und ein winziges Höschen bedeckte ihre Scham. Ihr Auftritt wurde mit einem Applaus begrüßt, als sei sie der Star des Abends, und Sol fühlte, wie sein Herz zersprang, als er die Frau erkannte, die in der Boeing das Glas Tomatensaft umgestoßen hatte.

Regina Nössler

Leipziger Allerlei

»Du erkennst mich an meiner häßlichen, rosafarbenen Reisetasche«, hatte sie am Telefon gesagt, und viel mehr als das wußte Sabine nicht über sie.

Eine rosafarbene Reisetasche, ihr Name – Claudia – und ihre durchaus sympathische Stimme am Telefon. Es war geheimnisvoll und spannend. Zwar tat Sabine so was nicht zum ersten Mal, aber irgend etwas war diesmal aufregender als sonst, oder etwas war einfach nur anders, vielleicht war es ja die Stimme – egal.

An dem Tag dann, als es passieren sollte, wurde Sabine von der für sie typischen Lustlosigkeit überfallen; sie hatte keine Lust gehabt zu verreisen – auch, wenn die Fahrt von Berlin nach Leipzig nur zwei Stunden dauerte –, und sie hatte überhaupt keine Lust, auf einem fremden Bahnhof eine Fremde abzuholen. Der Leipziger Kopfbahnhof war zweifellos schön, erzitterte aber soeben unter den mächtigen Stößen der Renovierungsarbeiten, die vermuten ließen, daß gleich das Dach über den Köpfen vieler, vor allem aber über dem Sabines zusammenstürzen würde.

Und dann hatte Claudias Zug auch noch 15 Minuten Verspätung. Es war kalt, und Sabine trug keinen Schal. Sollte Claudia beim Ankommen nur ruhig als erstes ihr Dekolleté sehen. Aber nun erwies es sich als unvernünftig, auf einen Schal verzichtet zu haben, und Sabine rauchte auch noch eine nach der anderen, weil sie sich fragte, wie sie inmitten all dieser Leute die rosafarbene Reisetasche erkennen sollte und weil sie aufgeregt war – gegen ihren Willen.

Noch während sie in diese Gedanken verstrickt war – sie hatte keine Lust, nach einer fremden Claudia Ausschau zu halten, von der sie lediglich Namen und abscheuliche Farbe der Tasche wußte, und daß sie eine ganze Menge mit Sex zu tun hatte, wußte sie auch, nicht aber, ob sie z. B. auch gut aussah; sie hatte einfach keine Lust, in Leipzig herumzustehen, es war kalt, sie hatte Hunger, und genaugenommen wollte sie nur eins: ins Bett, und zwar allein, und war Claudia mit der durchaus sympathischen Stimme am Telefon nicht ein wenig überbetont unkompliziert und lustig gewesen? So lustig war das Leben schließlich nicht. Und Sex auch nicht. – Noch während Sabine all dies dachte, nein, ich hab's mir anders überlegt, ich will jetzt doch nicht, hielt der Intercity aus Berlin plötzlich neben ihr; die ersten waren bereits ausgestiegen und an ihr vorbeigegangen. Die Tasche! Die rosa Tasche! Sie mußte die rosa Tasche finden, und sie mußte die lustige, unkomplizierte Claudia entdecken, lange, bevor sie von Claudia entdeckt werden konnte (obwohl sie gar kein Erkennungszeichen hatte), denn die erste zu sein würde ihr die nötige Sicherheit geben.

Aber es zogen nur Taschen in gedeckten Farben und Koffer auf quietschenden Rädern an ihr vorüber. Alle Frauen, die vom Alter her – Mitte 30 – in Frage gekommen wären, führten geschmackvolleres Gepäck mit sich, oder sie wurden bereits abgeholt, oder sie waren nicht so fröhlich, wie Sabine sich Claudia vorstellte, oder sie sahen überhaupt nicht so aus, als hätten sie nur irgend etwas mit Sex zu tun.

»Du bist Sabine!« entschied die Frau, die sich vor sie hingestellt hatte und jetzt auch tatsächlich lachte, und ihre Tasche war sehr groß und sehr rosa.

»Woher weißt du das?« sagte Sabine grimmig.

»Ich weiß es eben«, sagte Claudia, und genau so würde sich auch ihr zukünftiges Verhältnis zueinander gestalten.

Der allererste Kuß irritierte Sabine, vorschnelle Verbindlichkeiten waren nicht ihre Sache; und so nahm sie die vertraute Verhaltensweise an: stocksteif stand sie da, so als wäre sie ein einziger Haltungsschaden (denn natürlich wurde der Kuß von einer Umarmung begleitet), aber was war schon ein Kuß.

»Ich helf dir mal tragen«, sagte Sabine, was sie sofort wieder bereute, denn die Tasche war noch schwerer als am Telefon angekündigt. So gingen sie nun nebeneinander her, jede einen Griff der Tasche in der Hand, und da sie über keine eingespielten Bewegungen miteinander verfügten, bollerte die Tasche immerzu gegen die Beine, und zwar gegen die Sabines.

»Das ist ein schöner Bahnhof«, sagte Claudia, »wie vor zwei Jahren!« Das Tempo ihres Schritts, dem Sabine sich unweigerlich anpassen mußte, wollte sie nicht Claudia an der Tasche wie ein Hündchen hinter sich herschleifen, ließ an Spazierengehen und Bummeln denken und nicht an Busineß und Termine, deshalb erinnerte Sabine sie daran, daß sie zuallererst zur Buchmesse müßten.

»Nee, erst will ich einen Kaffee«, entschied Claudia.

»Nein, wir müssen erst zur Messe«, sagte Sabine.

»*Einen* Kaffee«, sagte Claudia, »ich hatte heute noch keinen.«

»Messe!«

»Och, die vielen doofen Bücher. Zuerst Kaffee!«

»Nein! Messe!« sagte Sabine.

»Kaffee! Kaffee!«

Natürlich bekam Claudia ihren Willen. Ihr Weg führte durch die Leipziger City, »sieht ja alles ganz anders aus als vor zwei Jahren«, bemerkte Claudia, »das sieht ja völlig anders aus! Aber da vorn, da um die Ecke, da ist die Pension.«

Claudia hatte Sabine am Telefon mit dieser durchaus sympathischen Stimme eine Pension in Leipzig versprochen.

»Die Pension heißt ›Pension 18. Oktober‹«, sagte Claudia, »ich lade dich ein. Oder war es der 7. Oktober? Oder hieß die Straße so, und die Pension heißt ›Karl Marx‹? Oder umgekehrt? Ach, es sieht so anders aus als vor zwei Jahren. Jedenfalls, es war eine Revolution.«

Sabine merkte nun langsam, daß sie sich Schritt für Schritt von dem Weg entfernten, der direkt zur Buchmesse geführt hätte, Claudia war ein Quengelchen, aber durchaus sympathisch und genaugenommen sehr süß, jetzt quengelte sie: »Och Mööönsch, ich will Kaffee, können wir nicht einen Kaffee vorher?« Und daß es hier ja gaaanz anders aussähe als vor zwei Jahren, betonte sie unverändert oft.

»Da vorn, da! Da muß die Pension sein!« Claudia begeisterte sich, »da! Da noch um die Ecke«, (wir sind schon um so viele Ecken gegangen, dachte Sabine), »ja ja, genau so sah es aus – rede ich dir eigentlich zuviel?«

Sie standen vor keiner lauschigen Revolutions-Pension, sondern vor einer gigantischen Baulücke. Daneben war ein Café.

Im Café hatten sie direkten Panoramablick auf die Baulücke, die sich als archäologische Ausgrabungsstätte irgendeiner Burg erwies. Sabine wollte jetzt etwas klären und sagte: »Was machen wir denn nun heute abend? Wir haben am Telefon noch gar nicht darüber geredet.«

Claudia erwiderte: »Mal gucken.« Dabei strahlte sie Sabine an.

Aha. Eine von den Wir-lassen-es-auf-uns-zukommen-Frauen.

Während sie ihren Kaffee tranken, schraubten sich vor ihren Augen monströse Bohrer in die Erde.

Und natürlich wußte Sabine, was sich in Claudias rosa Reisetasche verbarg: Dildos, ein ganzes Warenhaus voller Dildos, in allen erdenklichen Formen, Farben und Größen.

Claudia hatte an diesem Abend nur sehr halbherzig ihre Sextoys präsentiert. Von sich hatte sie auch nichts gezeigt. Sie war nicht bei der Sache gewesen, das merkte Sabine, auch ohne sie zu kennen. Sabine war ein wenig enttäuscht – das also sollte alles von Claudia gewesen sein? Alles von ihrem durchaus knackigen Körper? So also sahen dann am Ende ihre Versprechungen aus?

Allerdings war der gemeinsam gestaltete Erotische Abend in dem riesigen, gleißend hellen Kino anläßlich der Leipziger Buchmesse 1996 auch nicht dazu angetan, sich ins Zeug zu legen. Sabine hatte sich damit begnügt, einen spärlichen Auszug aus einem Buch, das von Frauen handelte, die immerzu geil aufeinander waren und auf jede nur erdenkliche Art miteinander vögelten, vorzulesen, sie war ebenso wenig wie Claudia bei der Sache gewesen; und als der Bunte Abend zu Ende war, kannte niemand der Einheimischen weder eine Revolutions- noch eine Karl-Marx-Pension, und so nahmen Claudia und Sabine das freundliche Angebot von

Sandra, die im Kino Gläser spülte, bei ihr zu übernachten, gern an.

Zu Sandra gesellte sich noch Jan, der, ganz Kavalier, die schwere, rosafarbene Tasche, in der die Dildos nach ihrer eher freudlosen Präsentation wieder verschwunden waren, zu seinem Auto trug. Claudia und Sabine setzten sich auf den Rücksitz des Autos.

Überraschenderweise nahm Claudia dann Sabines Hand in die ihre und hielt sie fest. War das eine Annäherung? Ein Antrag? Jan fütterte den CD-Player, und erst jetzt nahm Sabine, der die rechte Hand fehlte, weil Claudia sie nicht losließ, all die beeindruckenden Leuchtarmaturen vorne im Auto wahr. Viel später in der Nacht würde Claudia ihr erzählen, daß diese Art Auto 50.000 DM kostete.

Jan sah nicht auf die Straße, sondern unentwegt in den Rückspiegel; von dort peilte er Claudias linke und Sabines rechte Hand an.

»Soll ich romantischere Musik machen?« fragte er im Glauben, damit einen guten Scherz gelandet zu haben; das hatte er zumindest bei seiner Freundin Sandra, denn die dankte es ihm mit Lachen und einem bewundernden Blick. Unterdessen starrte Jan weiter in den Rückspiegel, so, als würde ihm mit dem Händchenhalten dort hinten ein Porno geboten, und da die Frage nach romantischer Musik von Claudia und Sabine bejaht worden war, fuhren sie von *Portishead* untermalt in einem Affenzahn durch die Leipziger Nacht.

»Schnell-Fahren ist geil«, bemerkte Claudia und drückte Sabines Hand fester, »Schnell-Fahren ist Freiheit!«, was Sabine verwundert zur Kenntnis nahm – hatte Claudia sie noch alle? –, Jan vorne hingegen mit »ja ja ja!« quittierte und was ihn darüber hinaus dazu veranlaßte, noch mehr auf die Tube zu drücken. Sabine betrachtete Claudia von der Seite, doch die lächelte nur vielsagend.

Natürlich trug Gentleman-Jan die Dildotasche vom Auto zum luxussanierten Haus. Erst im Hausflur fielen Sabine die piekfeinen Klamotten dieser noch sehr jungen Menschen auf, und nach einer kurzen Bewunderung des Treppenhauses – »Oh ist das aber schön« – wurden Sabine und Claudia, die bereits die ersten Treppenstufen hinaufgegangen waren, zu den chromfarbenen Türen des Lifts zurückgewunken: »Hallo, hier lang!« Mit dem Lift fuhren sie in den ersten Stock.

In der Wohnung des jungen Paares bestachen der neue Parkettboden und die Stuckdecken. Jan und Sandra baten sie in eins der Zimmer, »leider ist der Wintergarten noch nicht fertig«, in dem Claudia und Sabine ihr Gepäck abstellten und in dem sie auch schlafen würden, wie sie erfuhren. Sabine empfand eine gewisse Vorfreude bei dem Gedanken, mit Claudia in einem Bett zu schlafen. Aber zuerst mußte noch eine Flasche Wein getrunken werden. Jan und Sandra freuten sich schon. Das sagte zwar nur Jan, aber er sprach für beide.

In dem Zimmer befanden sich ein Schreibtisch, ein großes Bett und ein kleiner runder Tisch mit zwei davor drapierten schwarzen Sesseln; darauf warfen sich Claudia und Sabine. Die Sessel waren, wie auch die restlichen Möbel, frisch aus einem Life-style-Laden in Jans und Sandras Leben gekommen. Die Feigen auf dem kleinen runden Tisch waren ebenfalls frisch.

Jan und Sandra entfernten sich geräuschlos; Claudia und Sabine harrten der Dinge, die da kommen würden. Inzwischen war es ein Uhr nachts, Sabine war todmüde und legte gar keinen Wert mehr auf Dinge, die noch kommen konnten, egal wie sie aussahen.

»Die kleinen Aufsteigerchen«, sagte Claudia, aber noch ehe Sabine etwas darauf erwidern konnte, kehrte Aufsteigerchen Jan mit einem dritten schwarzen Sessel zurück. In seiner schwarzen Hose und der schicken schwarzen Weste ging er zur Stereoanlage und legte *Portishead* ein. Sabine starrte auf die frischen Feigen und ging gelangweilt der Frage in ihrem müden Hirn nach, ob sie eigentlich schon mal frische Feigen gesehen hatte.

Lautlos wie ein freundlicher Hausgeist huschte Sandra mit einem Tablett herein: eine Flasche Wein, etwa so groß wie die Bohrer auf der Baustelle am Nachmittag, und vier langstielige, milchigblaue Gläser.

»Das sind aber schöne Gläser!« lobte Claudia wie auf einem Verwandtschaftsgeburtstag bei Tante Helga und blinzelte Sabine, die sich allmählich fragte, ob Claudia eine Verrückte sei, über den Tisch hinweg zu. Jan und Sandra waren sichtlich stolz darauf, daß ihr Hausrat gelobt wurde. Wo aber würde Sandra, die blöde in ihrem schicken, schwarzen Hosenanzug und mit exakt geschnittenen kurzen rotgefärbten Haaren herumstand, sitzen?

Sandra – Sabine schätzte sie auf ungefähr 23 – beantwortete diese Frage selbst, indem sie unaufdringlich und so, daß es niemandem auffiel, das Zimmer verließ und es mit einem chromfarbenen Life-style-Tönnchen, vermutlich ein Papierkorb, wieder betrat.

Sie drehte das Tönnchen herum und setzte sich darauf. Währenddessen sah Sabine an sich hinunter und fand ihre Kleidung plötzlich reichlich schäbig. Und diese unglaublich akkurat geschnittenen Haare des jungen Paares! So, als wären sie erst gestern beim Friseur gewesen. Sabine wandte ihren Blick wieder den Feigen zu.

»Und du mußt jetzt auf diesem Ding sitzen?« fragte Claudia.

Sandra saß strahlend mit ganz geradem Rücken auf der Tonne.

»Das macht ihr nichts aus«, sagte Jan, »Sandra sitzt gern da.«

»Jetzt esse ich aber auch mal eine Feige«, sagte Claudia, »wenn die da schon so rumliegen.«

»Sandra ißt sie so gern«, erklärte Jan – Sandra strahlte glücklich und schweigend in die Runde –, »deshalb bestellen wir sie immer frisch. Frisch schmecken sie ja ganz anders. Es gibt aber nur einen einzigen Laden in Leipzig, in dem man frische Feigen bestellen kann.«

»So so«, bemerkte Sabine, die noch immer nicht eingeschlafen war; sie sank auf dem Sessel in sich zusammen, warum mußte Claudia immer weiter und weiter reden? Warum mußte sie auch noch nachfragen? Interessierte sie ernsthaft, wie schwierig es war, in Leipzig an frische Feigen zu kommen?

»Was macht ihr denn so?« fragte Claudia (Sabine dachte: O nein!) und richtete ihren Blick auf Sandra auf der Tonne.

Was, wenn sie eigentlich gar nicht mit mir in einem Bett schlafen will? dachte Sabine.

»Sie arbeitet im Kino, weil es ihr Spaß macht«, sagte Jan.

Aber sie muß mit mir in einem Bett schlafen.

»Ich kann aber auch das Kino-Programm mitgestalten«, meldete sich Sandra höchstpersönlich zu Wort.

»Eigentlich studiert Sandra ja Filmkaufmann«, sagte Jan.

»Aha, Filmkaufmann«, sagte Claudia. Sabine betrachtete sie und wurde den Eindruck nicht los, daß ihr die Situation großes Vergnügen bereitete.

»Ja, ich finde das nicht so wichtig, jetzt unbedingt Filmkauffrau zu sagen«, bemerkte Sandra, die auf Zack war und die klitzekleine Kritik verstanden hatte, »Kauffrau, Kaufmann, was zählt, ist doch das Können. Und ich hab es nicht so nötig, mich extra Kauffrau zu nennen, ich finde, das ist so erzwungen.«

»Sandra ist auch viel besser als die Männer«, sagte Jan.

Sabine sah erneut zu Claudia, die vor sich hinschmunzelte – ja, es machte ihr Spaß. Und während sie mit einem Ohr der Diskussion über feministischen Sprachgebrauch lauschte, die fortan nur noch von Claudia und Jan bestritten wurde, erinnerte sie sich an den Nachmittag in der Galerie. Nachdem Claudia endlich zu ihrem Kaffee und ihrem Willen gekommen, die Pension, die vermutlich nie existiert hatte, jedoch noch immer nicht gefunden worden war, nachdem sie auch ihren Besuch auf dem Messestand abgestattet hatten, sahen sie sich nun diese saftlosen erotischen Fotos an, Sex, immer ging es nur um Sex. Irgendwann stand Sabine mit dem Rücken zu Claudia und betrachtete die Bilder allein, und dabei glaubte sie plötzlich, Claudias Blick auf ihr im Rücken zu spüren, obwohl Claudia meterweit von ihr entfernt auf einem Stuhl saß, Claudias Blick, der sie irgendwie an die monströsen Riesendildos auf der Baustelle erinnerte, die sich hineinschraubten und -schraubten, immer tiefer in sie hinein, und sie bewegte sich anders von Bild zu Bild, als sie es unbeobachtet getan hätte – und als sie sich dann abrupt umdrehte, um ihren Eindruck zu überprüfen, da hatte sie recht behalten, denn Claudia sah sie tatsächlich an und hatte sie bereits die ganze Zeit angesehen, und sie hörte auch jetzt nicht damit auf, ach war das schön, hätte sie nur ewig so geguckt (und sie sah nicht nur in Sabines Augen) – als Sabine auf dem Designer-Sessel wieder aus ihren zarten und zugleich eindringlichen Erinnerungen aufwachte, war Jans Treiben Thema. Er sagte gerade: »L. A. Productions.«

Am Rande schnappte Sabine auf, daß die Miete für die Wohnung 2500 Mark betrug, und ihr dämmerte allmählich, daß dort vor ihr waschechte Yuppies saßen, eine Spezies, die sie bislang nur vom Hörensagen kannte. Leipziger Yuppies mit leicht sächsischem Akzent.

L. A., Leipziger Allerlei Productions, das war Jans Filmproduktionsfirma. »Und?« fragte Claudia, »willst du nicht irgendwann nach Berlin?«

Nein, nein, wenn schon, dann New York! Dorthin habe er auch gute Connections. Natürlich. Sabine fixierte Claudias häßliche, rosafarbene Reisetasche auf dem Parkettboden, die nicht so recht zum Ambiente paßte, und sie durchröntgte die Tasche, die sie viel mehr interessierte als Jan und Sandra – all die Dildos! »Und irgendwann gehen wir ganz nach New York«, sagte Jan, legte seine Pranke auf Sandras Bein und knetete ein bißchen. ›Irgendwann gehen wir mal schön essen‹, dachte Sabine.

Aber der Leipziger Themenabend sollte sich noch ganz anders gestalten.

So, als habe sie auch soeben an den Inhalt des prallgefüllten rosa Säckchens, das voller Verheißungen steckte, gedacht, sagte Sandra mit Bedauern, daß sie gar nichts von den Spielzeugen (die Sabine gerade in Gedanken der Reihe nach in die Hand nahm und durchprobierte) mitbekommen habe, weil sie ja im Kino die Gläser spülen mußte.

»Na, dann zeig sie deiner Freundin doch mal!« forderte Claudia Jan auf, der anfangs noch zu glauben schien, sie würde spaßen und der sich dann aber zierte, als alle drei Frauen hintereinander »Au ja! Zeig doch mal! Au ja!« sagten. (Was ich alles für eine Übernachtung tun muß, dachte Sabine.)

Alles Zieren half nichts: Sandra blickte ihn erwartungsvoll an, und Claudia und Sabine warteten auch.

»Nimm dir ruhig alles aus meiner Tasche«, sagte Claudia und deutete auf den rosafarbenen Schandfleck, »du hast ja im Kino gesehen, wie es geht.«

Jan faßte sich, schließlich war er kein Klemmi. Er holte Claudias Reisetasche, öffnete den Reißverschluß und setzte sich vor das Tönnchen auf den Fußboden. Sandra war zu seinem Sessel gewechselt, auf dem sie nun mit unverändert strahlendem Blick und geradem Rücken das gelobte Land, in das ihr eigener Freund sie entführen würde, erwartete.

Das gelobte Land bestand aus all den schönen Dingen, die Sabine kurzfristig wach gemacht hatten, die sie nun aber angesichts von Jans Händen wieder einschläferten – die Dildos, Vibratoren, Harnesse, Peitschen, Duschaufsätze und Lecktücher, all sie sagten in Jans Händen *Gute Nacht, Sabine* zu ihr, *schlaf schön* – Sandra hingegen machten sie immer wacher und immer strahlender und geradrückiger.

Mit einem schwarzen bananenförmigen Dildo in der einen und einem zarten kleinen Peitschchen in der anderen Hand wedelnd outete Jan seine Freundin: »Sandra ist ja eher bisexuell« – was Claudia und Sabine höflich überhörten.

Sandra strahlte und legte kokett ihren Kopf schief.

In der nun folgenden Unterhaltung über Sextoys, in der Jan und Sandra immerzu anbrachten, daß sie bereits über solcherlei Spielzeug verfügten (»aber nicht so weiches«), wurde Jan nicht müde, die Bisexualität Sandras, die er als etwas Einzigartiges zu betrachten schien, hervorzuheben; doch auch nach der zehnten Erwähnung weigerten sich Claudia und Sabine beharrlich, darauf zu reagieren, trotz all der gesendeten Blicke des jungen Paars, die fragten: Na? Macht euch das keinen Appetit?

Jan hatte die Sextoys-Kollektion hinter sich gebracht, die bunten Dildos standen auf der Tonne. Als Claudia zwischendurch mal auf dem Klo verschwand, rückte Jan ganz dicht an Sabine heran und fragte, mit dem Kopf auf die Dildos weisend, in verschwörerischem Ton: »Bist du dir nicht zu schade, um mit der da rumzuziehen?« Viel später in der Nacht würde Claudia ihr erzählen, daß er während Sabines Abwesenheit an sie eine ganz ähnliche Frage gerichtet hatte: »Was willst du denn mit der da?«

Sandra war offenbar immer noch nicht gesättigt. »Mehr!« sagte sie; also begann Jan, aus den mitgebrachten Büchern, die von Frauen handelten, die immerzu geil aufeinander waren und auf jede nur erdenkliche Art miteinander vögelten, vorzulesen. Claudia auf ihrem Sessel kicherte, Sabine fragte sich, ob sie in letzter Zeit so viel Böses getan hatte, daß sie all das verdiente. »O bitte mehr!« forderte Sandra und strahlte und strahlte. Die Erwartung in ihren Augen hatte inzwischen beinahe unnatürliche Formen angenommen.

Also las Jan mehr vor. Sein Blick allerdings verfinsterte sich von Fick zu Fick und von Möse zu Möse, er schien es nur noch widerwillig zu tun. Doch Sandra hielt nun die ganze Zeit in fiebernder Erwartung ihren Kopf schief und wiederholte ihre Forderung nach mehr Mösen.

Da platzte es aus Jan heraus:

»Ideologie!«

Sandra verstummte. Sabine verstand nicht.

»Ideologie! Das ist alles nur Ideologie!«

Sabine verstand nicht mehr so ganz, worum es ging, aber schließlich war sie auch sehr müde.

»Ideologie! Das ist auch nicht besser als die DDR!«

Die immer noch belustigte Claudia sah zu Sabine herüber und erklärte ihr, worum es ging: »Mao und Mösen.«

»Ideologie!« ereiferte sich Jan weiter, »diese Abgrenzung! Diese Ausschließlichkeit! Diese – diese – diese – Lesbierinnen.« – (Was ist denn das? dachte Sabine, ein seltenes, ekliges Insekt?) – »Nur DAS ist richtig!« – Jan hämmerte auf dem Buch herum, aus dem er gerade vorgelesen hatte, »es sollte doch nur darum gehen, daß Menschen sich *lieben!*«

Sabine hatte eigentlich ins Bett gewollt und keinen Ost-West-Konflikt mit einem puterroten, 25-jährigen Jan, der die Freiheiten des Westens und die freie Liebe unter freien Menschen lobpreiste.

Sandra hatte inzwischen ihren Kopf geradegerückt und ihre Forderungen eingestellt. Gezwungenermaßen mußte sie von ihrem Wunsch nach mehr Mösen Abschied nehmen; ihre Rolle beschränkte sich in den folgenden Stunden darauf, über Jans Kopf zu streichen und diesen Akt mit den Worten zu begleiten: »Jan hat es schwer gehabt. Er war nämlich ein Regime-Gegner. Er hatte Schwierigkeiten in der Schule. Er hat es wirklich schwer gehabt.«

Endlich war die Stunde der Befreiung gekommen: Jan und Sandra hatten die Sexvideos, um die sie trotz unüberwindbarer Klüfte mit glänzenden Augen gebeten hatten, an sich genommen, artig gute Nacht gesagt und das Zimmer verlassen. Sabine sackte endgültig auf ihrem Sessel zusammen, und Claudia brach in so lautes hysterisches Gelächter aus, daß Jan und Sandra es eigentlich nicht überhören konnten.

Claudia stand auf und trat an Sabine heran. »So, Schatz«, sagte sie und tatschte zuerst an Sabines Bein, dann, nach einigem Zögern, an ihrer Brust herum, woraufhin Sabine erschrak und zusammenzuckte, »noch eine rauchen, dann gehen wir ins Bett.«

Sabine blieb auch nach der Zigarette noch auf ihrem Sessel sitzen, denn sie war sich nicht im klaren darüber, welche Nachtkleidung es nun anzulegen galt, vor allem wieviel Kleidung, auch wenn solcherlei Fragen um vier Uhr nachts nach mehrstündigen Debatten über Ost und West, Ideologien und eklige Insekten vielleicht nicht mehr so wichtig waren.

Claudia indessen zog sich aus, ganz aus, und legte sich ins Bett.

»Na komm schon, du Döfchen!« sagte sie und klopfte aufmunternd auf den freien Platz neben sich, »wie lange willst du da noch sitzen bleiben?« Manche Fragen des Lebens beantworteten sich überraschend und einfach.

Das Bett war ein brettharter Futon. Aber als um so kuscheliger erwies sich Claudia. Und einige kleine Träume, die im Laufe des Tages, vor allem am Nachmittag in der Galerie, in Sabine entstanden waren – sie wußte noch nicht so genau, ob diese Träume weiter oben oder weiter unten anzusiedeln waren –, wurden wahr. Sie war sich nun auch dessen sicher, daß Claudia mit ihr in einem Bett schlafen wollte.

Dann fiel Claudia ein, daß in der ausgeräumten rosa Tasche noch immer etwas steckte, ihr Reichtum war noch nicht erschöpft. Sie stand auf, raschelte im Dunkeln in der Tasche herum und kam mit Brot und Käse ins Bett zurück. Ohne Sitte und Anstand verschlangen Claudia und Sabine den Reiseproviant und krümelten dabei das Bett voll; das Pieksen mußte schleunigst beseitigt werden, also fegten sie die Krümel vom Bett auf das neue Parkett. Stinkenden Käse zu essen, der den ganzen Tag in einer häßlichen rosa Tasche verbracht hatte, verschaffte angesichts der frischen Feigen auf dem Tisch besondere Genugtuung.

Als alles restlos verzehrt war, führten sie ihre kleinen Erkundungen am Körper der anderen fort, angenehm wohlig und schläfrig.

»*So cosy*«, sagte Claudia. Zwar wußte Sabine nicht genau, was das Wort bedeutete, aber es klang gut und schien die Situation treffend zu beschreiben.

Und als es noch eine ganze Weile so hätte weiter- und weitergehen können, in diesem Dös- und Dämmerzustand kurz vorm Einschlafen, in Seligkeit, klopfte es an der Zimmertür. Claudia, die gerade halb auf Sabine lag und ihren Hals küßte, wandte ihren Kopf zur Tür, ohne sich vom Fleck zu rühren, und sagte: »Ja?«

Mit leiser, schüchterner Stimme – »Entschuldigung, ich wollte nicht stören« – trat Sandra geräuschlos ins Zimmer. Ein Hausgeist, bekleidet mit einem langen Schlaf-T-Shirt, der nicht stören wollte.

»Äh«, sagte der Geist, »äh also« – Sabine hielt indessen Claudia fest, damit sie nicht von ihr herunterrutschen konnte – »äh, kann ich mir vielleicht, also, kann ich mir was von den *Sachen* ausleihen?«

»Ja klar«, sagte Claudia freundlich zu der schemenhaften Gestalt an der Zimmertür und küßte weiter an Sabines Hals herum, »such dir was aus.«

»Mach dir doch Licht an«, sagte Sabine voller Hilfsbereitschaft und dachte: Die geht ja wohl hoffentlich gleich wieder.

Sandra war inzwischen bei den Dildos angelangt und erwiderte auf die erneute Aufforderung, das Licht anzumachen, mit großem Ernst: »Nein, ich fühle es.«

»Was willst du denn haben?« fragte Claudia.

Sie wird doch keine Plauderei mit Sandra anfangen? bekam es Sabine mit der Angst zu tun – aber nein, Claudia biß jetzt ganz leicht in ihren Hals, schob die Hand auf ihren Bauch und langsam weiter nach unten.

»Ich fühle es!« wiederholte Sandra feierlich, fühlte eine Weile vor sich hin, und dann kam: »Ja – ja – aah jaa – ich hab's.«

»Was hast du dir denn ausgesucht?« fragte Claudia, leckte über Sabines Ohr und schnaufte leise hinein.

»Die Nonne«, sagte Sandra.

Sabine erinnerte sich: Nonne, fliederfarben.

»Ja, die ist wirklich schön«, sagte Claudia und steckte die Zunge in Sabines Ohr.

»Sie ist so *weich*«, sagte Sandra verträumt.

O ja, dachte Sabine und hielt Claudia fest.

»Und sie riecht so gut.«

O ja!

Eigentlich hätte Sandra nun glücklich sein müssen, aber statt mit ihrer fliederfarbenen, weichen, wohlriechenden Nonne von dannen zu gehen, damit Sabine auch wieder glücklich werden und zurück in diesen seligen Zustand kurz vorm Einschlafen geraten würde, stellte sie sich vor das Bett.

Sie stand einfach da und sagte nichts. (Vermutlich legt sie ihren Kopf schief, dachte Sabine.)

»Da wartet doch bestimmt jemand auf dich«, sagte Claudia.

»Nein«, sagte Sandra. »Also, nicht unbedingt.«

Sandras tiefes Durchatmen vor dem nächsten Satz war in Dunkelheit und Stille deutlich zu hören.

»Also, ich kann auch *bleiben*.«

Ebenso deutlich war das gigantische Fragezeichen hinter

dem letzten Satz in der Dunkelheit zu hören, ein Fragezeichen, das nun so im Raum stand und bangend auf sein Ausrufezeichen wartete.

BLEIBEN? dachte Sabine.

»Das ist ja ein netter Vorschlag«, sagte Claudia – und Sabine dämmerte erst jetzt, was Sandra, die in ihrem T-Shirt wartend vorm Bett stand, da vorschlug – »das ist ja ganz nett, aber weißt du, wir sind ziemlich müde und müssen jetzt unbedingt sofort schlafen.«

»Ach so, ja, natürlich«, sagte Sandra, blieb noch eine Weile zögernd stehen und ging schließlich. Zurück im Zimmer blieb ein winzigkleiner Hauch der Enttäuschung, die Sandra als großes, schweres Päckchen mit sich hinausnehmen mußte.

Sobald die Tür geschlossen war, fingen Claudia und Sabine zu lachen an, wobei Sabine nicht zugeben wollte, Sandras Antrag nicht von Anfang an verstanden zu haben. »Du Döfchen«, kicherte Claudia, und Sabine warf sie ab, wechselte die Position und biß in ihren Hals. Leider war Sandra nicht für Jan vorgewärmt worden.

Dann kündigte Claudia an: »Ich könnte für die beiden Kleinen ja mal eine Runde stöhnen.«

Sabine dachte: Hä?

Aber während sie sich im stillen noch fragte, ob sie gerade richtig gehört habe, fing Claudia neben ihr bereits mit den Atemübungen zur Einstimmung an. Lockern und Warmmachen.

Sie lag auf dem Rücken, holte tief Luft und begann zunächst lieblich und zart.

Was dann folgte, war ein Stöhnen, das sich gewaschen hatte. Manchmal uferte es in kleine Schreie aus. Claudia war eine sehr talentierte Stöhnerin. Es war perfekt.

Sabine verbarg ihren Kopf an Claudias sich rasant hebender und senkender Brust, weil sie so sehr lachen mußte wie ein Schulmädchen in der letzten Bank mitten im Unterricht, und sie war hin- und hergerissen zwischen aufrichtiger Bewunderung für diese Leistung und einem besonderen Kitzel, den ihr dieses Hörspiel verschaffte.

Nachdem Claudia eine Weile auf gleichbleibenden Erregungswellen verblieben war, legte sie einen Zahn zu. Sie stöhnte und stöhnte und stöhnte (gleich mußte sie kommen), sie empfand das Zusteuern auf den Höhepunkt lebensecht nach. Es war durchaus nicht nur ein Hörspiel. Sabine war auf direkter Tuchfühlung mit Claudia, und so entging ihr nicht, daß sie heftig ins Schwitzen geriet, fast wie bei richtigem Sex, ihr entging sozusagen kein Tröpfchen.

»Omeingott!« keuchte Claudia, »das war ja fast wie ein richtiger!«

Als Claudia Sabine einige Minuten später, nach einer verdienten Verschnaufpause, erzählte, daß sie die fliederfarbene Nonne sowieso noch nie hatte leiden können (»Und die nehmen bestimmt kein Gummi, die Säue«, fügte sie hinzu) und sie deshalb der bisexuellen Sandra als Entgelt für die Übernachtung schenken würde, als sie sich vorstellten, wie Jan Sandra dazu ermuntert hatte – Na komm, geh hin und probier's doch mal aus mit den komischen ideologiebesessenen Insekten, und danach erzählst du mir, wie's war, Schatz –, als Sabine und Claudia dann wirklich dem Einschlafen nahe waren und dies eng umschlungen taten, *so cosy*, als sich das Hineingleiten bereits durch kleines Zucken andeutete, wurden sie plötzlich von lautem Stöhnen aufgeschreckt.

Ein Echo! Ein Echo!

Sabine erinnerte sich an die Entfernungen innerhalb der Wohnung, und Sandras Stöhnen, das jedoch nur etwa drei Sekunden währte, war so laut zu ihnen herübergekommen, als hätten sie entweder ihre Tür aufgelassen oder es, was immer es war, genau vor Sabines und Claudias Zimmertür getan.

Claudia und Sabine waren im Intercity von Leipzig nach Berlin auf der Suche nach einem ruhigen Plätzchen. Am liebsten wäre ihnen ein Abteil für sich allein gewesen, aber das schien aussichtslos. Bis sie das *Sonderabteil* entdeckten. Es war verschlossen. Die Schaffnerin kreuzte ihren Weg; dem Schild an ihrer Jacke entnahmen sie, daß sie Rita Seelig hieß, und so sprachen sie sie auch mit ihrem Namen an.

»Frau Seelig«, baten sie, »können wir nicht bitte in das Sonderabteil hinein? Wir sind so müde.«

»Nun«, sagte Rita Seelig. »Das Sonderabteil ist eigentlich der Minibar vorbehalten, aber die hat uns in Leipzig verlassen.« Sie musterte Claudia, Sabine und die rosafarbene Reisetasche eingehend. »Also gut. Ich will mal eine Ausnahme machen.« Und mit diesen Worten schloß sie die Tür auf.

In ihrem ergatterten Sonderabteil machten Claudia und Sabine es sich gemütlich, klappten die Armlehnen zurück, zogen ihre Schuhe aus und legten sich, so gut das möglich war, gemeinsam auf einen Dreiersitz. Übermüdet plauderten sie über die Urlaubsfotos aus New York von Jan und Sandra, die sie sich heute morgen unerlaubterweise angesehen hatten. Sie hatten geschnüffelt. Und dabei auch die gelbe Haftnotiz nicht übersehen, die mitten auf Sandras Schreibtisch prangte und auf der »Ich will dich« notiert war. Die milchigblauen, langstieligen Weingläser fanden Claudia und Sabine übrigens häßlich. Jan hatte die Urlaubsfotos geknipst, und auf allen war Sandra, etwa in Größe eines Fliegenbeins, vor einem Gebäude zu sehen.

Claudia und Sabine trieben auf den Sitzen mit den zurückgeklappten Armlehnen nichts Wildes. Der Zug hatte keine Zwischenstation und tuckerte gemächlich durch Waldschneisen hindurch vor sich hin. Sie machten kleinen, wohligen und ungeplanten Sex, der immerzu davon unterbrochen wurde, daß sie mittendrin kurz wegsackten – kleiner Sex im Dös- und Dämmerzustand.

Zwischendurch kam Frau Seelig kontrollieren und sagte: »Oh, Entschuldigung! Ich wollte nicht stören!«

Dann schliefen sie wirklich ein bißchen ein.

GIANLUIGI MELEGA

Der Major wird zugeritten

Gerda war Lesbierin, und der Major Aebi verblieb relativ lange in dem für viele heterosexuelle Männer typischen Irrtum zu glauben, Lesbierinnen könnten, wenn sie durch die Umstände dazu gebracht oder sogar gezwungen würden, auch mit Männern Beziehungen zu haben, trotz allem Genuß empfinden. Und in bestimmten Fällen könnten sie die männlicheren Bezeigungen von Männlichkeit sogar dazu bringen, ihr Wesen und ihre sexuellen Präferenzen zu ändern. Ein Irrtum, der den Männern das Vergnügen und die Illusion beschert, sie in etwas einzuweihen, was sie als Perversion empfinden mußten.

In der Woche, die die Schauspielerin in Locarno blieb (sie kam dann im September noch einmal für einen weiteren Monat der Exzesse), hatte der Major bei ihren erotischen Experimenten zu viert den Eindruck gewonnen, daß Gerda an ihren Unternehmungen genausoviel Gefallen fand wie Trudi und Frau Grunwald. Vor allem schien sie sich bei den Übertretungen an öffentlichen Orten zu amüsieren, wie damals, als sie ihn im relativen Dunkel eines Augustabends, während der Vorführung eines langweiligen iranischen Films, masturbierte.

»Gefällt dir diese Szene?« fragte sie ihn mit leisem Lachen und bearbeitete seinen Penis mit kräftigen, kurzen Bewegungen. Der Major Aebi fand es lustig, daß sie auf den Gedanken verfiel, der Anblick einer persischen Grundschule irgendwo in der Wüste könne ihn erregen, und gab ihr lachend zurück: »Ja, weit mehr als ein Striptease.« Aber dann mußte er doch schlucken.

Sie saßen am Ende einer Reihe, auf der Seite der Arkaden, zwischen Trudi und Frau Grunwald, die sie etwas abschirmten, und Gerda kommentierte: »Ihr Schweizer seid unbezahlbar!«

Als er endlich ejakulierte, drückte der Major mit der

Hand fest das Bein von Frau Grunwald, die mit wachsender Erregung und gleichzeitig mit Furcht von der Seite her Gerdas Tun verfolgt hatte, und da sie nicht verhindern konnte, daß die erste Empfindung das Übergewicht über die zweite bekam, beugte sie sich, als sie am Druck der Finger des Majors merkte, was passierte, plötzlich zu ihm hinüber, legte ihre gewölbte Hand über die Gerdas, steckte sich das zuckende Ding in den Mund und saugte blitzschnell das herausquellende Sperma.

Es war ein ganz kurzer Moment, der höchstens zwei oder drei Zuschauer in der Reihe unmittelbar hinter ihnen etwas stutzig machte, doch Frau Grunwald setzte sich mit einem elastischen Schwung so rasch wieder zurück, daß sie jeden Verdacht zerstreuen konnte: Sie hatte sich lediglich gebückt, um mit einiger Schwierigkeit etwas aufzuheben, das ihr hinuntergefallen war.

Später, in der Villa, erzählte Gerda – während sie Frau Grunwald auf den Hals küßte und ihr ohne Unterlaß über Bauch und Leisten strich –, was für hinreißende Emotionen sie bei diesem frechen und gewagten Unternehmen empfunden habe. Sie sei sich wieder vorgekommen wie mit fünfzehn, als sie und eine gleichaltrige Freundin einmal in der Kirche masturbiert hätten und dabei aufpassen mußten, sich nicht von den alten Betschwestern erwischen zu lassen.

Frau Grunwald, inzwischen völlig zermürbt von dem Verlangen nach irgendeiner Form von Sex, erwiderte ihre Küsse mit der Schüchternheit und Unerfahrenheit einer Anfängerin. Gerda lächelte sie an und drückte ihre Leisten, um sie zu ermutigen.

»Die Kirchenstühle hatten den gleichen unbequemen Holzsitz wie die auf der Piazza Grande«, fuhr sie lachend, zum Major gewandt, fort. »Als ich anfing, dich zu reiben, hat mich mein Hinterteil daran erinnert, daß ich etwas so Freches tat wie vor vielen Jahren in der Kirche von Narwik.«

Kurz darauf waren alle vier wieder miteinander in Aktion.

Der Major Aebi, selbst mit der Wiederentdeckung seiner ersten sexuellen Erfahrungen im Zusammenhang mit denen des reifen Alters beschäftigt, verfiel, wenn er in den Pausen solcher Sturmangriffe derartige Erinnerungen an die Jugendstreiche seiner Sexgespielinnen hörte, auf den Gedanken, man könne, um die unvermeidliche Erschöpfung der Wiederholungen zu überwinden, vielleicht dadurch zu einer neuen, vielversprechenden Form von Erregung kommen, daß man heutige Jugendliche in die Übertretungen mit einbeziehe.

Ihn faszinierte dabei vor allem der Gedanke, gegen Bezahlung in den frühen erotischen Erinnerungsschatz irgendeiner zukünftigen schönen Frau einzudringen: ihr weniger physisch als erotisch die Jungfernschaft zu rauben, um für immer einen Platz in ihrer Phantasie zu beanspruchen.

Sich gleichsam an seinen eigenen Phantasien hochschaukelnd, stellte sich der Major vor, wie sich die heute Fünfzehnjährige später bei jedem Liebesakt mit einem heimlichen, nostalgischen Beben an den ersten, wenn auch nur oberflächlichen Kontakt mit seinem, für sie vielleicht überdimensionalen, Penis erinnern würde. So wie er sich jetzt noch an Miriams Schlüpfer erinnerte, an den Moosgeruch und an die schwarze, glatte Seide des Geigenkastens.

Gerda gefiel dem Major Aebi auch wegen einer gewissen Aura von Bildung, Kosmopolitismus, die sie umgab. Nicht daß sie professoral oder akademisch gewesen wäre, aber neben Trudi oder Frau Grunwald, deren Vorzüge in den Augen des Majors woanders lagen, war Gerda zu ungewöhnlichen Beobachtungen fähig, zu literarischen Anspielungen, zu Vergleichen mit Filmszenen oder mit erotischen Erfahrungen, die den derzeitigen Erosgefährtinnen – und manchmal sogar dem Major selbst – unbekannt waren.

Was aber dem Major vor allem bei Gerda gefiel, war (wie bei einem bestimmten Gericht ein Geschmack nach orientalischen Gewürzen) anfangs der für ihn ungewohnte Hautgout der Homosexualität und nach den ersten Tagen dann die Entdeckung, daß diese sich in Bisexualität umwandeln und daß dieser neue Zustand, die Bisexualität, auch der seine werden konnte ...

Dieser Zustand, so verschieden von der festgelegten Heterosexualität, schien es zu erlauben, der Realität mit anderen Reaktionen und Beobachtungen als den üblichen zu begegnen. Ihm fiel wieder eine weit zurückliegende Familienepisode ein: Sein Vater und seine Mutter, die entrüstet einen Zeitungsbericht kommentierten, in dem davon die Rede war, daß ein Rechtsanwalt (der daraufhin aus der Anwaltskammer ausgeschlossen wurde) mehrmals an der Sodomisierung seiner Frau durch einen jungen Bauern teilgenommen hatte – mit dem vergnügten Einverständnis von allen dreien. Der Major schaute Gerda zu, wie sie den Vibrator und die dicke Bernsteinkugelkette handhabe, und versuchte sich vorzustellen, wie und mit was für Ausdrücken seine Eltern dieses Treiben kommentiert hätten – Ausdrücke, die er erst jetzt genau zu interpretieren verstand. Bei Gerda, dachte er, habe ich immer den Eindruck, etwas über mich zu erfahren oder zu entdecken, was ich noch nicht wußte.

In den ersten Tagen ihres Beisammenseins organisierte Gerda ihre Verpflichtungen als Mitglied der Festival-Jury so, daß sie nach sechs Uhr abends frei war. Es machte ihr Spaß, sich als Mann anzuziehen, und wenn dann alle vier im unbestimmten Licht der Nacht die Villa verließen, konnte man sie für zwei Paare halten, die sich einen vergnügten Abend machen wollten, im Freiluftkino auf der Piazza Grande oder auf den Bänken am Seeufer.

Gerda schien sich unterschiedslos mit jeder der zwei Frauen wohl zu fühlen. Beide hatten einen vollen Busen und kräftige Hüften, und die Schauspielerin genoß es, ihr Gesicht daran zu reiben oder die feuchten Höhlungen zu küssen, die sich ihr boten, wenn sie mit gierig verkrampften Fingern unter den Röcken wühlte, die ihr der Major überlassen hatte. In solchen Augenblicken empfand der Major Aebi ein Gefühl von Großmut, wie ein antiker römischer Gastgeber, der Freunden gewährt, seine Genüsse paritätisch mit ihm zu teilen.

Wenn sie in der Villa blieben, half Gerda sich mit Gegenständen, die ihr vertraut waren, die aber die anderen noch nie »in Aktion« gesehen hatten. Mit Behutsamkeit verwendete sie eine kleine Peitsche, nur für die Scham der beiden anderen. Lachend schlug sie einmal damit sachte auf den erigierten Penis des Majors, der, als er sich von dem Leder gestreift fühlte und dazu die Worte hörte: »Runter mit dem Kopf, Wahnsinniger!«, sofort den Drang verspürte, in die nächste Öffnung, Vagina oder Mund, einzudringen und zu ejakulieren.

»Würde es dir keinen Spaß machen, ihn in den Hintern zu kriegen«, fragte der Major Gerda eines Abends, verlockt von dem Gedanken, daß ihm etwas gelingen könnte, was bei den anderen beiden so leicht war, bei Gerda aber mühsam zu sein schien (und als er noch meinte, Lesbierinnen könnten auch mit Männern Genuß empfinden).

»Nur, wenn du die goldene Regel akzeptierst«, erwiderte ihm Gerda mit belustigt herausfordernder Miene.

Matthias verstand nicht.

»Was du nicht willst, daß man dir tu, das füg auch keinem andern zu«, erklärte sie ihm und schwenkte dabei eines ihrer Lustwerkzeuge, einen elektrischen Latexvibrator, mit dem sie, ihrer Behauptung nach, jeder normalen Frau mehr Genuß verschaffe, als es ein Mann auf natürlichem Wege zustande bringe.

»Und warum nicht?« sagte der Major darauf: Von einer Frau mit einem Plastikding anal vergewaltigt zu werden, schoß ihm durch den Kopf, könnte ihm wahrscheinlich völlig neue erotische Empfindungen bescheren, die ihm nicht möglich erschienen, würde der gleiche Akt von einem jungen Bauernburschen an ihm vorgenommen, wie ihn der wenig ehrenhafte Rechtsanwalt engagiert hatte ... Was würden seine Eltern dazu sagen?

So kam es, daß sich, mit einer auf Flammenrädern rotierenden Phantasie, die den Phantomen der lesbischen weiblichen Psyche in ständiger, frenetischer Verwandlung nachjagte, der Major Aebi – das Gesicht zwischen Trudis Beine getaucht (während Frau Grunwald mit konzentriertem und bestürztem Ausdruck das Geschehen beobachtete, das ihr wie ein außergewöhnliches Naturphänomen erschien, etwas wie ein Meeresbeben oder ein Nordlicht) – von Gerda auf dem Teppich im Salon besteigen ließ, unter dem ironischen Blick der Leopardenfrau.

Gerda hatte den Vibrator und den After ihres ungewöhnlichen Partners eingeschmiert, und dieses erste Mal empfand der Major das Ganze als merkwürdig, aber nicht unangenehm, schlimmstenfalls etwas ermüdend. Gerda, die beschlossen hatte, zunächst nur das zu tun, was sie später dem Major bei ihr erlauben würde, bewegte sich auf seinem vornüber geneigten Körper mit langen und regelmäßigen Stößen, wobei sie das Unmögliche wollte, nämlich die elektrischen Bewegungen des Vibrators, die die zunehmende Erregung eines lebenden Penis nachahmen sollten, über die mechanischen Grenzen des Geräts hinauszutreiben.

Und da sie das nicht konnte, beschleunigte sie ihre eigenen Bewegungen, begleitet von Stöhnen und einzelnen Lauten, die zwischen Erschöpfung und Lust lagen. Sie wäre irgendwann ermüdet, hätte sie nicht plötzlich Frau Grunwald entdeckt, die, von voyeuristischer Passion mitgerissen, neben ihnen heftig zu onanieren anfing: ein Anblick, der in der Vorstellung der Schauspielerin sofort an die Stelle dessen trat, was sich ihren Stößen als Ziel darbot, und ihr unbewußt das Motiv lieferte, ihre Raserei weiterzutreiben, bis zu dem Moment, in dem Frau Grunwald sich im Orgasmus mit einem spitzen Schrei, gleich dem eines verletzten Vogels, in den nächsten Sessel fallen ließ.

Diesen Schrei wahrzunehmen und zu spüren, wie jener unerbittliche Kolben in seinen Eingeweiden erlahmte, verschmolz für den Major zu einem einzigen Gefühl, und jedesmal, wenn er von diesem Tag an – sei es, daß er Gerda von hinten bestieg oder diese sonderbare Erfahrung mit anderen Frauen machte – spürte, wie sein Samen hochstieg und sich in den weichen, dunklen Stollen ergoß, glaubte der Major, wieder diesen fernen spitzen Schrei zu hören, einen Schrei der Befreiung gegen die Verbote des Eros.

»Weißt du, was mir an dir gefällt, Matthias?« fragte Gerda, als sie mit dem Major und den anderen beiden wieder einmal in den unerläßlichen Pausen ihrer zermürbenden Marathonunternehmungen zu den elementaren Gewohnheiten des Alltags zurückkehrte (sich im Garten sonnen, eine Tasse Tee trinken, die Nachrichten aus den Zeitungen kommentieren). »Deine Bereitschaft, ein gleichzeitig aktiver wie passiver Erotomane zu sein.«

Nach Gerdas Ansicht war das bei Männern selten anzutreffen. Das habe sie bei ihren lesbischen Erfahrungen bestätigt gefunden, denn fast alle ihre Partnerinnen hätten ihr nach einer leidenschaftlichen Begegnung gestanden, am schönsten sei für sie der Rollenwechsel gewesen, den die homosexuelle Beziehung biete.

Für den Major lag dagegen noch ein besonderer Anreiz darin, indirekt von der Bekanntheit und Beliebtheit zu profitieren, die Gerda unter den Filmleuten genoß. Als Mitglied der Festival-Jury kam die Schauspielerin unschwer an Eintrittskarten und Einladungen, und so fanden sich oft alle vier im Kino oder bei irgendeinem Empfang, der von Sponsoren oder einer Produktionsfirma gegeben wurde.

Bei diesen Gelegenheiten wurde Gerda von den Anwesenden erkannt und hofiert – und alle waren über ihre sexuellen Neigungen informiert. Die Frauen wußten, daß sie von ihr begehrt wurden, und die Männer, daß sie sich bei ihr einschmeicheln konnten, wenn sie ihr eine bereitwillige junge Schauspielerin zuschoben. Es waren die Jahre, in denen Gerda in fast allen Filmen von Ingmar Bergman mitwirkte, und allein um auf irgendeine Weise in den Bannkreis des schwedischen Regisseurs zu gelangen, waren Bewunderer, Schauspieler, Schauspielerinnen und Produzenten bereit, sich Gerda auf die vielfältigsten und undenkbarsten Weisen erbötig zu zeigen.

Der Major Aebi stürzte sich in das Karussell mondäner, oberflächlicher und geschwätziger Begegnungen, das im wesentlichen das Leben der Filmleute auszumachen schien (auch wenn sich alle, sobald er eine derartige Bemerkung fallenließ, beeilten, ihm zu widersprechen und zu beteuern, daß man, im Gegenteil, beim Film sehr hart arbeite, selbst wenn es nicht so aussehe, und daß dieser Ringelreihen von Begegnungen nur dazu diene, Arbeitsprojekte reifen zu lassen …); und ihn faszinierte diese Art von »Unisex-Beziehungen«, in denen sich Gerda so brillant hervortat.

»Merkwürdig, als ich verheiratet war, hätte ich nie gedacht, daß das Leben so amüsant sein kann«, sagte der Major Aebi eines Nachmittags zu Gerda, als sie auf Luftmatratzen im Garten, am Rand des Swimmingpools, in der Sonne lagen. Sie unterhielten sich gerade über die witzige, vielsprachige Konversation der Leute, mit denen sie am Abend zuvor gegessen hatten.

»Warst du mit deiner Frau glücklich?« fragte Gerda.

Der Major dachte eine Weile nach, um zu zeigen, daß er die Frage ernst nahm und eine wohlerwogene Antwort geben wollte.

»Ja«, sagte er schließlich, »ich war glücklich. Wir waren glücklich. Aber jetzt vielleicht, wenn Verbena durch Zauber zurückkäme und wir wieder so leben würden wie vorher, jetzt wäre ich es vielleicht nicht mehr.«

»Lieber Matthias, du machst wirklich einen Fehler«, erwiderte Gerda. »Das Glück ist immer ein Zustand der Gegenwart, nie der Vergangenheit oder der Zukunft. Man kann nicht in der Vergangenheit glücklich sein, und man kann nicht planen, in Zukunft glücklich zu sein, unter der Voraussetzung, daß irgend etwas geschieht. Das Glück ist immer nur Gegenwart.«

Dieser Satz kam dem Major Aebi oft wieder in den Sinn, als er im La Stampa-Gefängnis anfing, über sein Schicksal als wegen sexueller Straftaten Verurteilter nachzudenken, und vor allem, als er versuchte, diesen Gedanken die Form eines geschriebenen Bekenntnisses zu geben. Lag seine Motivation zum Schreiben darin, einem vergangenen Glück nachzujagen?

Oder war es ein Versuch zu zeigen, wie sich das Glück in Reichweite eines jeden befinden kann, der bereit ist, den kollektiven und individuellen Gesellschaftsvertrag, der alle in einer bestimmten Epoche, in einer bestimmten Gesellschaft bindet, aufs Spiel zu setzen?

Fern von den Flammen jenes Sommers, deren Asche jedoch im Winter von La Stampa immer noch warm war, sah der Major Aebi noch einmal, welchen Anteil Gerda daran gehabt hatte: Sie hatte die Rolle gespielt, die in einer Zirkusvorführung einem bestimmten Jongleur, Zauberkünstler oder Artisten zukommen kann, der zwei oder drei Kunststücke beherrscht, die sonst niemand dem Publikum zu bieten in der Lage ist: so daß das Spektakel ohne sie nicht vollständig wäre – aber nur, wenn man es mit anderen Spektakeln vergleicht, in denen es sie nicht gibt.

»Jene Zeit des Eros«, schrieb der Major, »wäre nicht vollständig gewesen ohne die homosexuelle Gerda. Auch wegen der Unterhaltungen mit ihr.«

Susie Bright

Geburtstag à la O

»... *eine glückliche Gefangene, der alles auferlegt und die um nichts gebeten wurde.*«

Die Geschichte der O

Für meinen dreißigsten Geburtstag hatte ich große Partypläne geschmiedet. Angeregt durch die Fernsehserie *Reich und schön* wollte ich die Karriereerwartungen der Generation X, der MittdreißigerInnen, durch den Kakao ziehen, indem ich zu einem Gelage unter dem Motto »Ekelhaft reich und scheußlich schön« lud, bei dem ich mit einer Diamanttiara geschmückt den Vorsitz über mein fürstliches Älterwerden führte.

Aber meine Pläne wurden durchkreuzt. Ich trug keine Diamanttiara. Genauer gesagt, trug ich an meinem Geburtstag überhaupt sehr wenig. Zwei Tage zuvor nämlich bat mich meine Geliebte, Honey Lee, ob wir den Tag nicht ganz unter uns begehen könnten. Sie hätte sich eine kleine Überraschung ausgedacht. Nun sind Überraschungen nicht gerade Honeys Stärke, aber da wir inzwischen schon sechs Jahre zusammen waren, dachte ich, ich könnte ihr zuliebe ein kleines Wagnis eingehen.

»Okay«, antwortete ich, »ich fände es schön, den Tag mit dir zu verbringen. Sag mir, was ich anziehen soll.« Diese Bitte entpuppte sich als der Schlüssel zu Honeys Geheimnis.

»Nichts. Überhaupt nichts«, antwortete sie. »Du mußt nur morgens aufwachen und zu allem bereit sein!«

25. März. Ich schlug die Augen auf, hüllte mich in meinen plüschigen lila Bademantel und setzte Wasser auf. Honey Lee schien es nicht besonders eilig zu haben, doch ich zog keine voreiligen Schlüsse.

»Um zehn kommen ein paar Gäste«, verkündete sie.

Ich nippte an meinem Tee und malte mir aus, was wohl auf mich zukommen könnte. Zwei Wochen zuvor hatte ich Honeys Einkäufe weggeräumt und war dabei auf eine neue Taschenbuchausgabe von *Die Geschichte der O* gestoßen. Was ihre Sexphantasien betraf, konnte Honey Lee Pauline Réages klassischem SM-Roman in jeder Hinsicht das Wasser reichen, aber sie beschränkte sie auf das Reich der Tagträume, ohne sie je auszuleben. Honey hatte mich noch nie gefesselt oder verhauen. Sie meinte, in der Realität würde ihr von solchen Dingen schlecht. Wollte sie gar am Ende meines dritten Lebensjahrzehnts eine Wendung um hundertachtzig Grad vollziehen?

Ich vernahm schwere Schritte vor der Wohnungstür. Und welche unserer Freundinnen war so groß, daß sie sich den Kopf am Türrahmen stoßen würde? Aber vor mir stand keine Lesbe. Statt dessen sah ich mich einem Zwei-Meter-Mann gegenüber – mit Yul-Brynner-Glatze und einem riesigen Holztisch vor der Brust.

»Darf ich dir deinen Masseur vorstellen – Patrick. Er wird die nächsten zwei Stunden mit dir verbringen«, verkündete Honey Lee. »Ich komme wieder, wenn er mit dir fertig ist.«

Mir verschlug es die Sprache. Sie wollte mich mit diesem Riesen allein lassen? Patrick baute seinen Massagetisch auf und warf ein Flanellaken darüber. Ich schlüpfte aus meinem Bademantel und dachte: ›Na, dann mal los!‹ Wenn Honey Lee mich auf etwas vorbereiten wollte, brauchte ich garantiert die vollen zwei Stunden Massage.

Der Masseur behandelte jede Partie meines Körpers und ließ auch nicht den kleinsten Muskel aus. Er wusch meine Füße, bürstete mein Haar und knetete und walkte mich durch, bis ich wie auf Wolken schwebte. Als Honey Lee zurückkehrte, fühlte sich mein Gesicht an wie das eines Babys, und ich konnte nur noch ein Dankeschön murmeln. Als sie mir eine Tasse Tee reichte, klingelte es erneut an der Tür.

»Deine Garderobiere ist da.«

Herein trat ein blondgelockter Engel. Meine Freundin Debi, die als Stripperin arbeitet. Sie trug eines ihrer ausgefallensten Kostüme, weiße Satinunterwäsche mit Perlen, und war von oben bis unten in einen durchsichtigen Schleier gehüllt. Doch die Kleider, die sie für mich mitgebracht hatte, übertrafen noch ihr eigenes unerhörtes Outfit.

Als erstes schnürte sie meine Taille in eine enge Ledercorsage, bis ich wie eine Sanduhr aussah. Dann hieß sie mich schwarze Seidenstrümpfe anziehen und schminkte mir meine Nipples rot. Honey Lee holte ein schwarzes Kleid aus Satin und Tüll hervor, das meine Brüste zur Schau stellte, meine Hüften und Oberschenkel aber verbarg. Die Spitzenränder meiner Strümpfe blitzten nur knapp über den Rand der schenkelhohen Stiefel mit Stiletto-Absätzen, die mir gereicht worden waren. Debi legte mein Haar in Wellen und schminkte meinen Mund mit demselben Lippenstift, mit dem sie schon meine Nipples verziert hatte. Welch vollendete Schönheit! Als sie mit mir fertig war, fiel mir angesichts meines Körpers nicht die kleinste Mäkelei ein. Ich sah in den Spiegel und erblickte Madame Venus.

Honey griff einige Päckchen und schickte sich an, zum Auto zu gehen. »Ich kann unmöglich so vor die Tür gehen!« protestierte ich. Aber Debi hatte selbst daran gedacht. Schon wickelte sie mich in ihren schwarzen Lack-Trenchcoat. Nun fühlte ich mich wie eine Sexsklavin in Emma-Peel-Verpackung.

Debi küßte mich und gab mir einen letzten gutgemeinten Ratschlag. »Von jetzt an wirst du schweigen müssen«, sagte sie. »Alles, was du Honey Lee oder mir noch zu sagen hast, solltest du jetzt sagen.«

Ich weiß nicht warum, aber ich brach in Tränen aus. »Ich liebe euch so sehr ... und ich fürchte mich ein bißchen vor dem, was ihr geplant habt ... und ... ich weiß nicht, ob ich den Mund halten kann«, gestand ich.

Honey nahm mein Gesicht in ihre Hände. »Einige Abschnitte des heutigen Tages werden dir möglicherweise hart zusetzen, Susie, aber ich glaube nicht, daß du es bereuen wirst. Vertraust du mir?«

Ich nickte, aber mein Herz schlug einen dreifachen Salto. Ich phantasiere immer über Unterwerfung, aber in Wirklichkeit bin ich ein fanatischer Kontrollfreak. Ich haßte sie dafür, mich einer solchen Prüfung auszusetzen, und ich konnte kaum glauben, welchen Aufwand sie zu deren Vorbereitung betrieben hatte.

Obwohl es mir eben noch so schwergefallen war, mir vorzustellen, meine Lippen seien versiegelt, wollte ich plötzlich gar nichts mehr sagen. Honey Lee begleitete mich zum Auto. Debi, immer noch in BH und G-String, brauste in ihrem Saab davon.

Es gab nur wenige Freundschaften und Geheimnisse, die Honey Lee und ich nicht teilten, und ich kenne mich in der Stadt viel besser aus als sie. Als wir eine halbe Stunde lang herumgekurvt waren, nur um schließlich in einer der übelsten Gegenden der Stadt zu landen, war ich mir sicher, daß sie sich verfahren hatte. Und das war nun wirklich die einzige Folter, die ich nicht ausstehen kann. Ich wollte gerade das mir auferlegte Schweigen brechen und sie bitten, mich ans Steuer zu lassen, als sie zielstrebig einparkte. »Wir sind da!« grinste sie.

Na großartig. Sollte ich etwa bis zur nächsten Ecke Pirouetten drehen, um mich dort vergewaltigen zu lassen? Aber Honey Lee führte mich zu den ausgetretenen Stufen des viktorianischen Hauses, das vor uns aufragte. Sie klingelte, der Summer ertönte, und Honey hieß mich vorangehen – in den zweiten Stock.

Die Tür am Ende des Flurs öffnete sich, und mir blieb der Mund offenstehen. Wir wurden von einem Mitglied des San Francisco Police Department empfangen – in voller Uniform! Ich erkannte in ihr eine der Polizistinnen wieder, die in der Umgebung meines Büros arbeiteten, hatte aber noch nie mehr als einen Gruß mit ihr gewechselt. Honey Lee und sie schüttelten sich die Hände, als wären sie die dicksten Freundinnen.

»Kelly, wie geht es dir?« begann Honey das Gespräch.

»Ich wollte gerade los zum Dienst. Ich muß nur noch meine Stiefel wienern.«

»Welch ein Zufall«, entgegnete Honey. Beide sprachen wie Roboter. »Rein zufällig habe ich mein Schuhputzzeug dabei. Ich glaube, Susie würde deine Stiefel gern auf Hochglanz bringen.«

Ich brach mein Schweigen. »Ich weiß gar nicht mehr, wie man das macht.«

Honey schnaubte. »Schäm dich! Wir werden es dir schon wieder beibringen.«

Honey reichte mir einen Schuhputzkasten mit all den nötigen Utensilien. In einer Ecke klebte ein kleiner Notizzettel, auf dem zu lesen war: »Ich komme wieder, um dich abzuholen. Gib dein Bestes! In Liebe, Ren.«

In der *Geschichte der O* stellt Ren den Liebhaber dar, der von O als Beweis für ihre Liebe und ihren Gehorsam verlangt, sich anderen Männern zu unterwerfen. Meine Vorahnungen bewahrheiteten sich allem Anschein nach.

Kelly führte mich in ihr Schlafzimmer. Sie hatte zwei junge Leute zu Besuch, eine Frau und einen Mann, die mich von oben bis unten musterten. »Dürfen wir zusehen?«

Kelly nickte zustimmend. Ich kramte die schwarze Schuhcreme hervor und versuchte mich zu erinnern, zu welchem Zeitpunkt die Spucke dazukam. Kelly stellte sich als sehr geduldig heraus. Tatsächlich hatte ich ein Schmusekätzchen von Polizistin vor mir. Sie merkte, daß ich immer wieder zu ihrem Pistolenhalfter aufschaute, und nachdem ich ihren robusten Dienststiefeln zu größtmöglichem Glanz verholfen hatte, zog sie mich hoch und fragte: »Willst du meinen Gürtel mal anprobieren?« Sie entleerte das Magazin ihres Revolvers und zeigte mir, wo Munition, Schlagstock, Handschellen und Taschenlampe verstaut waren. Sie schlang das Ding um meine Hüften. Alles in allem muß es an die dreißig Pfund gewogen haben.

»Wie bringst du es bloß fertig, damit böse Jungs zu jagen?« Ich brach noch einmal das Schweigegebot, aber Honey war ja nicht in der Nähe, um mich zu überwachen.

»Ich habe keine Lust zu sterben«, antwortete sie. Sie zog es vor, im Dienst stets unter einer kugelsicheren Weste zu schwitzen.

»Honey Lee wird jeden Moment zurückkommen«, sagte ich, während ich mein ursprüngliches Kostüm wieder zurechtzupfte. »Du erzählst ihr besser nicht, daß ich geredet habe.«

Kelly lieferte mich mit besten Empfehlungen und ohne zu petzen bei Honey Lee ab. Dann fuhr Honey Lee uns über die Hügel in ein Viertel, das als Yuppie-Paradies gilt.

»Jetzt kommt der härteste Teil«, sagte sie, »möglicherweise für mich schlimmer als für dich.« Wir näherten uns der Wohnung unserer Freundin Coral.

Coral würde ich als eine SM-Gourmette bezeichnen. Ihr Zuhause ist ganz auf Sexspiele zugeschnitten. Ihre Sammlung an Sexspielzeugen, insbesondere Peitschen würde einem Museum alle Ehre machen. Honey Lee und ich haben es immer genossen, mit Coral über Sex, Schmerz und Lust zu reden, aber wir haben uns immer nur auf theoretischer Ebene damit befaßt und sind nie zur Praxis übergegangen. Ich fragte mich, welche Art von Menü Coral für mich zusammengestellt haben mochte, denn wenn ich weiterhin die O war, würde sie als Sadistin auftreten müssen, und das, so wußte ich, wäre ein Rollentausch für sie.

Ich hätte mir denken können, daß Coral den Schmerz und die Lust, die sie sich selbst gern bereiten läßt, ebensogut austeilen konnte. Sie ließ uns in den unteren Bereich ihres Penthouse eintreten, wobei sie ein Maß an Autorität und Gemeinheit ausstrahlte, das ich niemals zuvor an ihr wahrgenommen hatte.

»Natürlich ist das hier für mich sehr ungewöhnlich«, gab sie zu, »aber ich mache gern Ausnahmen für besondere Schönheiten und für Novizinnen.«

Sie und Honey Lee nahmen mich mit ins Schlafzimmer und wiesen mich an, das Gesicht zum Fenster zu drehen, während sie darüber sprachen, was mit mir geschehen sollte. Trotzig drehte ich mich um.

»Hör mal, Coral, warum tauschen wir nicht einfach die Rollen, und ich lege dich ordentlich übers Knie? Eigentlich sollte ich euch beiden eine dafür kleben, daß ihr mich so erniedrigt.«

Die beiden konnten meine Dreistigkeit nicht fassen. »Das macht auf der Stelle zehn Schläge extra«, fauchte Honey Lee.

»Mit dem Rohrstock«, fügte Coral hinzu.

»Mit einem Rohrstock! Aber ich bin noch nie in meinem Leben auch nur mit dem Staubtuch geschlagen worden!« rief ich.

Corals Augen nahmen plötzlich einen verdächtigen Glanz an. O ja, ich war für sie eine Novizin! Eine masochistische

Jungfrau. Die beiden befahlen mir, mich auszuziehen, ein Kleidungsstück nach dem anderen, und in äußerst erniedrigender Weise für sie zu posieren. Ich beugte mich in meinen Lederstiefeln vornüber und fuhr mit dem Finger über die Stelle zwischen meinem Arschloch und meiner Möse. Ich ließ die Perlenkette zwischen meinen Beinen hin und her gleiten. Mutig drohte ich ihnen: »Nur zu, ihr Arschgeigen, wenn das hier vorbei ist, zahle ich es euch doppelt und dreifach heim!« Schließlich war ich fast nackt, bis auf die Strümpfe, das Korsett und Mutters Straßkette.

Coral befahl mich zu sich, während sie eine kleine schwarzrote Lederpeitsche aus der Hüfttasche zog. »Ich werde dir den Griff reichen, und wenn du sie mir zurückgibst, heißt das, daß du meine Autorität anerkennst.«

Ich ließ mir reichlich Zeit mit dem Zurückgeben. Auf der ganzen Welt gibt es niemanden außer Coral, bei der oder dem ich es auch nur im entferntesten in Erwägung gezogen hätte, mich schlagen zu lassen. Ich vertraute Corals Sensibilität und ihrem Können, aber ich wußte einfach nicht, welche Reaktion der Schmerz bei mir auslösen würde.

Honey Lee schien meine Gedanken zu lesen. »Tu es für mich, Susie«, bat sie und küßte mich auf den Mund und das Haar. Sie schlüpfte in ihre Jacke.

Ich fing an zu weinen. »Heißt das, daß du nicht hierbleibst?« schluchzte ich.

»Ja, aber ich werde in der Nähe bleiben«, versprach sie.

Ich sah, daß es ihr diesmal schwerer fiel zu gehen, und mir leuchtete nicht ein, warum das sein mußte.

Coral bedeutete mir, mich bäuchlings auf dem Bett auszustrecken, und legte meinen Handgelenken und Knöcheln dicke fellgefütterte Lederfesseln an. Sie wurden mit Ketten an Ringschrauben im Boden befestigt. Ich konnte mich überhaupt nicht mehr rühren. Ich flatterte einen Moment vor Panik. Obwohl nur noch wir beide uns im Zimmer befanden, schämte ich mich mehr denn je zuvor und vergrub meinen Kopf im Laken. Ich wollte nicht sehen, was auf mich zukam.

Etwas Rauhes, Dickes strich über meinen Rücken. Es war ein Pferdeschweif! Coral ließ ihn zuerst sanft über meinen

Hintern gleiten und versetzte mir dann einen leichten Schlag. Es stach nur ein bißchen, und bevor ich den Schmerz registriert hatte, spürte ich einen weiteren zärtlichen Schlag auf demselben Fleck. Der Schweif fühlte sich ganz unterschiedlich an, je nachdem, wie sie mich damit berührte.

»Schau dir an, was du als nächstes zur Auswahl hast«, sagte Coral. Vor meiner Nase lagen fünf Peitschen: eine geknotete, eine dicke mit vielen Streifen, eine Reitgerte, eine Klatsche und ein Rohrstock, wie ihn Schwester Teresa in der fünften Klasse immer benutzt hatte. Ich hatte mich früher als Streberin hervorgetan und den Rohrstock daher nie zu spüren gekriegt. Jetzt stieg das perverse Verlangen in mir auf, damit verhauen zu werden. »Ich will alles ausprobieren«, sagte ich, »aber steigere es langsam bis zum Härtesten.«

Und wie Coral es steigerte! Sie wechselte von einer Peitsche zur nächsten, strich mit jeder zuerst über meine Arschbacken, damit ich die jeweilige Beschaffenheit einschätzen konnte. Darauf folgten schnelle, leichte Schläge, und schließlich schlug sie härter zu. Sie schob ihre Hand unter mich und drückte meine Klit zwischen ihren Fingern. Das kam so gut, daß ich fast meine Fesseln sprengte.

»Du machst mich rasend!« schrie ich.

Woraufhin sie natürlich lachen mußte. Inzwischen war mein Hintern schon gut gerötet. Die Gerte, die sie jetzt benutzte, hatte mit dem ersten Pferdeschweif nicht mehr viel gemeinsam. Sie brannte wie Feuer. Ich hatte das Gefühl, als würde mein Unterleib ein Eigenleben führen. Als Coral nach meiner Möse faßte und ihre Fingerknöchel in mich hineindrückte, stöhnte ich auf und ließ die härtesten Schläge über mich ergehen. Nur dadurch, daß sie mich fickte, wurde der Schmerz erträglich.

Ich mußte um eine Pause bitten. Die Tränen liefen mir nur so übers Gesicht, aber mein Kopf war ganz klar. »Coral, wie soll ich diesen Schmerz bloß ertragen? Er ist so intensiv. Ich weiß gar nicht, wie ich damit klarkommen soll.«

Sie strich mir die Haare aus der Stirn und half mir dabei, mir die Nase zu putzen. »Du kannst es auf verschiedene

Weise betrachten. Wenn ich mich schlagen lasse, stelle ich mir gern vor, daß ich es verdiene, bestraft zu werden.«

»Das kann ich nicht!« schluchzte ich. »Ich habe genau das Gegenteil gedacht ... daß ich das nicht verdient habe! Ich habe doch nichts Schlimmes getan.«

»Du könntest es für Honey Lee ertragen. Ich weiß, daß ihr das gefallen würde.«

»So würde die O damit umgehen, aber dafür bin ich viel zu egoistisch.«

»Dann tu's eben für dich. Viele genießen die Intensität des Schmerzes, indem sie sie auf ihre Klit oder ihre Nipples übertragen.«

»Möglich. Wenn du meine Klit reibst und mich fickst, kann ich der Peitsche wenigstens ein bißchen was abgewinnen, weil meine Möse den Schmerz direkt aufsaugt.«

Ende der Pause. Der Rohrstock, dieses ein Meter fünfzig lange Bambusteil, stand noch immer in der Ecke. Ich konnte mir beim besten Willen nicht vorstellen, wie dieses Ding irgendeinem meiner Körperteile eine erotische Reaktion entlocken sollte.

Coral fuhr mit den Fingern leicht über eine sternförmige Strieme auf meiner linken Arschbacke. Die Stelle pochte. Sie griff nach dem Rohrstock und zog ihn der Länge nach durch meine Arschritze. Er fühlte sich hart und unnachgiebig an. Er schnitt fauchend durch die Luft. Als er auf meinem Hintern landete, wurden meine Beine zu Götterspeise, und zum ersten Mal schrie ich aus vollem Hals. Ich schrie so laut, daß ich vor mir selbst erschrak. Noch einmal traf der Stock, und ich schrie mir die Seele aus dem Leib.

»Coral, bitte, bitte, ich kann nicht mehr, bitte, o Göttin, ich kann nicht mehr!«

Vielleicht waren das meine Worte, ich weiß es nicht. Ich erinnere mich nur, um Gnade gefleht zu haben. Coral hörte sofort auf. Meine Grenze war erreicht. Sie bestand nicht darauf, die Strafe, die sie mir vorher für meine vorwitzigen Bemerkungen angedroht hatte, zu Ende zu vollziehen. Coral löste meine Handfesseln auf der Stelle und nahm mich in die Arme. Es gibt nichts Schöneres, als getröstet zu werden, nachdem dir so weh getan wurde. Ich hätte mich gern stundenlang an sie geklammert.

»Deine Geliebte wartet«, sagte sie, entzog sich meinen verschwitzten Armen und löste meine Fußfesseln. Ich rappelte mich hoch und hob meine Stiefel auf. Alles schien tonnenschwer zu sein.

»Coral, für das, was du mir angetan hast, wirst du fürchterlich bestraft werden!« Ich wußte, das würde sie glücklich machen.

Ich sammelte meine Sachen zusammen und trat an das Fenster, das zur Straße hinausging. Als ich nach unten blickte, sah ich, daß unser Auto noch dort geparkt war und Honey Lee darin saß. Sie trug ihre verspiegelte Sonnenbrille und starrte zu unserem Stockwerk hoch. Wovon hatte sie wohl die ganze Zeit geträumt, während sie das Fenster beobachtete?

Ich glaube, Honey hatte mich noch nie so gelassen gesehen wie in dem Augenblick, als ich auf den Beifahrerinsitz glitt. »Du siehst aus wie eine Heilige«, bemerkte sie in Anspielung auf die Selbstkasteiungen der Mystikerinnen.

»Na ja, du weißt, wie religiöse Erfahrungen sein können«, flüsterte ich.

Ich war kein bißchen überrascht, als sie einen langen weißen Schal aus dem Handschuhfach holte und mich anwies, ihr den Kopf zuzuwenden. Sie wand ihn mir ein paarmal um die Augen. Ich versuchte noch nicht einmal, die Richtung nachzuvollziehen, in die wir fuhren. Ich verspürte keinerlei dringendes Bedürfnis. Ich spürte nur das Pulsieren der Striemen auf meinem Hintern.

Als wir schließlich anhielten und ausgestiegen waren, führte Honey Lee mich einen schmalen Gehweg entlang in ein Haus und in einen niedrigen Raum. Wir waren wieder daheim. Ich konnte Stimmen der Bewunderung hören, als ich ins Zimmer trat. Viele Hände, zu viele, um sie zu zählen, griffen nach meinen Kleidern und zogen mich aus. Sie hoben mich auf ein weiches Bett, aber ich konnte immer noch nicht einschätzen, wie viele oder wessen Hände es waren. Ich wurde am ganzen Körper geküßt. Öl tropfte auf meine Brust. Zahllose Finger massierten mich. Jemand hob mein

Kinn und ließ ein kühles Stück Pfirsich in meinen Mund gleiten. Ich roch den Champagner erst, als das Glas an meine Lippen geführt wurde. Ein paar Tropfen rannen meinen Hals hinab, ein kühler Mundvoll umspülte meinen Nipple. Ich versuchte zu zählen, wie viele Menschen um mich waren oder ihre Stimmen zu unterscheiden, aber es gelang mir nicht. Sie wechselten ständig die Plätze, und ich konnte mich nicht auf mehr als drei Gefühle gleichzeitig konzentrieren. Ich war so feucht und warm und pulsierend, daß ich an nichts mehr denken wollte.

Dann begann mich jemand innig zu küssen: Honey Lee. Die anderen Hände und Zungen verschwanden – nicht nur aus meiner Phantasie, sondern wirklich. Honey ließ nicht ab von meinen Lippen, aber ansonsten wurde mein Körper ganz ruhig.

Sie nahm mir die Augenbinde ab. Wir waren allein.

»Kommen sie zurück? Sag mir sofort, wer das alles war!« Ich ahnte schon, daß sie mir das nicht verraten würde. »Wie soll ich zur Arbeit gehen oder meine FreundInnen anrufen, wenn ich nicht weiß, wer Sex mit mir hatte?«

Honey verriet kein Sterbenswörtchen. »Hat dir dein Geburtstag gefallen, Susie?«

In der darauffolgenden Woche zog ich unter den Rechnungen, die sich im Briefkasten türmten, einige handschriftlich adressierte Umschläge hervor. Ich öffnete den ersten und fand ein Polaroidfoto von meiner Freundin Miranda darin, die etwas Unerhörtes mit meinen Zehen anstellte und dabei von sieben Paar geschäftigen Händen umgeben war. »Deine Füße waren göttlich!« hatte sie am Rand angemerkt. Ähnliche Umschläge folgten.

»Ich frage mich, wie viele von diesen Fotos sich im Umlauf befinden«, sagte ich laut. Aber die O hätte sich so etwas nie gefragt. Sie hätte die Geschichte in allen Einzelheiten aufgeschrieben. Wie ich.

Philippe Djian

Pizza macht sexy

Mir nichts, dir nichts wurden die Abende allmählich kühler, und die ersten Blätter fielen von den Bäumen und sammelten sich in den Rinnsteinen. Betty nahm sich mein letztes Heft vor, während ich weiterhin überall rumbastelte, um uns das Existenzminimum zu sichern. Alles lief gut, außer daß ich jetzt nachts wach wurde und mit offenen Augen und rauchendem Kopf ins Dunkel starrte, ich wälzte mich von einer Seite auf die andere, als hätte ich eine Schlange verschluckt. Ich hatte ein neues Heft und einen Bleistift neben dem Bett deponiert und brauchte bloß den Arm auszustrecken, um sie mir zu schnappen, aber seit Tagen dauerte dieser Zirkus nun – ich konnte mir noch so sehr das Hirn ausquetschen auf der Suche nach einer mickerigen Idee, nichts sprang dabei heraus, rein gar nichts, und jede Nacht hing der Schriftsteller in den Seilen. Er schaffte es nicht, den Ton wiederaufzunehmen, dieser Bekloppte, er schaffte es nicht, wirklich Lust dazu zu haben. Und keine Ahnung, warum.

Ich redete mir ein, das Ganze sei nur eine vorübergehende geistige Verstopfung, und um auf andere Gedanken zu kommen, spielte ich nachmittags ein wenig den Elektriker. Ich verlegte neue Leitungen, installierte Abzweigklemmen und Dimmerschalter, um Atmosphäre zu schaffen. Grelles Licht für den Abend und Schummerlicht zum Bumsen in den späten Stunden. Aber selbst wenn ich daran rumbastelte, blieb meine Stimmung gedrückt, andauernd mußte ich mich hinsetzen, um ein Bier zu kippen. Erst am frühen Abend fühlte ich mich allmählich besser, wurde ich wieder einigermaßen normal. Für Augenblicke war ich dann geradezu fröhlich, der Alkohol munterte mich auf. In solchen Momenten stellte ich mich neben Betty und beugte mich über die Maschine:

– He, Betty ... brauchst dir nicht die Augen aus dem Kopf zu gucken, lohnt sich nicht, ich hab auch nix mehr in den Eiern ...!! Ich lachte mich tot über meinen eigenen Quatsch und hämmerte mit der Faust auf den Deckel der armen Schreibmaschine.

– Los, setz dich, sagte sie, und hör mit deinem Blödsinn auf, du redest vielleicht ein dummes Zeug.

Lächelnd ließ ich mich in den Sessel fallen und guckte den Fliegen zu. Wenn's schön war, ließen wir die Balkontür auf, dann pfefferte ich meine leeren Bierflaschen nach draußen. In mir drin immer der gleiche Spruch: »Wo? Wann? Wie …?«, aber niemand stürzte herbei, um sich einer armen Seele zu erbarmen. Dabei brauchte ich herzlich wenig, gerade mal zwei, drei Seiten für den Anfang, danach würde ich es schon schaffen. Ich war mir sicher, ich brauchte nur 'nen Anfang. Da konnte man ja nur lachen, die ganze Angelegenheit war doch zu bescheuert. Betty schüttelte den Kopf und lächelte.

Danach kümmerte ich mich ums Essen, und der vertrackte Mist löste sich in Luft auf. Ich ging mit Bongo einkaufen, an der frischen Luft kam ich wieder zu mir. Und selbst wenn es mir unterlief, daß ich vor mich hin sinnierte, wenn ich Eier in die Pfanne schlug oder ein Pfeffersteak briet, dann scherte ich mich nicht darum, ich wartete auf den Augenblick, wo ich endlich den Mädchen am Tisch Gesellschaft leisten konnte, ich gab mir Mühe, ebenso aufgekratzt zu sein wie sie. Ich guckte ihnen zu, wenn sie miteinander quatschten und ihre Sprüche wie Blitze durchs Zimmer flogen. Im allgemeinen verhedderte ich mich mit den Soßen, sie fanden, ich hätte eine Begabung für Soßen. Als Klempner, hieß es, sei ich auch sehr begabt. Und als Fliegenficker, hatte ich da auch genug Biß …? Nach all den Jahren ungestörter Ruhe hatte ich ein Recht zu wissen, was auf mich zukam. Es war, als hätte man von mir verlangt, eine alte, unkrautüberwucherte Lok wieder in Gang zu bringen. Eine erschreckende Vorstellung.

Als Betty eines Tages damit fertig war, mein Buch abzutippen, verkrampften sich mir die Eingeweide. Ich bekam wackelige Knie. Als sie mir die frohe Botschaft verkündete, stand ich gerade auf einem Stuhl, um eine Lampe in alle Einzelteile zu zerlegen. Es kam mir vor, als hätte ich einen gewischt bekommen. Ich kletterte langsam runter und hielt mich an der Stuhllehne fest. Meine Begeisterung hielt sich in Grenzen.

– Meine Güte, wurde auch Zeit ... Paß auf, ich muß mal eben raus, ich muß mir ein paar Lüsterklemmen kaufen ...!

Ich hörte nicht, was sie mir sagte, ich hörte überhaupt nichts mehr. So ruhig, wie ich nur irgend konnte, ging ich zu meiner Jacke. Wie in einem Filmausschnitt: der Held hat 'ne Kugel im Bauch und weigert sich zusammenzuklappen. Ich zog mir die Jacke über und stieg die Treppe herunter, bis zur Haustür konnte ich nicht atmen.

Ich kam auf die Straße und ging los. Ein schwacher Wind war mit Einbruch der Nacht aufgekommen, aber schon nach wenigen Augenblicken war ich naßgeschwitzt und verlangsamte meinen Schritt. Ich bemerkte, daß Bongo hinter mir herlief. Ab und an überholte er mich im Trab, danach wartete er auf mich, keine Ahnung, warum. In der Luft hing ein Hauch von blindem Vertrauen, und das fiel mir auf den Wecker, die Empfindung der Leere ebenso.

Ich ging in eine Kneipe und bestellte mir einen Tequila, der wirkt schneller, und ich hatte was Aufpeitschendes nötig. Ich hab immer schon gedacht, das Ende der schönen Tage kriegt man schwer runter, ich bestellte mir noch einen, danach fühlte ich mich besser. Neben mir stand ein Typ, vollkommen zu, er stierte mich ununterbrochen an und packte sein Glas mit beiden Händen. Als ich merkte, daß er den Mund nicht aufbekam, machte ich ihm Mut:

– Na los, nur zu ... was willste mir für 'nen Scheiß erzählen ...? fragte ich ihn.

Als ich mich aus der Kneipe losriß, fühlte ich mich rundum besser. Wir waren alle gleich verrückt, einer wie der andere, und das Leben war nur ein Flechtwerk von Absurditäten. Zum Glück blieben einem die angenehmen Augenblicke, jeder weiß, wovon ich rede, und allein dafür lohnte sich das Leben, der Rest hatte nicht die geringste Bedeutung. Im Grunde konnte kommen was wollte, es machte ja doch keinen großen Unterschied, ich war von der Vergänglichkeit aller Dinge überzeugt und hatte eine halbe Flasche Tequila in der Birne und sah Palmen in den Straßen und kreuzte vor dem Wind. Als ich in unserer Bude eintraf, erwartete mich eine Überraschung. Blond, Halbglatze, so um die fünfundvierzig, Bauchansatz. Er saß in meiner Lieblingsecke und Lisa ihm auf dem Schoß.

Natürlich, Lisa war ein ganz normales Mädchen, mit einer Pussy und Brüsten, und es kam vor, daß sie damit was machte. Manchmal blieb sie die Nacht über weg, dann kam sie am frühen Morgen vorbei, um sich umzuziehen und vor der Arbeit noch einen Kaffee zu trinken. Ich begegnete ihr dann in der Küche, ein Mädchen, das die Nacht damit zugebracht hatte zu bumsen, so was sieht man auf den ersten Blick, und ich freute mich für sie, hoffte, daß sie möglichst viel davon gehabt hatte. Ich liebte diese kurzen Augenblicke stillschweigender Komplizenschaft. Das heiterte meinen Tag auf. Ich wußte, daß ich ein privilegierter Typ war. Manchmal streute mir das Leben eine Handvoll pures Gold in die Augen. Nach solchen Momenten konnte ich alles ertragen, egal was. Wir bildeten ein großartiges Trio, sämtliche Kloaken der Stadt hätte ich reparieren können, solange ich nur um fünf Uhr nachmittags hätte verduften können und die Zeit gehabt hätte, unter die Dusche zu gehen, bevor ich sie beide wieder traf, eine, die einem ein Glas hinhält, und die andere ein paar Oliven.

Im großen und ganzen redete Lisa nicht viel von den Typen, denen sie begegnete, auch nicht von denen, mit denen sie bumste, sie meinte, das sei nicht der Rede wert, und wechselte lachend das Thema. Kannste mir glauben, sagte sie, derjenige, der die Schwelle dieser Tür überschreitet, an dem wird mehr dran sein als an den anderen.

Es haute mich also glatt um, als ich eintrat und der Typ sein Glas hob, um mich zu begrüßen, Krawatte gelockert und die Ärmel hochgekrempelt. Es wurde mir bewußt, daß ich vor jenem seltenen Vogel stand.

Lisa stellte uns mit leuchtenden Augen einander vor, der Typ stürzte nach vorn und packte meine Hand. Er hatte rote Backen und erinnerte mich an ein haarloses Baby mit blauen Augen.

– Haste jetzt tatsächlich gefunden, was du suchtest ...? fragte Betty.

– Ja, aber ich mußte erst ein wenig die Runde machen.

Lisa drückte mir ein Glas in die Hand. Der Typ guckte mich an und lächelte. Ich lächelte zurück. In Null Komma nichts war ich Herr der Lage, er hieß Edouard, zog es aber vor, Eddie genannt zu werden, hatte gerade eine Pizzeria im Stadtzentrum eröffnet, schaffte sich alle halbe Jahre einen neuen Schlitten an und lachte, daß die Wände wackelten. Er schwitzte leicht und sah aus, als sei er froh, da zu sein. Nach einer Stunde tat er so, als hingen wir seit zwanzig Jahren zusammen. Er legte mir die Hand auf den Arm, während die Mädchen in der Kochecke quatschten.

– Und du, mein Alter, sieht so aus, als schriebste irgendwelche Dinger ...? drückte er sich aus.

– Kommt schon mal vor, sagte ich.

Er zwinkerte mir aus schmiedeeisernen Augenwinkeln zu.

– Und machste Kohle damit ...?

– Kommt drauf an, nicht sehr regelmäßig.

– Alle Achtung, meinte er, 'n schlechter Plan is das bestimmt nich. Schreibste in aller Ruhe deine kleine Story, strengst dich nich groß an dabei, und dann kassierste ab ...

– Genau.

– Und in welcher Branche biste? wollte er wissen.

– Historischer Roman, sagte ich.

Den ganzen Abend lang fragte ich mich, wie der Verstand eines Mädchens arbeitete, ich hatte das unbestimmte Gefühl, da gab es was, was ich nicht so ganz mitbekam. Dieser Typ da, Eddie, ich hätte gern erfahren, was sie an dem fand, außer daß er soff wie ein Loch, irgendwelche Geschichten erzählte und ununterbrochen lachte. Ich kann all die verblüffenden Dinge, denen ich im Leben begegnet bin, nicht mehr zählen, aber trotzdem halte ich die Augen noch gerne offen, es gibt immer wieder zwei, drei Sachen aufzuschnappen. Vor allem, was Eddie angeht, hat sich rausgestellt, daß mein erster Eindruck nicht gerade der zutreffendste war, in Wirklichkeit ist Eddie ein Engel.

Trotzdem, als wir zum Rosinenkuchen mit Rum übergingen, da galt noch, daß er mich mit Worten vollgelabert hatte. Aber alles in allem war das so unangenehm auch wieder nicht. Eine ohrenbetäubende und ein wenig behämmerte Stimmung, ab und zu, dabei 'ne gute Zigarre, das ist nicht das Ende. Eddie hatte Champagner mitgebracht, er guckte mich an, während er den Korken knallen ließ, und reichte mir ein randvolles Glas.

– He, ich bin wirklich froh, daß wir uns alle vier gut verstehen, ehrlich, ganz im Ernst ... meine Güte, los ihr zwei, her mit den Gläsern ...!

Am nächsten Morgen, es war Sonntag, kreuzte er mit einem dicken Koffer auf, als wir gerade zu dritt frühstückten. Er zwinkerte mir zu:

– Ich hab 'n paar Sachen mitgebracht. Ich fühl mich ganz gern wie zu Hause ...

Er holte zwei oder drei ziemlich kurze Kimonos aus dem Koffer, ebenso ein paar alte Pantoffeln und einige Wäsche zum Wechseln. Dann ging er ins Badezimmer, und dreißig Sekunden später kam er im Kimono wieder raus. Die Mädchen applaudierten. Bongo hob den Kopf, um zu sehen, was los war. Eddie hatte kurze, weiße Beine, unglaublich behaart, er breitete die Arme auseinander, damit man ihn bewundern konnte.

– Müßt ihr euch mit abfinden, lachte er. Das ist die einzige Kleidung, die ich zu Hause ertrage ...!

Dann setzte er sich zu uns, bediente sich mit einem Kaffee und fing mit einer neuen Story an. Ich hatte das unbestimmte Gefühl, mich wieder hinlegen zu müssen.

Den frühen Nachmittag verbrachten Betty und ich damit, die Exemplare meines Manuskripts zu verpacken und die Adressen der einzelnen Verlage aus dem Telefonbuch herauszusuchen. Jetzt, wo ich mir einen Grund zurechtgelegt hatte, nahm ich das Ganze mit einer gewissen Gleichgültigkeit hin, ich glaubte sogar, kleine Funken auf meinen Fingerspitzen wahrzunehmen, wenn ich den Namen eines sehr bekannten Verlegers aufschrieb. Ich legte mich mit einer Zigarette zwischen den Lippen ins Bett. Als Betty sich zu mir legte, fühlte ich mich vollkommen wohl. Ich fühlte mich sogar erleichtert. Und auf eine gewisse Weise vervielfältigt.

Ich fing gerade an, Betty ganz komisch anzugucken und

mit ihren Haaren zu spielen, als ich einen Lärm im Treppenhaus vernahm, und im nächsten Augenblick, da trampelte Eddie mir auf der Nase herum und jonglierte dabei mit einer Flasche und ein paar Gläsern.

– He, ihr zwei da, Schluß mit der Andacht. Ich hab euch noch gar nicht das Neueste erzählt, was mir passiert ist ...

Meine Güte, Lisa ... was ist bloß in dich gefahren? dachte ich. Kurz darauf hatte er es geschafft, uns alle in seinen Schlitten zu verfrachten, und wir machten uns auf zur Rennbahn. Einige Wolken standen am Himmel. Die Mädchen waren ganz schön aufgeregt, das Radio kreischte kilometerlang irgendwelche Reklame, während Eddie in einem fort lachte.

Wir trafen ein, als gerade das dritte Rennen gestartet wurde. Eddie trabte los, um Karten zu kaufen, während ich die Mädchen zur Bar schleppte. Ich fand das alles zum Kotzen, und außerdem war das immer das gleiche Spektakel. Die Leute liefen zu den Schaltern, die Pferde rannten los, die Leute kamen zurück zu den Absperrungen, die Pferde kamen durchs Ziel, und die Leute liefen von neuem zu den Schaltern. Meistens fing Eddie während der Zielgeraden an, in die Luft zu boxen, bekam rote Ohren, doch im nächsten Augenblick raufte er sich die Haare. Er zerknüllte seine Karten und schmiß sie fluchend weg.

– Haste den Sieger nicht? fragte ich ihn.

Als wir abzogen, war der Himmel fast schon rot. Noch bevor wir den Wagen wiederfanden, kam Eddie schon wieder in Form. Er fand sogar einen Weg, kurz zu verschwinden und mit einigen Portionen goldgelber Fritten zurückzukommen.

Am Anfang ging er mir also ein wenig auf den Keks. Aber man brauchte bloß dem, was er von sich gab, nicht allzu viel Beachtung zu schenken, dann war's auszuhalten. Er schlenderte im Haus umher und laberte laut irgendein dummes Zeug, ohne sich an jemand Bestimmten zu wenden. Von Zeit zu Zeit lächelte ich ihm zu ... Morgens beeilte er sich nicht allzu sehr, und abends, da kreuzte er gegen Mitternacht oder ein Uhr auf, sobald die Pizzeria geschlossen hatte. Jedesmal brachte er was zu essen und zu trinken mit, wir aßen dann mit ihm. Hinsichtlich der Kohle waren diese Mahlzeiten wie ein kleines Wunder, das uns der Himmel bescherte. Eddie hatte trotz allem ein paar Sachen kapiert. Hin und wieder spielte er darauf an:

– He, ich kann mich nicht mehr erinnern ... Was schreibste noch mal für Bücher ...?

– Science-fiction.

– Ah ja ... Und die läuft, die Chose ...? Ist da was dran zu verdienen ...?

– Jaja, aber das dauert verdammt lange, bis man seine Prozente kriegt. Und manchmal, da vergessen sie sogar, einem den Scheck zu schicken, aber ich kann nicht klagen ...

– Also, ich sag dir das nur, weil in der Zwischenzeit, wenn du nicht klarkommst ...

– Ich danke dir, ich komm schon klar. Ich denk zur Zeit über was Neues nach, das verursacht nicht so viel Unkosten.

Oder ein anderes Mal, während eines Ausflugs, die Mädchen spazierten im Wind am Strand entlang, ich sah ihnen zu, Eddie und ich waren in der vollklimatisierten Karre sitzen geblieben:

– Vielleicht solltest mal das Fach wechseln, meinte er. Gibt doch bestimmt irgend'nen Kram, der besser läuft als anderes ...

– Nein, ich glaube, das ist einfach eine Frage der Zeit.

– Scheiße, Moment mal, ich kann mich nicht mehr erinnern ...

– Kriminalroman.

– Ah ja ... Da gibt's doch bestimmt welche, die Millionen scheffeln ...!?

– Na klar, Hunderte von Millionen.

– Vielleicht sogar Milliarden ...?

– Jaja, gibt's. Aber zur Zeit bin ich auf meinen neuen Kram fixiert, ich hab keine Zeit, an so was zu denken ...

In Wirklichkeit dachte ich jeden Tag daran. Ich hatte meine gesamten Kröten in der Tasche, bloß ein paar Scheine, und zwei oder drei Aufträge als Vorschuß, es durfte uns nichts passieren oder die Lust überkommen, ein Wochenende wegzufahren. Zum Kotzen, alles was recht war. Es war etwas über eine Woche her, daß Betty mein Manuskript fertiggetippt hatte, und ich sah sie nur noch durch die Bude rotieren, ein-, zweimal am Tag feilte sie sich die Nägel. Wir kannten das ganze Viertel auswendig, trotzdem gingen wir nachmittags ein wenig aus dem Haus, um den Tag abzukürzen, und machten kleine Zickzacktouren mit unserem alten Bongo.

Wir sprachen nicht viel, sie machte den Eindruck, als sei sie ständig am Grübeln. Sie vergrub ihre Hände in den Taschen, und wir schlenderten mit hochgeschlagenen Kragen unter einer zaghaften, kraftlosen Sonne, seit einigen Tagen war das Wetter reichlich mies, doch wir bemerkten es nicht, wir waren damit beschäftigt, etwas auszubrüten. Manchmal kamen wir erst bei Einbruch der Nacht zurück, nachdem wir etliche Kilometer hinter uns hatten. Bongo und mir hing die Zunge zum Hals raus, sie hingegen, man brauchte bloß die Augen aufzumachen und ein einziges Mal ihrem Blick zu begegnen, dann sah man es, sie hätte ohne die geringste Schwierigkeit den ganzen Weg noch einmal im Renntempo zurücklegen können. Mich machte das Leben draußen schläfrig. Bei ihr war es umgekehrt. Die Verbindung von Wasser und Feuer, die ideale Kombination, um in Rauch aufzugehen.

Eines schönen Abends fand ich sie, als wir die Treppe hochstiegen, so hinreißend, daß ich ihr auf Höhe der obersten Stufen den Weg versperrte. Ich ließ ihr zwei Finger unter den Rock gleiten und schickte mich an, alles sausen zu lassen, da fragte sie mich geradeheraus:

– Was hältst du von Eddies Vorschlag …?

– Hhhmmmmmm …? machte ich.

– Sag mir, was du WIRKLICH davon hältst …!

Wir hatten unten einige Flaschen Chianti geleert, und von dem Moment an, wo wir auf die Treppe gekommen waren, hatte ich ihre Beine vor Augen, und ihre Beine funkten Nachrichten direkt in mein Großhirn. Wir gingen durch die Tür, ich machte sie zu und drückte Betty gegen die Wand. Mir ging durch den Kopf, es völlig hemmungslos mit ihr zu treiben, ihr den Slip im eisigen Schein des Mondes zu zerreißen. Ich steckte ihr meine Zunge ins Ohr.

– Ich möchte, daß du mich deine Meinung wissen läßt, sagte sie. Wir sollten uns darüber einig sein.

Ich schob mein Knie zwischen ihre Beine und streichelte ihr über die Hüften, während ich an ihren Brüsten saugte.

– Nicht, eine Sekunde ... ich muß wissen ... brachte sie hervor.

– Jaja, was sagst du?

– Ich sagte, daß alles in allem Eddies Sache nicht unbedingt die schlechteste Idee wäre, was hältste davon ...?

Ich hatte keinen Schimmer, was sie mir erzählte, ich war damit beschäftigt, ihr den Rock über die Hüften zu ziehen, und stellte fest, daß sie keinen Slip, sondern eine Strumpfhose trug. Ich hatte Mühe, an was anderes zu denken.

– Denk an nichts mehr, sagte ich.

Ich verschloß ihr den Schnabel mit einem wilden Kuß, doch direkt danach kam sie darauf zurück:

– Wir könnten das doch machen, solange wir noch keine Antwort wegen deines Buches haben, wir brauchen das doch nicht ewig und drei Tage zu machen ...

– Jaja, alles klar ..., sagte ich. Warte, komm, wir setzen uns aufs Bett ...

Wir kippten aufs Bett. Das raubte mir den Verstand. Ich ließ meine Hände über ihre Nylonstrumpfhose gleiten, ihre Schenkel waren heiß und glatt wie eine V 1.

– Und außerdem könnten wir ein paar Kröten auf die Seite legen, das läßt uns die Zeit, uns darauf einzustellen, und wir könnten uns ein paar neue Klamotten kaufen, wir haben kaum noch was zum Anziehen ...

Ich wand mich auf dem Bett, um meine Hose auszuziehen, ich spürte, daß Betty sich mir im Innersten entzog.

– Meinst du ...? sagte ich. Meinst du ...??

– Da bin ich sicher, meinte sie. Nichts einfacher als das, vor allem mit Pizzas.

Sie zog mich an den Haaren, als ich mich gerade mit einem Blutdruck von 220 in den Adern zu ihrem Bauch vorkämpfen wollte.

– Ich hoffe, du hast Vertrauen zu mir, sagte sie.

– Aber sicher, sagte ich.

Sie drückte meinen Kopf zwischen ihre Beine, und endlich konnte ich mich über Bord schwingen.

CLAUDIA RIESS

Massage gefällig?

Im Lauf der kommenden Wochen durchlief ich meine jährliche Neudefinition. Ich wurde zur ›Städterin‹, die sich mit allen Mitteln von den Badegästen unterscheiden wollte. Meine Bräune wird nicht so gleichmäßig sein. Tagsüber werde ich meinen Busen jetzt erst recht gänzlich verhüllen.

Bei Gristede werde ich ein Eindringling sein. Die Leute, die mich das ganze Jahr über bedienen, werden sich mir gegenüber ganz anständig verhalten, aber vor *denen* werden sie kriechen. Im Gang, in dem die Suppen stehen, wird mich ein durchsichtiges Strandkleid streifen. Ein kecker, gebräunter Arsch, der frech aus knappen weißen Shorts quillt, wird vor dem Plätzchenstand an mir vorbeiwippen, und dann weiß ich, daß die Leute, die meine Zähne richten, meine Gebärmutter untersuchen und mein Sehvermögen testen, für Leute wie mich nur noch im äußersten Notfall da sind.

Der Ort unterzog sich meiner Metamorphose mit feierlichen Wiedereröffnungen: Sexshops und Lederboutiquen. Muschel- und Obststände. Strandclubs. Tennis- und Jachtclubs. Alle, die mit sommerlichen Waren und Vergnügungen hausieren, erwachen aus dem Winterschlaf, um die steigende Nachfrage zu decken.

Was die persönlichen und mir nähergehenden Ereignisse betrifft ...

Mein Drang nach Freiheit überwiegt meine Angst vor Ansteckungen, und ich lasse mir eine Spirale einsetzen und entledige mich meines einsetzbaren Gebärmutterrings mitsamt seinem weiß schimmernden Plastikschächtelchen.

Wegen der Kinder trete ich dem Marlin Strandclub bei und engagiere Gladys' kleine Schwester Lillian als Kindermädchen, während Onkel Gilbert die Mami bumst, ihr Süßen!

Das Malen schärft meinen Blick und fördert meine Konzentration und Disziplin. Ich habe mir ein Ministudio im Keller eingerichtet und freue mich auf mein Eckchen bei Gil. Die Gründe, aus denen ich wieder malen will, sind nicht mehr wichtig. Was jetzt zählt, ist die Leinwand selbst.

Stuart und ich besuchen im Jachtclub von Hampton eine Cocktailparty für wohltätige Zwecke. Der Club wird vom L. I. East Arts Council gefördert, dessen Aufgabe darin besteht, das hiesige Kulturleben zu fördern und Mittel bereitzustellen, mit denen man sich gelegentlich ein Talent aus dem Westen einladen kann, wie z. B. einen Flötisten von den New Yorker Philharmonikern. Wir nippen mit etlichen herausgeputzten Fremden Bloody Marys und rühmen die Ausstellung der Künstler von Long Island im vergangenen Frühjahr, die die hiesigen Schulkinder besucht haben. Wir schauen auf die Moriches Bay und plaudern über das unterdurchschnittliche Angebot der Tanzschulen am Ort und erwähnen den beklagenswerten Mangel an Dozenten für Saiteninstrumente an der High School. Ich werde in eine nicht allzu erhitzte Diskussion mit einem Stadtrat von Southampton verwickelt, die sich um ›Ballungsgebiete‹, Erhaltung der Natur, Strandverschmutzung und Heizsysteme und um den Mißbrauch, der mit der Wohlfahrtspflege getrieben wird, dreht. Eine Frau mit hohen Wangenknochen und teuren Stiefeln bietet rosaweiß belegte Häppchen an und bleibt bei uns stehen, als Stuart auf das Thema WGs zu sprechen kommt. Der Politiker versichert uns, daß bereits ein Kampfverband gebildet wird, dessen Aufgabe darin bestehen wird, ›Druck zu machen‹, damit eine Verordnung erlassen wird, die die Vermietung einer Wohneinheit an mehr als fünf nicht miteinander verwandte Menschen verbietet. Stuart beklagt die Entartung des ›Charakters‹ der beiden Hamptons und die steigende Kriminalität – zur Verdeutlichung läßt er die exakten Zahlen der Einbrüche in Häusern einfließen. Nach dieser Party läßt Stuart aus unerfindlichen Gründen einen wütenden Wortschwall gegen die Steuern des Staates New York los und verhält sich mir gegenüber für den Rest des Abends ungewöhnlich streitsüchtig.

Während einer seiner Phasen stärksten Fitneß-Bewußtseins arrangiert Stuart ein gemischtes Doppel zwischen uns und Roger und Susan. Der Sand in seinen Knöchelschonern rieselt bei jeder Bewegung, die er macht, aber Stuart konzentriert sich ganz auf seine Form. Roger, steif und schmallippig, wirkt angespannter als sein Schläger. Vielleicht ist es bezeichnend für die Entwicklung in unseren Beziehungen, daß Roger sich die gemeinsten Aufschläge für mich aufhebt, wogegen Stuart, der gewöhnlich kein sexistischer Spieler ist, Susan die nettesten Bälle offeriert.

Nach unserem gemischten Doppel sehe ich Susan nur noch bei unseren letzten Tennisterminen. Sie spielt achtlos. Sie weigert sich, über sich selbst zu reden. Ich bin besorgt. Aber gleichzeitig bin ich eine miese kleine Egozentrikerin. Ich habe andere Dinge im Sinn. Ich stelle ihr nicht nach.

Bei seiner offiziellen Ankunft überrasche ich Gil mit Käse und Sekt. An dem Freitagnachmittag, an dem er einzieht, trinken wir uns einen kleinen Schwips an und lieben uns um der alten Zeiten willen nach Brie stinkend auf dem Fußboden. Anschließend helfe ich ihm beim Auspacken seiner Kleider und meiner Malsachen. Als ich am nächsten Morgen Laura zum Zahnarzt bringe, sind alle Zeitschriften bis auf *Fisherman's Weekly* belegt, und daher lasse ich mich auf einem alten Lehnstuhl nieder und beschäftige mich damit, daß ich besondere Momente des gestrigen Nachmittags mit Gil noch einmal durchlebe. Ich sitze auf seinem Gesicht, und seine Zunge lockt mich zum Orgasmus. Das nächste, was ich weiß, ist, daß Laura die Neuigkeit verkündet, daß ›der Zahnarzt sagt, ich habe nur ein Loch, obwohl ich mir die Zähne schlampig putze‹. Gils Zunge zieht sich eilig zurück, und ich bin so verlegen, als hätte Laura tatsächlich zugesehen, wie er sich mit *meinem* zarten Loch abgegeben hat.

Mr. Harrison weigert sich, ein Haus an eine junge Frau zu vermieten, die sich die Miete offensichtlich nicht ohne eine kleine Unterstützung von seiten ihrer Freunde leisten kann. Nachdem sie das Büro verlassen hat, wettert er gegen Groupies, Lotterleben, uneingeschränkten Sex unter jungen Leuten und mangelnde elterliche Führung – und dabei zeigt sich wieder einmal seine doppelte Moral. Weiß er denn nicht, daß *ich* weiß, daß er jeden Dienstag nachmittag die Frau eines Stadtrats bumst? Ernsthafter Partnertausch ist erlaubt, argwöhne ich, solange er als bequeme Nebenerscheinung des monogamen Lebens praktiziert wird.

Ich schwätze einem Anwalt aus Patchogue und seinem ›kleinen Frauchen‹ ein putziges kleines Häuschen mit weißen Schindeln und schwarzen Fensterläden für das ganze Jahr auf. Das Häuschen liegt in dem Weiler, der den stillen Ruhm für sich beansprucht, P. G. Woodhouse über einen längeren Zeitraum beherbergt zu haben. Ich zahle meine Einnahmen sofort auf mein Sparkonto ein. Ich horte kleine Nüsse für das, was Stuarts Winter des Mißvergnügens werden könnte.

In Gils erster Urlaubswoche gelang es uns, einen langen, sonnigen Tag gemeinsam zu verbringen. So hätten meine Flitterwochen aussehen sollen. Mein Appetit auf Sex schien unersättlich, als sei ein Deckel von einer bodenlosen Grube entfernt worden, deren Wände jetzt zum Leben erwachten.

Als ich wieder in seinem Haus war, dachte ich, wie so oft, an jenen ersten Tag, an jenen ersten Blick. Unser erster Blick war nicht auf-, sondern ineinander gefallen. Es war mehr eine Berührung als ein Erkennen von Egos gewesen. Es war, als seien unsere Beobachtungen vorausgeeilt und hätten sich ein ganzes Stück vor uns getroffen, und daher hatten wir unsere Koexistenz weniger bemerkt als erlebt. Es war die elementarste aller Begrüßungen. Unsere erste Umarmung war nur eine Ausweitung dieser ohnehin bestehenden Intimität gewesen. Alles, was folgte, hatte das Gefühl der Gegenwart des anderen verstärkt, ihm eine Form, einen Ablauf und, um die analytische Seite meiner Natur zu befriedigen, eine Rechtfertigung gegeben.

Wir liebten uns am frühen Morgen. Dann fuhren wir zum Strand und parkten vor dem Marlin. Das Meer war sehr kalt, aber wir tunkten uns trotzdem kurz ein. Anschließend rannten wir über den Strand, um uns aufzuwärmen. Wir ruhten uns auf einem Strandlaken aus und machten uns an das Kreuzworträtsel der *Times*.

Als wir Arm in Arm zum Wagen zurückgingen, sah ich zwei Frauen, die ich aus dem Tennisclub kannte, im Schatten der Dünen auf einer Decke sitzen. Sie winkten mir zu. Ich überwand meinen Impuls, ihre Existenz zu leugnen und überkompensierte, indem ich Gil zu der Decke führte, ihn als einen guten Freund vorstellte und zum Beweis seinen Ellenbogen drückte. Wer konnte die Rechtmäßigkeit so offen gezeigter Zuneigung anzweifeln?

Als wir wieder in Gils Haus waren, brühten wir uns einen Nescafé über und teilten uns ein Sandwich.

Wir duschten uns, seiften uns gegenseitig an allen verborgenen Stellen ein und spülten die Seife mit unendlicher Sorgfalt ab. Wir trockneten uns gemeinsam mit einem riesigen braunschwarz gemusterten Badetuch ab und schlüpften erfrischt und begierig ins Bett. Wie anders als meine Flitterwochen mit Stuart, ein Festival der Hemmungen in Martha's Vineyard, im Verlauf dessen wir gegenseitig unsere kleinen Verklemmtheiten entdeckten und sie auf alle Zeiten einbalsamierten. Orale Techniken schieden aus. Fußböden schieden aus. Jalousien wurden zugezogen, und Lichter wurden gelöscht. *Jetzt* standen der Raum und ich in Licht und Flammen, und Hemmungen wurden gelöscht und weggewischt.

»Hast du eine Lotion oder eine Creme, mit der wir uns gegenseitig einreiben können?« fragte ich und strich ihm mit meinen Fingerspitzen über die Lippen. »Ich hätte Lust, dich von Kopf bis Fuß zu massieren. Und mich von dir massieren zu lassen.«

Er küßte meine Finger und meine Handfläche. »Ich hole etwas.«

Er kam mit einer Tube Sonnencreme zurück. »Wer ist erster?«

»Ich fange mit dir an. Leg dich auf den Bauch.« Ich stieß die Bettdecke über das Fußende des Bettes. »Frierst du?«

»Nein.« Er streckte sich flach auf dem Bauch aus, spreizte leicht die Beine, und seine Zehen waren nach außen gerichtet. »Ist das was? Kann ich bei Ihnen mit der American-Express-Karte zahlen?«

»Unser Zahlungsmodus ist ›Wie du mir, so ich dir‹, Sir.«

»Halt den Mund, und laß deine Finger sprechen.«

Ich drückte Creme auf seinen Hals und seine Schultern und massierte sie langsam in seine Haut. Hinter die Ohren und in die Ohren, am Hals nach unten, in seine Schultermuskulatur, an seinen Armen entlang. Dann knetete ich jeden Finger einzeln und küßte seine Hände, als ich mit ihnen fertig war. Dann auf dem Rücken nach unten, dann die Seiten. Ich grub meine Finger in seine strammen Muskeln und spürte, wie sie sich unter meiner Berührung entspannten. Ich rieb sachte an seinem Rückgrat auf und ab und kam zu den flaumigen Rundungen seines Hinterns. Ich fühlte mich allmächtig, als ich eine kleine Menge Creme auf jede der beiden fleischigen Hälften drückte.

Dann streichelte ich kräftig die Furche und folgte dem Pfad zwischen seinen Beinen bis zu den Hoden. Er hob seine Rückseite stärker an, bis er in einer fast knienden Haltung dalag. Ich streichelte seine Genitalien – nur ganz zart und verhalten, um ihm Tantalusqualen zu bereiten. »O Gott«, stöhnte er, als ich seinen steifen Schwanz mehrfach hintereinander kurz und zärtlich drückte.

Ich quetschte etwas mehr Creme aus der Tube und verteilte sie auf der Innenseite seiner Schenkel. Ich rieb sie von oben nach unten in seine Beine ein und wiederholte dann an seinen Zehen, was ich mit seinen Fingern getan hatte. »Dreh dich um«, befahl ich, nachdem ich seine Fußsohlen geküßt hatte.

Er drehte sich um, und ich sah mit heftigem Herzklopfen auf ihn herunter. Ich mußte mich zwingen, meinen Körper nicht augenblicklich auf seinem Schwanz zu pfählen. Statt dessen drückte ich mehr Creme aus der Tube. »Spreiz die Arme und die Beine, und rühr dich nicht«, befahl ich, als er die Arme ausstreckte, um mich zu packen.

»Bitte, Joan. Nimm mich in den Mund.«

»Noch nicht. Erst, wenn ich fertig bin.« Ich drückte einen Tupfer Creme auf seine Nase und seine Brust. Er gehorchte mir und blieb mit ausgestreckten Armen und Beinen und geschlossenen Augen flach liegen. Seine Stirn war von Unbehagen gerunzelt. Ich glättete die Falten mit meinen Fingern, verteilte die Creme sachte mit den Fingerspitzen unter seinen Augen und auf seinen Wangen, auf seinen Lippen und um sie herum. Auf seinem Hals und seiner Brust. In kleinen Kreisen rieb ich die Brustwarzen ein. Unter den Armen und an den Rippen nach unten. An dem Haaransatz auf seinem flachen Bauch entlang. Als ich seine Schenkel außen und innen massierte, wand er sich unter meinen Fingern.

Über seine Schenkel und seinen Bauch. Der einschmeichelnde Schwanz, der zum Bersten voll ist, wird gemieden. »Joan! Bitte!«

»Noch nicht. Jetzt bin ich erst dran.« Mit diesen Worten legte ich mich neben ihn auf den Bauch und legte die halbleere Tube auf seine Brust. »Jetzt mach schon, Sklave.«

»Du verdammtes Biest!« schrie er.

Er war sehr ungeduldig und hatte es eilig (wie ich meine eigene Grausamkeit auskostete!), aber dennoch versuchte er, mir so viel Zeit zu widmen, wie ich für ihn gebraucht hatte. Und jetzt schlüpfte er in die Rolle des zärtlichen Sadisten. Er packte mich abwechselnd zart und grob an und massierte meinen Hals und meinen Rücken, neckte mich mit flüchtigen Berührungen an den Seiten meiner Brüste – seine Hände eilten an meinem Busen vorbei, ohne auch nur einmal meine Brustwarzen zu berühren, die sich vor Protest prickelnd gegen das Laken drückten. Dann cremte er meinen Hintern ein und rieb wie ich mit kreisförmigen Bewegungen. Während ich gepeinigt stöhnte, massierte er meine Beine und Füße. »So, das langt. Dreh dich um, und beschwer dich nicht.«

Ich tat, wie mir geheißen. Ich drehte mich um, hob meine Arme über den Kopf und spreizte meine Beine so weit es ging. Die Spitzen meiner Titten reckten sich flehentlich, und meine Klitoris durchzuckten schmerzhafte Stiche. »Tu was mit deiner Zunge, bitte!« Er tupfte nur Creme auf meine Schultern und meinen Bauch und rieb sie sorgsam ein. Dabei mied er alle Stellen meines konzentrierten Elends. Er massierte die Unterseite meiner Arme, dann die Stellen unter meinen Brüsten, die er nach oben schob, ohne den Brustwarzen seine Sorgfalt angedeihen zu lassen. Er streichelte meine Füße, meine Beine, die Innenseiten meiner Oberschenkel, aber den heißen, feuchten Hügel zwischen ihnen überließ er seiner Qual.

Aber dann! *Dann* folgte das qualvolle Vergnügen, das durch die Linderung in die Länge gezogener Schmerzen um so köstlicher war. Es kam mir wie eine Ewigkeit vor, bis er endlich lächelnd auf mich niedersah, um anzudeuten, daß das Spiel vorbei war. Langsam umschloß er mit seinen Händen meine Brüste und drückte meine Brustwarzen unter seinen Handflächen platt. Ich hielt seine Hände dort fest und schwelgte in dem warmen Druck, der von ihnen ausging. Aber noch waren größere Schmerzen zu lindern, und schon bald ließ ich seine Hände los und brachte mich in eine Lage, die mehr versprach.

Er saß mit gespreizten Beinen auf dem Bett. Sein Oberkörper lehnte an der Wand, und er wirkte teuflisch passiv, aber ermutigend.

Ich nahm unter Schwierigkeiten eine Haltung ein, die Ähnlichkeit mit einem Kopfstand hatte. Mein Gesicht war in seinen Lenden begraben, und sein Gesicht war direkt vor meinem schmerzenden Mittelpunkt. (Wag es bloß nicht, diesen Pfad jetzt nicht zu gehen!)

Er riß mich an sich, und ein Laut wohliger Zufriedenheit kam über seine Lippen.

Wie er um diesen zarten Hügel wütete – die Qual des Sehnens und das Versprechen bevorstehender Genüsse konzentrierte sich in dieser kleinen Erhebung, die dem geilen Druck seiner Lippen und Zähne ausgesetzt war. Während seine Zunge diese Stelle und ihre Umgebung leckte und sich dagegendrückte, strichen seine Hände über meinen Rücken und in die feuchte Furche. Finger rieben, streckten und kneteten, während die Zunge eindrang. Die Zunge wand sich wie eine Schlange in ihrer Grube, und ich schrie auf, als ihr Opfer sich ergab und in Zuckungen verfiel. Die Serie von Kontraktionen, die sich wieder lösten – fast unerträglich in ihrem intensiven Kitzel –, ließen Funken sprühen, die sich wogend immer tiefer in meinen Bauch zogen, durch meinen ganzen

Körper schossen und prickelnd und durch die Echos rasenden Vergnügens geschwächt in meine Gliedmaßen weiterzogen und in meinen Händen und Füßen endeten.

Instinktiv stieß ich auf das herunter, was ich im Mund hatte, und es explodierte in meiner Kehle. Die Atemzüge wurden tiefer, die Laute tiefer, die er von sich gab.

Wir sanken auf die Laken.

Er flüsterte in den brennenden Busch: »Ich liebe dich.«

Ich weinte still an seinem Schenkel – die Freudentränen, die in Martha's Vineyard nie gefallen waren. Ich danke dir, ich danke dir. »Oh, du, mein Schatz.«

»Liebst du mich?« fragte er kaum hörbar.

»Ja.«

»Dann sag es mir.«

»Ich liebe dich.«

»Nur mich?«

Oh, süßes Kind einer anderen Zeit und einer anderen Welt – *meiner* stumpfsinnigen Welt. »Nur dich.«

»Ich weiß nicht, ob ich dir das glaube.«

»Verdirb nicht alles, Gil.«

»Du wirst es deinem Mann also sagen?«

»Ich habe dir doch gesagt, daß ich mit ihm spreche.«

»Wann?«

»Sei kein Quälgeist, Schatz. Ich liebe dich.«

»Wann?«

Der Zeitpunkt seines Drängens war ein schlechter. Wir sollten jetzt entspannt sein, uns unbeschwert treiben lassen. »Denk an den hellen Stern. Sirius. In unseren Briefen. Wir haben gesagt, im August.«

»Sag es ihm eher.«

Ich selbst wollte es auch.

Meine Staffelei stand erst zwei Wochen in Gils Häuschen, als ich das Gefühl hatte, sie hätte immer dort gestanden. Der geliebte Geruch nach trocknenden Ölfarben, der mich begrüßte, als ich die Tür öffnete, versprach Arbeit und Liebe. Physische Umarmung und künstlerischer Erfolg waren häufig simultan.

»Wie schön, wieder zu Hause zu sein«, sagte ich beim Eintreten. Ich ließ meine Tasche auf den Boden fallen und küßte Gil.

»Es ist ein wunderbarer Morgen«, sagte er.

»Ja, schon wieder.«

»Laß uns heute freinehmen und rausfahren. Vielleicht nach Osten. Montauk.«

»Das klingt gut.« Ich sah das Ölbild an, an dem ich gerade arbeitete, und ich wußte genau, an welcher Stelle ich an diesem Tag weitergemacht hätte. Es sollte ein Mann werden, der ein Kind umarmte, und ich bekam es nicht hin. »Ich packe uns ein Mittagessen ein.«

»Es ist bereits gepackt«, sagte Gil und deutete zur Küche.

»Du weißt schon, daß mich der Fuß von diesem Kerl bestimmt den ganzen Tag nicht losläßt«, sagte ich und warf noch einen Blick auf die Leinwand.

»Versuch ihn dir aus dem Kopf zu schlagen, Liebling«, sagte er einschmeichelnd und bog meinen Kopf nach oben.

»Das sollte sich eigentlich machen lassen«, sagte ich und fragte mich, ob es mir wirklich gelingen würde.

Als wir nach Osten zum Ende der Insel und in die wohltuende Anonymität fuhren, dachte ich an den Kurs am C. W. Post, den ich ins Auge gefaßt hatte. »Ich werde hingehen«, entschied ich.

»Wohin wirst du gehen, Schatz?«

»Zu diesem Kurs, von dem ich dir schon erzählt habe. Vier Stunden wöchentlich im August. Es ist eine praktische Einführung in Materialien und Aufbau, und das kann ich gebrauchen.«

»Wieso? Ich finde deine Sachen stark.«

Ich strich über seinen Schenkel. »Ich sehe, daß du an meine Arbeit nicht dieselben perfektionistischen Maßstäbe anlegst wie an deine. Vergiß nicht, daß ich selbst gesehen habe, wie du einen ganzen Tag damit verbracht hast, einer Seite den letzten funkelnden Brillantschliff zu geben.«

Er legte seine Hand auf meine. »Das liegt daran, daß ich auf meinem Gebiet weniger eine Naturbegabung bin.«

»Unsinn. Es liegt daran, daß du dich als Profi und mich als Stümperin ansiehst.«

»Sei nicht so blöd. Ich bin nur eifersüchtig auf die Zeit, die du nicht bei mir verbringst.«

»Ein paar Stunden jede Woche? Also hör mal! Du willst, daß das Malen bei mir immer an zweiter Stelle steht, ein braves kleines Hobby.« Ich kniff ihn in den Schenkel. »So ist es doch, du Schuft?«

»Um Himmels willen, beleg diesen Kurs. Du wirst ja sehen, ob es mir etwas ausmacht«, erwiderte er mit einem leichten Anklang von Bosheit in seinem scherzhaften Tonfall.

»Wie chevaleresk von dir«, seufzte ich. »Danke, Papi.«

»Du bist unmöglich. Suchst du mir bitte einen Apfel raus?« sagte er und wechselte damit im letzten Moment das Thema.

Welche Gefahren auch in unserem Abkommen lauern mochten – mit Sonne und Willenskraft waren wir dagegen gefeit.

Wir zogen uns bis auf unsere Badesachen aus und verbrachten einen wunderbaren Tag zusammen. Wir gingen am Strand spazieren und sprachen über unsere gemeinsame Zukunft. Wir hatten den Strand praktisch für uns allein. Wir bevölkerten den Streifen weißen Sand mit unseren Hirngespinsten. Wir stellten uns die köstlichsten Banalitäten vor, zum Beispiel wir beide auf dem Fußboden unseres Wohnzimmers; wir machten das Kreuzworträtsel in der *Times*, während unser Huhn im Herd garte. Wir beschworen Szenen in Geselligkeit herauf, etwa eine Cocktailparty, bei der die Beiläufigkeit der Unterhaltungen unserer Freunde unsere Legitimität als Paar bezeugte.

Als wir unsere belegten Brote gegessen und unseren Wein getrunken hatten, ließen wir uns nebeneinander in den Sand sinken und uns von der Sonne durchtränken. Meine Augen waren geschlossen, und meine Wahrnehmungen wirbelten um unsere ineinanderliegenden Hände herum, die einzige Stelle, an der wir einander berührten. Der zarte Druck inspirierte mich zu Liebesphantasien, die sich formten und sich wieder auflösten und sich wie Wellen erneut formten. Ich fühlte mich passiv, warm und wohlig. Ich hatte gerade erst begonnen, mein eigenes Leben zu gestalten, aber es war eine solche Versuchung, mich den schönen und zärtlichen Händen meines Bildhauers hinzugeben. Mein Unabhängigkeitsstreben zerrte an den Fasern meines Herzens, und die Neugier wollte forschen, aber in diesem Augenblick in der Sonne hätte ich ihm uneingeschränkte Macht über meinen Willen zugestanden und mich unter dem schützenden Mantel der Liebe eines einfühlsamen Monarchen zusammengekuschelt.

Die gelegentlichen Laute der Möwen, dieses heisere Schreien, wirkte ausnahmsweise beruhigend auf mich. Ich war fast entschlummert, als Gil den Zauber brach, indem er mir die Sonne verstellte. Ich schlug die Augen auf. Er hatte sich über mich gebeugt, sein Gesicht dicht bei meinem. Hinter seinem Ohr waren ein paar Sandkörner, die ich wegwischte. »Hallo«, flüsterte er. »Worüber denkst du nach?« Er legte seinen Kopf auf meine Schulter und preßte seinen Körper leicht an mich.

Ich strich über seinen muskulösen, sandigen Rücken und atmete seinen Schweißgeruch ein. Ich wurde ins Reich der Wirklichkeit zurückgerufen.

Die Realität war handfester und aufregender als die vorüberziehenden Traumgebilde. »Ich habe nicht wirklich über etwas nachgedacht. Ich habe Sachen gesehen. Du bist mir gerade in ein wunderbares Bild reingeplatzt. Wir lagen nackt nebeneinander auf dem Rücken. Ein nackter Säugling ist auf uns beiden rumgekrabbelt. Es war ganz hinreißend.«

Nach einer Weile sagte er: »Mir gefällt die Vorstellung nicht, daß du dasselbe Gefühl mit jemand anderem gehabt hast. Aber das weißt du ja selbst.«

»Aber ich habe dieses Gefühl nie bei jemand anderem gehabt.« Merkwürdigerweise war diese Wahrheit eine Offenbarung für mich.

Ich zog mit einem Finger die Konturen seines Ohrläppchens nach. Dann sagte ich: »Das kleine Ding ist über uns gekrabbelt, hat mit seinen winzigen Fingern nach uns gegrapscht, auf uns gesabbert und uns an den Haaren gezogen. Wir haben versucht, still liegenzubleiben, aber er hat uns immer wieder versehentlich gekitzelt. Er war ein Ausdruck der Liebe, die ich jetzt anscheinend für meinen eigenen Körper empfinde – für unseren Körper.«

»War es unser Baby? Oder deins?«

»Es war kein Besitzdenken dabei. Das Baby war eine Verkörperung unserer Liebe.« Jeder einzelne Gedanke war für mich selbst eine Entdeckung. »Weißt du, allein die Möglichkeit, daß wir uns über ein eigenes Baby freuen könnten, ist so entscheidend wie die Sache selbst. Die Gefühle sind echt. Ich weiß, daß es seltsam klingt, aber es ist eine neue Art von Liebe, die ich für mich selbst habe.«

Da ich bei Stuart nie das Gefühl des Einsseins gekannt hatte, hatten wir das Vergnügen, das uns unsere Kinder bereiteten, nie wirklich geteilt. Unsere Freuden waren zeitweilig verwandt gewesen, aber sie waren nie miteinander verschmolzen.

Jetzt hatte sich Gil ohne sein Wissen in meiner organischen Familie eingenistet und war – nicht durch einen Erlaß, sondern durch unsere Natur – ein Mitglied der Familie geworden. Er preßte sein Gesicht an meinen Hals und hielt mich ganz fest. Ich wußte, daß die Dämmerung bald hereinbrechen würde, und wir würden uns auf den Rückweg machen, weil uns die Anforderungen der Gesellschaft und die unserer individuellen Art erwarteten. Selbst wenn die Zeit unser gegenseitiges Ineinandereingehen aufheben sollte, hatte mir dieser Sonntag etwas über meine eigenen Gefühle gezeigt, was durch nichts zu widerlegen war.

JOHN UPDIKE

Seitensprung am Vormittag

Montag morgen: teils, teils. Der Himmel pudrig blau, Farbe der Gesangbücher. Sonnenschein, in Kodezeichen zerlegt von plusterigen, segelnden Kumuluswölkchen. Die Sonnenterrasse der Thornes – das mit Teerpappe gedeckte Flachdach ihrer Garage, von hohen fedrigen Lärchen gegen den Wind geschützt, erreichbar durch gläserne Schiebetüren vom Schlafzimmer her – speicherte die Wärme. Georgene war jedes Jahr früher braun als alle anderen. Heute kamen schon ihre Sommersprossen durch, und sie sah streng und abstoßend aus vor lauter Gesundheit.

Sie hatte ihre karierte Wolldecke in der Ecke bei den reflektierenden Aluminiumfolien ausgebreitet, die sie zur Verstärkung der bräunenden Strahlen an der Balustrade befestigt hatte. Piet zog seine aprikosenfarbene Wildlederjacke aus und ließ sich auf die Decke fallen. Die Sonne, lau und frisch, solange er stand, brannte jetzt auf seinem breiten Gesicht und rötete ihm die Augen. »Himmlisch«, sagte er.

Sie machte es sich wieder auf der Decke bequem, und ihr Unterarm berührte den seinen: es war, als habe ihn feines Sandpapier gestreift; er spürte eine kleine stechende Reibungshitze. Sie trug nur Unterwäsche. Er stützte sich auf den Ellbogen und küßte ihren Bauch, der flach und weich und heiß war, und das Bügelbrett seiner Mutter fiel ihm ein und wie er immer den Kopf auf die lindernde Wärme hatte legen müssen, wenn er Ohrenschmerzen hatte; er preßte das Ohr auf Georgenes Bauch und belauschte das heimliche Grummeln ihrer Verdauung. Noch immer ganz der Sonne hingegeben, kraulte sie ihn im Haar und fuhr tastend mit den Fingern über seine Schultern. »Du hast zu viel an«, sagte sie.

Seine Stimme klang gequält und bettelnd: »Baby, ich habe keine Zeit. Ich müßte längst drüben auf dem Indian Hill sein. Wir fällen gerade Bäume.« Er lauschte auf das Raspeln und Kreischen seiner Motorsägen; der Hügel war anderthalb Kilometer entfernt.

»Bitte, bleib einen Augenblick. Du kannst doch nicht herkommen, bloß um mich zum Narren zu halten.«

»Ich kann nicht mit dir schlafen, und ich will dich doch gar nicht zum Narren halten. Ich wollte nur mal vorbeischauen und dir sagen, wie sehr ich dich das ganze Wochenende vermißt habe, wo wir beide doch auf verschiedenen Partys gewesen sind. Wir mußten zu den Gallaghers, zusammen mit den Ongs. Ziemlich trübselig.«

»Wir haben am Samstagabend bei den Guerins von dir gesprochen. Ich bin ganz krank vor Sehnsucht gewesen.« Sie richtete sich auf und fing an, sein Hemd aufzuknöpfen. Ihre Unterlippe verschwand unter der Zunge. Angela machte den gleichen Mund, wenn sie den Kindern die Skianzüge anzog. Alle Frauen gleich, so feierlich bei ihren kleinen Verrichtungen; es amüsierte ihn, es hob ihn hoch wie auf einer Welle, als ihm plötzlich der Gedanke kam, daß die ganze Welt von dieser weiblichen Ernsthaftigkeit in materiellen Dingen angetrieben wurde: Knöpfe aufmachen, Bügeln, Sonnenbaden, Kochen, Lieben. Von solchen Verrichtungen schien die Welt zusammengehalten. Er ließ Georgene fummeln und küßte den feinen, nur in der Sonne sichtbaren Flaum vor ihrem Ohr. Sogar hier hatte eine Sommersprosse sich angesiedelt. Samen. Zwischen Dornen gefallen. Sie öffnete den Kragen seines Hemds, versuchte, es ihm von den Schultern zu streifen, und berührte ihn bei dieser Anstrengung mit ihrem maßvoll gefüllten Büstenhalter und der weichen glatten Fläche unterhalb des Schlüsselbeins. In der Beuge ihres Halses lag Demut. Er schälte sich das Hemd herunter, dann das Unterhemd: über die weiße Haut und das bernsteinfarbene Haar seiner Brust flimmerten, schwerelos wie Wasserspinnen, Lichtpünktchen hin, die von der Aluminiumfolie reflektiert wurden.

Piet zog Georgene in den purpurnen Schatten, den seine Schultern warfen. Ihr fügsamer Körper, nur mit Höschen und Büstenhalter bekleidet, war knabenhaft knochig, ganz anders als Angelas zerfließende Fülle. Angela berühren: sie löst sich auf. Georgene berühren: sie ist da. Diese Einfachheit gab Piet zuweilen das Gefühl, als hafte der Liebe zwischen ihnen etwas Inzestuöses an; die Beziehung war zu unmittelbar. Er argwöhnte, daß Georgene mit ihrer Nachgiebigkeit all das, was ohnehin schon schwach und anfällig an ihm war, noch unterstützte. Alle Liebe ist Verrat, insofern, als sie dem Leben schmeichelt. Der Mann ohne Liebe ist am besten gewappnet. Ein eifersüchtiger Gott lauert. Sie öffnete weit ihren Mund und zog seine Zunge in eine formlose, nasse Höhle; die flatternden Bewegungen schmolzen hinüber in selbstvergessene Hingabe. Er fühlte, wie er unterging, und riß sich erschrocken los. Ihre Lippen sahen verschmiert und wund aus. Das Grün ihrer Augen war dunkler geworden in seinem Schatten. Er fragte sie: »Was haben sie denn gesagt?«

Sie sah über ihn hinweg und dachte nach. »Die Whitmans haben überlegt – sie kriegt übrigens Junge –, die Whitmans haben überlegt, ob sie dich für ihr Haus nehmen sollen. Frank hat gesagt, du wärst gräßlich, und Roger hat gesagt, du wärst großartig.«

»Appleby hat mich schlechtgemacht? So ein Schweinehund, was hab' ich ihm denn getan? Ich habe nie mit Janet geschlafen.«

»Vielleicht war's ja auch Smitty, ich weiß es nicht mehr genau. Es war bloß so eine Bemerkung, ein Scherz, nichts weiter.«

Sie verschanzte sich hinter einer gelassenen Miene, ihr Kinn war gestrafft, ihre Mundwinkel zogen sich mit einstudierter Traurigkeit nach unten. Die Schatten der Lärchenzweige streiften über sie hin. Er vermutete, daß es ihr Mann gewesen war, und wechselte das Thema. »Diese große kühle Blonde mit dem rosa Gesicht kriegt ein Kind?«

»Sie hat es Bea in der Küche erzählt. Ich muß sagen, sie schien ziemlich rüde. Freddy hat sie wie einen dummen Jungen behandelt, und über der Suppe ist sie zu Eis erstarrt. Sie stammt aus dem Süden. Haben die Frauen dort nicht immer Angst, vergewaltigt zu werden?«

»Ich habe sie vorigen Sonntag gesehen, wie sie von der

Kirche fortfuhr. Fast wären die Gummireifen geschmolzen. Irgendwas brodelt in der Dame.«

»Fötus nennt man das.« Auf ihrer Kinnpartie erschienen kleine Runzeln. Sie setzte hinzu: »Ich glaube nicht, daß die als Paar Furore machen werden. Freddy findet, *er* ist ein Stockfisch. Und *sie* – ich saß ihr am Tisch genau gegenüber, ihre großen braunen Augen waren ununterbrochen in Bewegung. Ihr entging nichts. Es war regelrecht beleidigend. Freddy benahm sich wie üblich, und ich merkte ihr an, daß sie sich nicht schlüssig werden konnte, was sie von *mir* halten sollte.«

»Keiner von uns weiß, was er von dir halten soll.«

Die Gekränkte spielend – aber Piet spürte, daß sein Interesse an der Whitman sie tatsächlich kränkte –, entwand sie sich seinen Armen und streckte sich wieder auf der Decke aus. Jetzt war also die Sonne wieder dran. Hure. Die reflektierende Folie schmückte Georgenes Gesicht mit parabolischen Farbtupfen und Schattensprenkeln und Lichtspritzern: Sonnensperma. Piet zog eifersüchtig Schuhe, Socken und Hose aus, behielt nur die Unterhose an. Paisley-Slip. Er war ein heimlicher Dandy. Er legte sich neben sie, und als sie sich ihm zukehrte, griff er ihr auf den Rücken, knüpfte den Büstenhalter auf und sagte: »Zwillinge« – das bedeutete, sie sollten beide gleich gekleidet sein, nur Slips anhaben.

Georgenes Brüste waren kleiner als Angelas, hatten blassere, eingefallene Warzen und schienen, so nackt und bloß, um Schutz zu flehen. Er preßte seine Brust gegen ihre, und so lagen sie eng aneinandergeschmiegt unter den flüsternden Bäumen, verloren wie Hänsel und Gretel. Abgefallene Lärchennadeln hatten sich auf der Teerpappe zu kleinen Wällen und Häufchen angesammelt und bildeten längs der Holzbalustrade und den Aluminiumschienen der Glasschiebetür rostig-ockerfarbene Verwehungen. Piet streichelte die gleichmäßige Linie ihres Rückens, spürte mit dem Daumen ihrer Wirbelsäule nach von den höckerigen Knöchelchen oben am Hals bis hinunter zu dem merkwürdig vorstehenden Steißbein. Georgene hatte einen richtigen kleinen Schwanzansatz. Sie war knochiger als Angela. Es kam ihm so selbstverständlich und geschwisterlich vor, wie sie da gegen ihn gepreßt lag, daß sich nichts bei ihm regte, während ihm bei Angela schon genügte, wenn sie mit ihrem Fuß seinen Spann berührte; und er fragte sich, halb zerschmettert unter der Weite des Himmels und den Baumkronen und dem Vogelgesang, wen von beiden er wirklich liebte.

Bevor ihre Affäre begann, hatte er Georgene gar nicht wahrgenommen. Die Verachtung für ihren Mann hatte ihm den Blick auf sie verstellt. Seine und Angelas Abneigung gegen Freddy Thorne war ganz spontan gewesen, dabei hatten die Thornes, als Ehepaar, während der ersten Jahre, die die Hannemas in Tarbox verbrachten, sich sehr um sie bemüht. Und zum Dank dafür waren die Hannemas so rüde gewesen, mehrere Einladungen ohne ein Wort der Entschuldigung auszuschlagen, ja nicht einmal darauf zu reagieren. Damals hatten sie noch kein besonderes Bedürfnis nach Freunden gehabt. Piet war mit Angela noch nicht bewußt unglücklich gewesen und hatte nur ganz vage davon geträumt, mit anderen Frauen zu schlafen – mit Janet oder mit der imposanten, zigeunerhaarigen Terry Gallagher –, so wie man sich Phantasien vorgaukelt, um Schlaf zu finden. Aber vor zwei Sommern hatten die Ongs ihren Tennisplatz angelegt, und da kamen die Hannemas öfter mit Georgene zusammen; und als im vergangenen Sommer Piets Träume ohne sein Zutun sich in Wirklichkeit zu verwandeln begannen und er, ohne es sich bewußt zu machen, sich von Angela abgewandt hatte und eine einzige offene Frage geworden war, da versuchte Georgene, mit einer flüchtigen Berührung auf einer Party und einer scheinbar ungeplanten gemeinsamen Autofahrt zum Tennisplatz und wieder zurück, diese Frage damit zu beantworten, daß sie da war. Sie sagte, sie habe schon seit Jahren auf ihn gewartet.

»Und sonst?« fragte er.

»Was und sonst?« Hinter der sonnengrellen Maske ihres Gesichts hatten ihre Sinne sich ganz seiner Hand hingegeben.

»Was gibt's sonst bei dir? Wie geht es Whitneys Erkältung?«

»Armer kleiner Whit. Gestern hatte er Fieber, aber ich habe ihn trotzdem zur Schule geschickt, für den Fall, daß du dich entschließen würdest zu kommen.«

»Das hättest du nicht tun sollen.«

»Er wird bald wieder in Ordnung sein. Jeder hat jetzt seine Frühjahrserkältung.«

»Du nicht.«

Sie griff den streitsüchtigen Ton auf. »Piet, wie war das eigentlich eben gemeint – als ich Franks abfällige Äußerung über dich erwähnte, hast du gesagt, du hättest nie mit Janet geschlafen.«

»Hab' ich auch nicht. Es ist Jahre her, daß ich's mal gewollt habe.«

»Aber glaubst du denn – halt mal einen Augenblick deine Hand still, du kitzelst mich ja bloß noch –, daß Freddy dich *deshalb* nicht leiden kann? Ich habe gelogen, weißt du. Freddy war's, der den Whitmans gesagt hat, du seiest ein schlechter Bauunternehmer.«

»Natürlich. Diese Flasche.«

»Du solltest ihn nicht so hassen.«

»Das hält mich jung.«

»Glaubst du, daß er es weiß – das mit uns? Ich meine Freddy.«

Diese Neugier kränkte ihn; er wollte, daß sie Freddy völlig beiseite schob. Er sagte: »Nicht als Faktum. Aber vielleicht durch Osmose? Bea Guerin hat mir neulich zu verstehen gegeben, daß alle es wissen.«

»Hast du es zugegeben?«

»Natürlich nicht. Was hast du? *Weiß* er es?«

Ihr Gesicht war ganz still. Ein dünner Lichtstreifen balancierte zitternd auf ihrem einen Augenlid; ein Windstoß kräuselte die Aluminiumfolien, stellte einen aufgeregten Miniaturdonner her. Sie sagte vorsichtig: »Er behauptet, es müsse irgendeinen anderen geben, weil ich ihn nicht mehr so oft haben will wie früher. Er fühlt sich bedroht. Und wenn er eine Liste aufstellen müßte von denen, die in Frage kommen, dann würde er dich ganz sicher an die Spitze setzen. Aber aus irgendeinem Grund zieht er keine Konsequenz daraus.

Möglich, daß er es weiß, aber nichts sagt, weil er sich's für einen späteren Zweck aufheben will.«

Das erschreckte ihn, veränderte die Spannung in seinem Körper. Sie spürte das und öffnete die Augen; das Coca-Cola-Flaschengrün war fleckig vor Erschöpfung. Die Pupillen waren in der Sonne so klein wie das Markrund am Ende eines Bleistifts.

Er fragte sie: »Dann ist es wohl an der Zeit, daß wir Schluß machen?«

Wenn sie herausgefordert wurde, fiel Georgene, Tochter eines Bankiers aus Philadelphia, in einen scherzhaften Jargon, halb Ladenmädchen, halb Vamp. »Bist wohl verrückt, Jungchen«, sagte sie, hob sich ihm mit einem Ruck entgegen und preßte ihren Bauch an ihn, so daß er durch seine Baumwolle ihre Seide spürte. Sie hielt ihn fest, als sei er ihr Gefangener. Ihre glatten Arme hatten Kraft; beim Tennis konnte sie manchmal einen Satz gegen ihn gewinnen. Er wehrte sich gegen ihren Klammergriff, und im Gerangel hingen ihre Brüste plötzlich frei und birnenförmig über ihm; flossen dann in die Breite, als er sie auf den Rücken drehte und, die Knie auf ihre Schenkel, die Hände auf ihre Handgelenke gestemmt, sie zu Boden drückte. Teerpappe. Georgenes glänzende Haut starrte. Verwundet vom Sieg, beugte er den Kopf und faßte mit verlangenden Lippen eine ihrer Brustwarzen; salzig, säuerlich. Plötzlich fühlte sie sich an, als bestünde sie nur aus Kreisen – Kreise, die man teilen konnte und die neue Kreise bildeten. Vögel zirpten jenseits des Regenbogenrandes der kreisförmigen feuchten Berührung, die ihn festhielt. Georgenes Hand, federleicht, stellte eine weitere Berührung her, fand sein Zentrum. Wenn er ihrer Hand glauben konnte, dann waren seine Hoden Samt, sein Phallus schieres Silber.

Höflich fragte er: »Haben wir nicht zuviel an?«

Die Höflichkeit war echt. Weil es keinen Ehe- oder sonstigen Vertrag zwischen ihnen gab, hatten sie zwischen sich einen Kodex gegenseitiger Rücksichtnahme aufgestellt. Ihr Ehebruch war genau in zwei Hälften geteilt. Dadurch, daß er es gewagt hatte, vom Schlußmachen zu sprechen, hatte er sie bewußt provoziert, diesen Kodex zu verletzen. Jetzt war die

Reihe an ihr, zu provozieren, und an ihm, sich zu entscheiden. Sie sagte: »Was ist nun mit den Bäumen auf dem Indian Hill?«

»Die können ohne mich fallen«, sagte er. Die bratende Sonne ließ einen modrig-mostigen Geruch von dem Nadelhäufchen am Rand der Wolldecke nahe seinem Gesicht aufsteigen. Die Dachpappe flimmerte. Gute Qualität: mineralisierte Ruberoid-Dachbahnen, hatten 1960 vier Dollar fünfundzwanzig pro Rolle gekostet. Seine Arbeit, dieses Flachdach.

Er setzte hinzu: »Aber ich bin nicht sicher, ob du das kannst.«

»Ach, soweit bin ich noch lange nicht«, sagte Georgene, richtete sich rasch auf die Knie auf und warf in stolzer Gebärde ihre Arme dem Himmel entgegen. Diese gewissenhafte Vereinsdame, diese energische Mutter hatte eine überraschende, entzückende Eigenschaft: ihre Sexualität war offen und arglos. Entstanden in den ersten Ehejahren mit Freddy und so direkt wie Essen, so natürlich wie Laufen. Im Innersten war sie unschuldig. Sie hatte vorher noch nie eine Affäre gehabt, und obgleich Piet nicht begriff, was sie an ihm fand, bezweifelte er doch, daß sie sich je einen anderen Liebhaber nehmen würde. Sie hatte kein Verlangen nach Schuldgefühlen. Am Anfang, als Piet sich zum Ehebruch mit ihr entschloß, hatte er sich auf schreckliche Gewissensqualen gefaßt gemacht, so wie ein Taucher schon beim Sprung das Rauschen und Dröhnen fühlt, das ihn unter Wasser erwartet. Statt dessen hatte sie ihn – es war September: Äpfel in der Küche, Kinder in der Schule, bis auf Judy, die schlief – leichthin an einem Finger nach oben in ihr Bett geführt. Sie hatten sich ohne Umschweife ausgezogen, sie ihn, er sie. Als er sich Sorgen machte wegen möglicher Folgen, lachte sie. Schluckte Angela denn noch nicht Enovid? *Willkommen*, sagte sie, *im Pillen-Paradies* – eine heitere Blasphemie, die ihn ungeheuer erleichterte. Der Liebesakt zwischen ihm und Angela war belastet von Erinnerungen an seine Unbeholfenheit und ihr Unvermögen, Unbeholfenheit zu ertragen; von dem Bedürfnis nach Zartgefühl und der Irritation, die das Flehentliche, das im Zartgefühl liegt, bei ihr hervorrief; von der Verachtung, die sie sowohl seinem pyjamadrapierten Werben wie seiner nackten Wut entgegenbrachte; von seiner hilflosen Durchschaubarkeit und ihrer undurchschaubaren Enttäuschung. Georgene hatte binnen zwanzig Minuten alle diese Schichten von Mißverständnissen abgetragen und ihm etwas Ursprüngliches gezeigt. Jetzt kniete sie da in der Sonne, und Piet richtete sich auf, um bei ihr zu sein, und mit äußerster Achtsamkeit, als gelte es, das letzte oblatendünne Zahnrädchen ins Uhrwerk einzusetzen, küßte er den schimmernden Gipfel ihres linken Schulterblatts, dann den des rechten. Überall war sie doppelt, nur in ihren Mündern nicht. Alle Dinge doppelt, aber ohne Dualität. Entropie. Das Universum Gottes Spiegel.

Sie sagte: »Du bist mir in der Sonne.«

»Es ist zu früh, um braun zu werden.« Höflich: »Hast du etwas dagegen, wenn wir hineingehen?«

Die Glasschiebetür führte von der Sonnenterrasse durch ein Spielzimmer in den großen Schlafraum, der mit chinesischen Lampions, afrikanischen Masken und geschnitzten Tierhörnern aus den verschiedensten Ländern dekoriert war. Das Haus, ein spätviktorianischer Walmdachbau mit knusperhäuschenhaften Traufen und Stützbalken, mit verschnörkelten Blitzableitern, welligen Schindeln, Wasserspeiern aus Zink und rosa Dachziegeln, die sich bis zum First hinauf staffelten, war in einem fröhlichen Mischmasch-Stil eingerichtet: ungeschlachte schwarze spanische Truhen, hochbeinige Chippendale-Kommoden mit kontrastierenden Obstholz-Furnieren, die immer mehr abblätterten, unklassifizierbares Modernes, aus Stahlrohr und irgendwelchen Platten gefertigt, Kolonialmöbel wie aus Andenkenläden, Hitchcockstühle mit fehlenden Querstäben, jugendstilige Schaukelstühle, japanische Drucke, riesige Kordsamtkissen, Teppiche von den Philippinen, die aus Binsenrosetten zusammengesetzt waren. Unverwüstlich wie ein Bordell, war es wie geschaffen für Partys. Aber Piet hatte es bei seinen verbotenen Morgenbesuchen in einem anderen Licht kennengelernt: Räume, in denen Kinder lebten und ihre Frühstücksspuren hinterließen, wenn sie über die Auffahrt zum Schulbus stürmten, und in denen der *Globe*, mit der Comicstrip-Seite nach oben, auf dem

Boden herumlag. Allmählich lernten die Gegenstände – die bizarren Lampen, die starrenden Masken – ihn zu begrüßen als den zeitweiligen Herrn des Hauses. Besitzerisch pflegte er sich auf dem königsformatigen Doppelbett der Thornes auszustrecken, in dem er mit den nackten Zehen nicht ans Fußende reichte, während Georgene ihre vorbereitende Dusche nahm. Neugierig blätterte er in den Büchern, die in Thornes Regal neben dem Bett standen: Henry Miller in zerfledderten Pariser Ausgaben, Sigmund Freud aus der Modern Library, *Notre-Dame-des-Fleurs* und *Fanny Hill,* frisch von der Grove Press, Inspirationspsychologie von den Menningers, ein taubengraues Handbuch über Hypnose, die *Psychopathia sexualis* in Lehrbuchformat, ein aus Kyoto geschmuggelter, delikat kolorierter Bildband mit Seiten aus steifem Papier, die Gedichte der Sappho aus der Peter Pauper Press, die ungekürzte Ausgabe von *Tausendundeiner Nacht,* zweibändig, in Kassette, Werke von Theodor Reik und Wilhelm Reich sowie diverse billig aufgemachte Taschenbücher. Dann pflegte Georgene dampfend aus dem Bad zu kommen, ein purpurrotes Handtuch als Turban um den Kopf geschlungen.

Zu seiner Überraschung erwiderte sie: »Laß uns doch zur Abwechslung einmal draußen bleiben.«

Piet hatte das Gefühl, daß er noch immer gestraft wurde. »Bringen wir Gott damit nicht in Verlegenheit?«

»Weißt du denn nicht, daß Gott eine Frau ist? Nichts bringt sie in Verlegenheit.« Sie zog das Gummibündchen seiner Unterhose zu sich heran, streifte es herunter. Ihr Blick drückte Zufriedenheit aus. Eine Wolke trübte im Vorüberziehen die Sonne. Piet spürte und fürchtete einen Zeugen und sah nach oben und wurde, als gehe etwas Unerklärliches vor sich, von Ehrfurcht ergriffen beim Anblick der unaufhaltsam dahintreibenden, blaubäuchigen Wolkenflotte: Schiffe, die alle nur ein einziges Ziel hatten. Die kleine verdunkelnde Wolke glühte golden an ihrem Heck und im Gerank ihrer Masten. Eine irisierende Entladung der Bordgeschütze – dann war sie vorbei. Gefahrlos über ihn hinweggeglitten. Die Sonne schickte wieder kühne Strahlenlanzen auf die rissige Aprilerde nieder, auf die verwesten Herbstblätter, die neuen Triebe – korallenfarben an den Birken, senfgelb an den Lärchenzweigen –, auf die abgefallenen Nadeln, die Teerpappe, die verstreuten Kleider. Zwischen den feingerüschten Beinöffnungen von Georgenes Höschen zeigte sich ein zarter honigfarbener Fleck. Der Schweiß zwischen ihren Brüsten glitzerte salzig. Er umschlang sie, streichelte und leckte ihre bereiten, beweglichen Brustspitzen, das Zäpfchen im Spalt zwischen den Härchen. Sonne und Speichel bildeten einen wolkigen Schaum auf ihrem Schamhaar; Piet mußte an ein junges Kätzchen denken, das lernt, Milch aus einer Untertasse zu trinken. Er hatte es eilig, er brauchte ihr Verzeihen, denn dicht davor, sich zu ergießen, hatte seine Liebe eine Trübung erfahren, etwas Reuevolles, Vergangenes bekommen. Er spreizte ihre geraden Schenkel und nahm sie mit der Selbstverständlichkeit, die sie ihm gewährte. Eine Lippe des Widerstands, dann wohlige Tiefe, Hineingleiten, immer tiefer. Langsames Erschrecken dämmerte in ihrem Blick, als er sie immer weiter öffnete. Er schloß die Augen, aus Angst, ihr hingegebenes Gesicht unschön zu finden. Ein Wispern von Zweigen sickerte auf sie herab. In der Ferne raspelten Sägen. Der leichte Wind strich foppend über seinen zusammengepreßten Hintern; er fühlte sich belästigt von den Vogelgeräuschen ringsum: Thornes gedungener Chor, lauter Spione.

»Oh, schön – oh, wie schön«, sagte Georgene. Piet wagte einen Blick und sah ihre verzückt geschlossenen, zart violett geäderten Lider und eine kleine Speichelblase, die ihr aus dem Mundwinkel quoll. Er durchlitt ein kurzes schwindelerregendes Gefühl von Vergeblichkeit. Sein Herz trommelte, aber voll Trauer. Er biß sie in die Schulter, die glatt war wie eine Orange in der Sonne, und glitt eine gedämpfte Parabel entlang, deren rote warme Wände *sie* war und an deren Ende sie ihn erwartete. Ihr Gesicht fiel zur Seite; durchweichte Federn zogen an seiner Kuppe; oh. So ein gutes Mädchen, war einfach da für ihn, ganz egal, wie er herumfummelte, sie fand ihren Weg von allein. Er bäumte sich in ihrer seltsamen Höhlung, bäumte sich noch einmal. Sie sagte: »Oh.«

Lavendelfarben lag sie in seinem Schatten, ihre Mundwinkel waren feucht. Piet fragte höflich: »War's gut?«

»Dreimal darfst du raten.«

»Ich war ziemlich kümmerlich. Ich bin diesen Frühsport im Freien nicht so gewöhnt.«

Georgene unter ihm zuckte die Achseln. Ihr Hals und ihre Schultern waren schlüpfrig. Etwas Schwarzes, ein winziger Teerkrümel, der ihm aus dem Haar gefallen sein mußte, klebte an ihrer Wange. »Du warst du. Ich liebe dich. Ich liebe dich, wenn du in mir bist.«

Piet hätte weinen mögen, dicke Tränen auf ihre flach hingebreiteten Brüste. »War ich groß genug?«

Sie lachte, entblößte perfekte Zähne: die Frau eines Zahnarztes. »Nein«, sagte sie, »du warst klein und schrumpelig.« Als sie merkte, daß er in seinem labilen, aufgelösten Zustand bereit war, es zu glauben, erklärte sie feierlich: »Du tust mir weh, weißt du. Ich habe Schmerzen hinterher.«

»Wirklich? Ich tu dir weh? Wie wunderbar! Wie wunderbar, daß du das sagst. Aber warum läßt du dir das denn gefallen?«

»Man muß eben kleine Opfer bringen. Aber jetzt herunter von mir. Marsch auf deinen Indian Hill.«

Als er, beiseite geschoben, neben ihr lag, fühlte er sich so schwach und zu Sonderwünschen berechtigt wie ein Kind. Rastloses Verlangen zuckte ihm in Fingern und Mund. Er fragte: »Was hat Freddy denn so Gemeines über mich gesagt?«

»Er hat gesagt, du seiest teuer und langsam.«

»Aha. Das könnte sogar stimmen.«

Er zog sich an. Das Vogelgezwitscher war zum Ticken einer Uhr geworden. Georgenes Nacktheit wurde langsam ranzig, wie Butter auf einer sonnigen Fensterbank. Sie lag da, wie sie wohl oft lag: empfing die Sonne mit dem ganzen Körper. Das Negativ des Badeanzugs war bei ihr nicht so deutlich wie bei Angela. Ihr Kätzchenflaum klebrig von Sperma. Die karierte Decke war zerknautscht und unter ihrem Kopf weggerutscht, ein paar Lärchennadeln hingen ihr im schwarzen, graumelierten Haar. Weil es so früh schon seine Farbe verlor, trug sie es ganz kurz, Federschnitt.

»Meine Süße«, sagte er, um das flüsternde Schweigen zu

füllen, das ihn beim Anziehen umgab, »Freddy kann mir gestohlen bleiben. Ich will mit dem Whitman-Haus nichts zu tun haben. Man weiß nie, auf was man stößt, wenn man diese alten Kästen erst mal angebohrt hat. Gallagher findet, wir haben viel zuviel Zeit damit vergeudet, für unsere Freunde und die Freunde unserer Freunde alte Bruchbuden instand zu setzen. Er will bis zum Herbst drei neue Ranchhäuser auf dem Indian Hill fertig haben. Die Kriegsbabys wachsen heran. Und da steckt das Geld.«

»Geld«, sagte Georgene. »Du redest schon so wie die anderen.«

»Klar«, sagte er, »ich kann ja nicht bis in alle Ewigkeit eine Jungfrau bleiben. Sogar ich mußte mal korrupt werden.«

Er hatte sich angekleidet. Die kühle Luft zog sich um seine Schultern zusammen, und er hängte sich die aprikosenfarbene Wildlederjacke um. Mit der Wohlerzogenheit, die selten aussetzte zwischen ihnen beiden, begleitete sie ihn durchs Haus. Er war voller Bewunderung und gleichzeitig ein wenig schockiert, daß sie mit solcher Unbekümmertheit nackt durch alle Türen schritt, an den Spielsachen ihrer Kinder, den Büchern ihres Mannes vorbei, die Treppen hinunter, unter einem Bord mit Putzmitteln entlang, in die blitzblanke Küche, bis zum Seiteneingang. Hier, wo das Kaminholz aufgestapelt lag und eine einzelne große Ulme ein zartes Schattennetz warf, hatte das Haus etwas Ländliches und Freundliches, gar nichts mehr von seiner sonstigen barbarischen Klotzigkeit. Ein Pfad, nicht gepflastert mit Ziegeln oder Steinen, sondern durchs Gras getreten und aufgeweicht, führte um die Garagenecke herum, wo Piet seinen kleinen Lieferwagen versteckt hatte, einen staubigen olivfarbenen Chevrolet, auf dessen hintere Ladeklappe ein Kind WASCH MICH MAL geschrieben hatte. Georgene, barfuß, ging nur bis zur Schwelle mit und lehnte schweigend und lächelnd in der offenen Tür, und in Piets Gedächtnis blieb, gerahmt wie ein Bild, ein vielfältiger Eindruck zurück: Haustier, gefickte Frau, spöttischer Knabe, Abschied.

Clarissa Sander

Red, Gold and Green

Sie ging wie in Trance den Strand entlang. Ihre Sandalen hatte sie ausgezogen, trug sie in der Hand, spürte den feuchten Sand an den Fußsohlen, folgte den Spuren ihrer Füße. Dann und wann spülte eine leichte Welle über sie hinweg, stießen ihre Zehen auf ein Stückchen Schwamm, Seegras, eine flache Muschel.

Der Himmel quoll von Sternen über. Der Mond, fast voll, hing fett und honiggelb über den Silhouetten der Palmen. Grillen und Zikaden sirrten ohrenbetäubend, aus den Bars drangen Musik, Lachen, Gesprächsfetzen. Das Plätschern der Wellen.

Gierige, fordernde, prüfende Blicke trafen sie, immer wieder begleitete sie eine schwarze Gestalt eine Weile, sprach beschwörend auf sie ein, er sei der Beste, er werde es ihr zeigen, noch nie sei sie so gut geliebt worden; aber sie wollte nicht darauf eingehen. Noch nicht. Sie ging stetig weiter, benommen, als sehe sie sich selbst dabei zu, aber mit allen Sinnen wach, sie würde immer spüren können, wie sie sich gefühlt hatte, würde die Töne hören, die Düfte riechen. Diese Nacht kam ihr wie ein schwüler Blick unter halb geschlossenen Lidern vor; ihr war, als höre sie kehliges Stöhnen, sehe schwarze Paare, die sich wild und geschmeidig unter dünnen Laken wanden.

Die Luft streichelte sie. Der Strand wurde leerer, sie kam zu einem unbelebten Teil; unbebaute Grundstücke, auf denen Palmen und Gestrüpp wuchsen, wenig belegte Hotels, vor denen weiße Holzliegen herumstanden wie Körper, die keiner liebkost. Sie stockte, wurde langsamer. Auf einer dieser Liegen war ein Mann hingestreckt. Lässig, die Arme hinterm Kopf verschränkt, schien er aufs Meer hinauszuschauen. Er hatte kurze Dreadlocks. Sie ging noch langsamer, sah hinüber. Sie blieb stehen. Er sah zu ihr her. Sie wußte instinktiv, daß sie ihn gefunden hatte.

»Come here, lady«, sagte er, rauh, ohne sich zu rühren. Ein leichtes Lächeln, sie sah seine Zähne blitzen – das einzig Helle an ihm in der Nacht. Das Mondlicht zeichnete seinen Schatten auf den Sand.

Sie bewegte sich nicht. Es war soweit. Sie mußte sich entscheiden. Sie war in Trance nach ihm auf die Suche gegangen. Dies hier war kein normales Leben. Dies hier hatte nichts mit Anstand zu tun. Sie mußte keine Grenzen und keine Moral wahren. Er rief sie. Was würde er mit ihr tun? Konnte sie sich ihm einfach so anvertrauen?

Sie war einsam. Sie wollte sich anschmiegen und sich in diesem dunklen Rhythmus wiegen, wollte vergessen, von starken Schenkeln umklammert werden und sich an einem Männerkörper reiben. Sie hörte das Meer heranschwappen, spürte die Nachtluft auf der Haut, ein Hund bellte entfernt, ein Windhauch ließ die Palmwedel rascheln. Sie ging hinüber.

Keiner von ihnen sprach, als sie aufeinandertrafen. Er nahm sie an der Hand und führte sie ein paar Schritte weiter zu einem Palmenhain. Dort standen sie einen Moment bewegungslos und sahen sich in die Augen. Dann strich er ihr über die nackten Schultern. Ein leichtes Stöhnen drang aus seiner Kehle. Sie wagte kaum zu atmen. Doch sie sah seine Arme vor sich, diese muskulösen, schimmernden Arme. Sie mußte wissen, wie sie sich anfühlten.

Vorsichtig hob sie die Hände, strich über seine glatte Haut. Sie war so seidig, so weich, die Muskeln darunter hart. Sie sank an ihn. Er fing sie auf, griff ruhig unter ihren Rock und tastete über ihre Hinterbacken. Kam wieder hervor, streifte ihr die Träger von den Schultern – sie fühlte sich so zerbrechlich wie nie zuvor –, tastete nach ihren Brüsten, die jeden Moment zu bersten schienen, so straff waren sie, so steif standen die Nippel hervor, als wollten sie abbrechen. Aus ihrer Spalte begann der Saft zu strömen wie aus einer aufgeschlagenen Kokosnuß. Sie spürte, wie er durch ihr Höschen drang.

Noch immer vermochte sie sich kaum zu bewegen. Er roch nach wildem Schweiß, Salz, Wurzeln. Er strich über ihre Brüste, und sie erschauerte, als habe sie Fieber. Dann schob er sie ein Stück von sich weg, streifte ihr das Kleid ab, entledigte sich in einer raschen Bewegung seines Muscle-Shirts, seiner Hosen, seiner Schuhe. Nun stand er vor ihr, wie sie ihn mittags gesehen hatte, aber entblößter, denn nun ragte sein mächtiger schwarzer Stamm vor ihr empor, galt ihr, zeigte sich ihr, wollte sich in ihre perlenfarbige Grotte bohren, sie reizen, sie zum Überquellen bringen. Sie fühlte sich nackter, als sie jemals gewesen war, empfand eine rasende Lebenslust, den Nachtlüften, dem Mondschein, seinem Blick ausgesetzt. Sie erwachte langsam, griff nach unten und zog sich das Höschen über die Beine. Er packte sie und hob sie hoch. Sie schlang ihre Beine um ihn, ließ sich auf den steifen Pfahl spießen mit einer ungekannten Wollust. Als er in sie eindrang, hatte sie das Gefühl, wie verrückt schreien oder ohnmächtig werden zu müssen. Er reizte jede Faser ihrer Muschel, glitt mühelos auf seinen und ihren Säften in sie, und doch war kein Millimeter Platz zwischen ihnen. Sie krallte sich in seinen Rücken, beugte sich, damit er sie leichter auf und ab schieben konnte, stöhnte willenlos, als er sich an ihr rieb und immer tiefer in sie drängte. Ihr wurde so heiß, sie schlug ihre Zähne in seine Schulter, um nicht zu brüllen, und zuckte wie in Krämpfen, sie hatte sich verloren, es gab kein Halten mehr, ein warmer Schwall Tränen stieg in ihren Augen auf und tropfte erleichtert auf seine Schulter.

Sie bemerkte, daß ihn die Tränen irritierten. Er ließ sie vorsichtig herunter und bettete sie in den Sand, blickte ihr kurz prüfend ins Gesicht, dann schob er seinen Lustspender mit einem harten Ruck in sie, stieß, reizte, traf ihr Innerstes, ihr Schneckenmund umschloß ihn beharrlich, saugte an ihm, gierig, halb verhungert, sie konnte sich jetzt bewegen, die Tränen waren vergessen, sie wollte wie ein wundes Tier sein, läufig, wollte die Explosionen, die kleinen Raketen, die in ihrem Becken in die Höhe schossen. Er beackerte sie mit einer steten direkten Kraft, stützte sich fest ab, packte ihre Hinterbacken, um sie näher an sich heranzuziehen, und als sie spürte, wie er sich mit unbändiger Sicherheit in dieses elastische Loch bohrte, rücksichtslos, um ihm so viel Nässe wie möglich zu entlocken, bog sie sich ihm mit aller Kraft entgegen, verschlang ihn und wurde wieder weggerissen in dunkle bodenlose Abgründe, aus denen Sternenschweife stiegen. Jetzt hielt ihn auch nichts mehr, er trieb seinen riesigen Schwengel wuchtig und immer schneller in sie, zerriß sie beinahe, und dieses Gefühl, sein Anblick, seine Hemmungslosigkeit ließen sie aufblühen bis zum Äußersten, ihre Hände umklammerten seine mahlenden Hinterbacken, sie stemmte sich ihm entgegen, und als er seinen Saft in sie pumpte, mit einem heiseren Knurren, schlug eine schwarze Woge über ihrem Hirn zusammen, sie schrie auf und ergoß sich mit ihm gemeinsam, als wolle ihre Vulva ihn ertränken.

Sie lag keuchend da, sah über seine Schulter zu den blinkenden Sternen hinauf. Das Mondlicht zeichnete seltsame Muster auf den Sand um sie her, ihr ganzer Körper brannte von Sand, Sonne, den Spuren der Umklammerung. Sie kehrte langsam zu sich zurück. Er rappelte sich auf, lächelte ihr zu, suchte seine Kleider und zog sich an. Sie tat es ihm gleich, noch schwindlig im Kopf, doch plötzlich hatte sie das Gefühl, man könnte sie sehen, sie war so nackt ... Sandkörner klebten überall, sie strich sich die Haare aus dem Gesicht, sah ihn nicht an. »Some good loving, lady«, sagte er, vor ihr stehend, und schüttelte seine Zöpfchen. »My name is Chuck. Wanna have a drink?«

Er brachte zweimal in der Woche Gemüse, Gewürze und Teekräuter für Sara aus Lucea, wo er mit seiner Frau und drei Kindern lebte. Die Kinder waren alle von unterschiedlichen Frauen, zwei Jungen und ein Mädchen. Sara kannte er schon lange.

Sie saßen in der kleinen Bar, in der Maren an einem ihrer ersten Abende gelandet war. Der Barbesitzer, Mike, streifte sie mit einem flüchtigen Blick. Sie hatte das Gefühl, daß er sie nun abschätzig als weiße Sex-Touristin betrachtete. Them white girls, looking for the big bamboo. Denselben hatte ihr schon mancher am Strand in den höchsten Tönen gepriesen. Tja, nun hatte sie einen. Sollte sie nun die Drinks bezahlen?

Sie war nach wie vor mißtrauisch. Eben noch hatte sie sich

mit diesem Mann im Sand gewälzt, und wenn sie seinen Körper mit Blicken streifte, verstummten alle anderen Wahrnehmungen, fühlte sie nur noch ihn, aber dennoch war sie störrisch. Er redete zu viel von sich, erkundigte sich nicht nach ihr, und außerdem trug sie ihm nach, daß er sie gleichsam zu sich befohlen hatte. Und sie war gefolgt. Und wer hatte schon drei Kinder von drei unterschiedlichen Frauen? Der nahm sich wohl alles, was ihm grade über den Weg lief. Jetzt versuchte er ihr doch wahrhaftig die Hintergründe des Rastafari zu erklären. Dabei wußte sie genau, daß Haile Selassie der Löwe von Juda genannt wurde und daß deshalb die Rastas die Haare lang trugen, daß sie das Ganja, das heilige Kraut, rauchten, weil es sie Gott näherbrachte und schon auf dem Grab von Salomo gewachsen war. Sie wußte das alles. Sie hatte alles in ihrem Reiseführer nachgelesen. Und sie haßte es, belehrt zu werden.

Dann unterhielt er sich brüllend vor Lachen mit einem Erdnußverkäufer, der kleine Plastiksäckchen mit gerösteten Erdnüssen am Arm trug. Sie wurde den Eindruck nicht los, daß die über sie sprachen. Hatte er nicht eben was von »white chick« gesagt? Sobald die Einheimischen ins Patois, diese Mischung aus Englisch, Spanisch und afrikanischen Einsprengseln verfielen, verstand sie kaum mehr etwas. Mit den Weißen sprachen die meisten ein Englisch, das wundersam altmodische Wendungen aufwies.

Das war ihr doch jetzt alles zu blöde hier. Sie trank ihren Rumpunsch aus, der ihr einen fürchterlich schweren Kopf gemacht hatte, tippte Chuck, der immer noch mit dem Erdnußverkäufer Geschichten erzählte, auf die Schulter und kündigte an, daß sie jetzt nach Hause gehen werde.

»Oh!« Chuck sah sie ziemlich erstaunt an. »Willst du mal 'ne Bootsfahrt durch den Sumpf machen? Ich kann von einem Freund ein Boot leihen. Kann dich auch zum Schnorcheln zum Riff nehmen. Viele Fische. Korallenriff.«

Maren nickte. »Mal sehen«, war alles, was sie an Zugeständnissen hervorbrachte. Dann rutschte sie von ihrem Hocker herunter, sagte ziemlich flau: »Bye, bye, see you next time« und machte sich betont sicher auf den Weg, obwohl sie sich entsetzlich betrunken und schwankend vorkam. Dazu ging sie noch auf hohen Absätzen und unebenem Boden. Als sie außer Sichtweite war, zog sie einen Flunsch und verwünschte sich wieder einmal. Was hatte sie doch für ein Durcheinander angerichtet! Sie verstand sich selbst nicht mehr. Erst mal drüber schlafen, dachte sie, wird schon werden.

Maren versuchte nachzudenken. Aber sie schien es einfach nicht mehr richtig zu können; zumindest war das Resultat nicht eine klare Abfolge von deutlichen Empfindungen, sondern ein Durcheinander. Sie hatte einen Mann gewollt. Sie hatte Chuck gesucht und ihn gefunden, mit ihm gevögelt und es als höchst erregend erlebt. Hinterher hatte sie irgendwelche zärtlichen Beschützerreaktionen von ihm erwartet. Was für ein Quatsch! Liebte sie ihn nun? Unsinn. Aber sie hatte nichts dagegen, ihn wiederzusehen ...

Sie lauerte Sara auf, als sie kam, um nach dem Rechten zu sehen, stürzte hinunter und fragte, was es zum Abendessen gebe. »Red snapper, brown-stewed«, erwiderte Sara und blickte Maren, wie es ihre Art war, sehr aufmerksam an.

»Wundervoll«, sagte Maren. Und dann übergangslos: »Sag mal, du kennst doch Chuck.«

Sara lachte und warf den Kopf zurück. Ihre Augen funkelten vergnügt, die Lachfältchen traten in Erscheinung. Sie zog Maren zu einem der Steintische. »Komm, Schätzchen, laß uns drüber reden. Du hast was mit ihm?«

»Na ja, nicht direkt ...«, fing Maren an.

Und Sara erteilte ihr eine Lektion über jamaikanische Männer. Sehr locker, sehr macho, sehr direkt seien sie, verspielt, wenn sie jung waren, aber das ändere nichts an der Tatsache, daß sie sich von einer Frau nichts befehlen ließen. Wenngleich sie natürlich keineswegs unbeeinflußbar seien, wie überall auf der Welt ... Sara zwinkerte. Sie kenne Chuck schon lange, er sei in Ordnung. Er kümmere sich anständig um seine Familie, aber er habe eine Schwäche für die Mädchen am Strand, egal, ob weiße oder einheimische. Er erobere sie gerne, zeige den Touristinnen die Gegend, wolle ein bißchen Geld dabei verdienen und ein bißchen rumvögeln. So sei seine Weltsicht. Mit seiner Frau streite er sich gern, aber sie hätten natürlich auch ein heftiges Sexleben. So sei das. »Und nun erwarte bloß nicht, daß ich dir erkläre, warum das so ist«, sagte Sara mit einem Achselzucken. »Nachvollziehen kann ich's auch nicht, aber es gefällt mir. So leben die Menschen hier. Ein Problem ist für Chuck, wenn das Motorrad kaputt ist oder einer seiner Jungs in eine Schlägerei gerät und beim Arzt zusammengeflickt werden muß oder die Regierung sein Ganja-Feld niederbrennt. Das sind Probleme. Gefühle sind keine. Du hast die Wahl, das zu akzeptieren oder es nicht zu tun. Aber dann würde ich dir raten, auch von den Männern die Finger zu lassen. Sonst tust du dir weh.« Sie war ziemlich ernst geworden. »Ich hab' schon schlimme Sachen erlebt. Manche Mädchen werden hysterisch und drehen halb durch. Dann fahren sie in ihre Länder zurück und erzählen Schauergeschichten über Jamaika. Aber wenn du bereit bist, dich drauf einzulassen und von den Leuten hier zu lernen, dann kannst du wunderschöne Sachen erleben. Schau, nicht umsonst ist eine der wichtigsten Redensarten hier: ›No problem.‹ Es ist wirklich keins, außer du machst eins draus.«

Maren nickte. Sie fühlte sich erleichtert, als hätte Sara ihr die Erlaubnis erteilt, sich nicht mehr zu quälen, sich leicht, mutig und lustbetont zu fühlen. Es war nichts Schlechtes daran, unkompliziert und gut gelaunt zu sein und Spaß zu haben. Sie durfte. Sie legte Sara die Hand auf die Schulter. »Danke, Sara.«

»You're welcome«, entgegnete Sara mit einem Nicken und einem durchtriebenen alten Hexenblick.

Chucks Zöpfchen flatterten im Wind. Er saß lässig und hoch aufgerichtet hinten im Boot und steuerte es aufs offene Meer hinaus. Seine Augen waren hinter einer verwegenen schwarzen Sonnenbrille verborgen, aber von Zeit zu Zeit warf er Maren ein breites sonniges Lächeln zu. Sie hatte erst an diesem Morgen festgestellt, wie unbekümmert und ansteckend dieses Lächeln war. Begeisternd, aber nicht harmlos.

Sie hatte sich gefreut, ihn zu sehen. Mit kleinen Schweißperlen auf der Stirn hatte er morgens die Gemüsetaschen fürs »SamSara« hereingeschleppt, und sie war beiläufig zur Dusche marschiert. Das hatte sein müssen; den Mut, ihn selbst anzusprechen, hatte sie nach wie vor nicht gehabt.

»Hey, Maren«, rief er ihr quer durch den Garten zu. Allerhand, er hatte sich ihren Namen gemerkt. »Wanna go snorkling today?«

»Okay«, hatte sie gerufen und sich ein »soon come« nicht verkneifen können; die Redensart der Jamaikaner, wenn sie gedachten, weitere Stunden mit dem Zubereiten des Essens oder sonstigen Tätigkeiten zu verbringen. »Soon« hatte mit dem westlichen »bald« absolut nichts gemeinsam. Jemand, der »soon« wiederkommen wollte, konnte auch einen halben Tag später wieder auftauchen und erzählen, er habe noch mit diesem und jenem einiges besprechen müssen.

Die Sonne brannte mit voller Kraft auf das kleine Boot nieder. Maren lehnte sich zurück, der Wind peitschte ihr Haar, sie räkelte sich ein bißchen in ihrem roten Bikini, über dem sie nur ein kurzes maisgelbes T-Shirt-Kleid trug; die Beine hatte sie gekreuzt. Sollte er ruhig ein bißchen scharf werden. Sie spürte seine Blicke hinter der Brille auf ihrem Körper, und sie genoß sie.

Sie kreischte, als das Boot über die Wellen hüpfte und Gischtspritzer ihre heiße Haut trafen. An einigen Stellen war das Wasser glasklar. Wenn sie hinuntersah, konnte sie den Grund erkennen, perlmuttweiß unter den grünen Wassermassen. Weit entfernt erstreckte sich die Küste, struppig und Abenteuer verheißend. Dahinter massigblau die Berge.

»The reef.« Chuck deutete zu einer Stelle in der Nähe, an der kleine weiße Schaumkronen tanzten. Er fuhr langsamer, umschiffte vorsichtig Korallenstöcke, die gefährlich nahe unter der Oberfläche aufragten, drosselte dann den Motor und warf den Anker über Bord. Mit einem lauten Platscher fiel er ins Wasser und sank schwer auf den Grund. Maren sah ihm nach. Sie fand die Tiefen etwas unheimlich.

Während Chuck in einem Jutesack kramte und passende Flossen für sie beide heraussuchte, erklärte er ihr, daß es keine gefährlichen Fische gebe, aber daß sie die Korallen nicht anfassen solle, da könne sie sich Verbrennungen holen.

»Paßt die?« Er reichte ihr eine Brille mit Schnorchel.

Maren zog ihr Kleid aus, wobei sie merkte, daß er ihr auf die Brüste schaute. Und er grinste dabei. Maren ignorierte das Grinsen, probierte die Brille und nickte. Er streifte sein T-Shirt mit dem Bob-Marley-Bild über den Kopf, gab ihr noch Flossen, dann rüstete er sich selbst aus, nickte ihr zu und glitt ins Wasser. Maren tat es ihm gleich.

Sauerstoffperlen umrauschten sie, als sie sich ins Meer fallen ließ; die Kälte war wie ein Schlag. Dann begann sie zu schwimmen, und sofort wurde ihr wärmer. Sie versuchte ruhig zu atmen, sich daran zu gewöhnen, daß sie ihren eigenen Atem als rhythmisches hohles Dröhnen hörte. Sie schaute sich um und folgte Chuck, der jetzt mit kräftigen, eleganten Bewegungen vorneweg schwamm. Die Sonnenstrahlen tanzten auf dem weißen Sandboden und auf den hellgrünen Algenwedeln – eine lichte, heitere Welt. Ein Schwarm gelbweiß gestreifter Fische zog unter ihr hindurch, hie und da an Algen weidend. Wenn sie eine Bewegung wahrnahmen, zuckten sie alle wie von einem Hieb getroffen zusammen und flitzten ein Stück vorwärts.

Sie schwammen über ein verworrenes Höhlensystem aus Korallenarmen. In den Nischen tummelten sich leuchtend blaue kleine Fische, nagten an den Ästen, schossen hin und her, schwerelos. Sie schillerten, als habe ein Pirat einen Sack erbeuteter Edelsteine ausgeschüttet. Ein roter Fisch floh vor einem silbernen in eine der Höhlen und verharrte dort reglos. Geschlossen machte sich ein Schwarm Yellow Snappers über eine Korallengruppe her, weidete die Algen ab; dabei standen die Fische fast bewegungslos im Wasser, nur gesteuert von ihren wehenden Schwanzflossen.

Chuck tauchte mit einem Schwung nach unten, scheuchte aus dem Dunkel einen gefleckten Fisch mit einem viereckigen Maul auf und deutete ihm hinterher, als er sich erschreckt schwänzelnd davonmachte. Bewundernd betrachtete Maren Chucks Körper; seine Haut glitzerte ölig, und er bewegte sich, als sei er in diesem Element geboren, völlig selbstverständlich, ohne jede Scheu. Manchmal schnellte er unter Wasser mit angelegten Armen und schlängelnden Beinen vorwärts wie ein Fisch. Er schien das Element zu beherrschen, nicht umgekehrt. Jetzt holte er eine große Cong-Muschel herauf, zeigte sie ihr, stupste mit dem Finger in das Fleisch der Schnecke, die darin lebte. Sie zuckte. Er gab sie Maren, die sie vorsichtig wieder zu Boden sinken ließ.

Das Wasser perlte kraftvoll zwischen ihren Beinen hindurch; sie fühlte sich schwerelos und stromlinienförmig, und sie spürte Chucks Bewegungen, das Wasser trug sie zu ihr. Manchmal streifte er sie auch, und sie erschauerte, fühlte wieder die Begierde, ihn zu berühren. Durch den Stoff seiner Shorts drückte sich unübersehbar sein Gehänge ab, schwer, hart, seidig. Sie erinnerte sich.

Chuck winkte ihr hastig. Sie schwamm zu ihm. Unter ihnen, changierend wie Brokatstoffe, stand eine Familie von Tintenfischen. Ihre unheimliche Form – die Augen seitlich am Kopf, der spitz zulaufende Hinterleib – verlor durch die Farbenpracht das Beängstigende.

Plötzlich verschwand die Sonne, und die Atmosphäre wechselte. Was eben noch idyllisch gewirkt hatte, war nun bedrohlich. Die Korallen reckten sich klagend empor, Algenarme wedelten, um den Schwimmer herabzuziehen, und hinter der nächsten Biegung mochte ein furchtbares Wrack liegen oder ein abscheulicher Fisch nahen. Chuck schwamm unbeirrt weiter, vorbei an einer belämmert blickenden Seenadel, die schräg im Wasser hing, als sei sie versteinert. Wasserklare kleine Quallen tanzten Maren entgegen, öffneten und schlossen ihre Schirmchen. Chuck tauchte, zog an einem hervorstehenden Dorn am Boden und ließ sich dann wieder hochtreiben. Ein Rochen erhob sich aus seinem Versteck im Sand und segelte majestätisch davon.

Maren begann zu frieren. Sie schwammen zurück, durch Schwärme winziger, silberner, huschender Fische, über bizarre Hirnkorallen, wehende Algenwiesen. In der Ferne zog ein mächtiger Barrakuda vorbei.

Am Boot zog Chuck sich mit einem kräftigen Schwung an Bord. Maren schaffte es nicht, ihr Gewicht über die Bordwand zu stemmen, vor allem nicht mit vor Kälte zitternden Händen. »Give me your hands«, sagte Chuck. Sie streckte ihm die Arme entgegen. Er packte sie und zog sie mit einem Ruck hoch. Sie krabbelte über die Bordwand und hüllte sich in ihr Handtuch. »Like it?« fragte er sie, während er wie ein Hund den Kopf schüttelte, damit das Wasser aus den Zöpfchen spritzte. Sie nickte.

Er warf den Motor an, und sie brausten zurück, in Richtung der Sümpfe, vorbei an der Küste von Negril. Er stand wie zuvor aufrecht an seinem Steuer, die Sonnenbrille auf den Augen, und sie spürte ein leichtes Ziehen im Bauch; er beeindruckte sie, aber sie konnte einfach noch nicht ja dazu sagen. Stark war er, sah wild und anziehend aus, und er war so entschieden, so klar. Sprechen, die Waffe, mit der sie Männer sonst auf zähmbarem Abstand hielt, versagte, sie kamen nie dazu; in der Nacht war keine Zeit dazu gewesen, jetzt dröhnte der Motor zu laut, und auf dem Weg zum Boot hatte er ihr erzählt, wie teuer die Bootsmotoren heutzutage seien und daß das Geschäft dieses Jahr nur mäßig laufe, er aber zum Glück mit seinem Ganja-Anbau noch etwas Geld machen könne. Sie hatte zugehört und hie und da eine höfliche Zwischenfrage gestellt. Mehr hatte sie auch nicht zu sagen gewußt. Sie seufzte unhörbar, hockte ein bißchen verstockt da und zog ihr Handtuch um die Schultern.

Chuck steuerte das Boot jetzt in den Lauf des Negril und ihr Kopf hämmerte. Dann, ohne Vorwarnung, kam die Angst. Die Wildnis um sie her schien sich zusammenzuziehen. Ein auffliegender Reiher erschreckte sie entsetzlich, und ihr Herz pochte, schlug, trommelte, daß sie glaubte, es werde jeden Moment aussetzen. Du hast einen Hitzschlag, schoß es ihr durch den Kopf, und gleich versagt dein Herz, und dann wirst du hier sterben. Sterben. Und diesem Mann hier kannst du nicht vertrauen. O Gott, und jetzt mußt du ihm auch noch sagen, daß du grade dabei bist durchzudrehen. Sie rasten auf einen umgestürzten Baumstamm zu, der quer über dem Fluß lag, dann plötzlich nur noch ein Gurgeln und das Glucksen des Wassers.

Sie sah zu, wie Chuck sich hinhockte und sich mit dem

Unterarm den Schweiß von der Stirn wischte. Er nahm einen Zug vom Joint und meinte: »Weiter kommen wir nicht. Gleich drehen wir um. Gutes Zeug, was?«

Maren klammerte sich an ihre Sitzbank und starrte ihn an. Sie war sicher, sich nicht mehr bewegen zu können. Sprechen konnte sie bestimmt auch nicht mehr. Was sollte sie nur tun?

Chuck nahm die Sonnenbrille von den Augen. »Hey, lady, was ist los? Was nicht in Ordnung?« Er stand auf und kam zu ihr herüber, nahm sie sachte an den Schultern und rüttelte sie ganz vorsichtig. »Are you okay?«

Es kam immer noch kein Laut aus ihrer Kehle. Sie stierte auf seine glänzenden schwarzen Oberschenkel vor ihren Augen. Stark wie Baumstämme, die Muskelsträhnen darin wie Wurzeln; sie strömten einen geilen, würzigen Schweißgeruch aus. Okay, wenn sie schon sterben mußte, sagte sie sich, dann doch bitte noch mal vögeln, wenigstens würdevoll abtreten und in Lust. Sie ließ den Kopf nach vorne sacken, so daß er auf seinem Geschlecht lag, und umklammerte seine Beine.

Sie erinnerte sich später an jede Einzelheit, an jeden Geruch, jede Wahrnehmung ihrer Haut; sie spürte, wie sich die hölzerne Sitzbank in ihren Nacken drückte, als Chuck in die Hocke ging und sie ganz langsam auf den Boden des Bootes rutschte, wie er die Hand ins Wasser tauchte und ihr Stirn und Schläfen befeuchtete – Labsal. Sie spürte, wie klebrig ihre Schenkel waren, wie die Sonne ihren Leib zu versengen drohte; sie spürte sein Nesteln an ihrem Bikini. Unter halb geöffneten Lidern sah sie, wie er die Kordel seiner Shorts löste, das stramme, violettschwarze Glied herausschnellte und gleich darauf ihren Blicken entschwand; es fuhr mit einem einzigen heftigen Stoß in sie hinein. Ungeheure Wollust war es, sich einfach hinzugeben, ohne Umschweife, Vorreden, Spielchen; sie fühlte sich frei, ihre Möse fieberte, war schlüpfrig wie eine Sumpfpflanze. Der alte Kahn knarrte unter ihnen. Chuck ächzte und grunzte, stützte sich auf den harten Bohlen ab und rammte ihr seinen Bamboo in die zartrosa Möse, kräftig und genüßlich, ackerte sie durch, daß sie wie in Stücke gerissen wurde, und manchmal stöhnte er rauh auf, bis er nachdrücklich kam und auch sie unbändig genoß.

Zwischen Marens Beinen quoll glitschige Flüssigkeit hervor, sie war verschrammt, schweißüberströmt und hatte wahrscheinlich einen Hitzschlag, und auch ihr Herz pochte immer noch zu laut. Aber sie lebte, und ihr war wohl. Sie hatte nichts zu verlieren. Vor Chuck brauchte sie sich nicht zu schämen. Er half ihr auf, verstaute sein Geschlechtsteil mit einem verschwörerischen, charmanten Grinsen in seinen Shorts und fragte: »How do you feel? Got too much sun? Didn't like the ganj?«

»I'm okay«, sagte Maren heiser. Genau so hatte sie immer mal gefickt werden wollen, unter glühender Sonne und ohne jede Kontrolle über sich. Sie wischte sich mit einem Handtuch den Schweiß vom Körper, schlug nach einem Moskito, der sich auf ihr Bein setzte, und strich sich die Haare aus der Stirn. Schmutzig, zerschunden und verwildert – wunderbar. Sie schaute versonnen einem blau schillernden Libellenpaar hinterher, beobachtete das Glitzern auf dem Wasser, setzte ihre Sonnenbrille auf und erkundigte sich nach Chucks Kindern, während sie zum Dorf zurücktuckerten.

JAN WOLKERS

Laudatio auf einen Pelz

Wie ich sie kennengelernt habe. Eigentlich zweimal, die rote Teufelin. Aber so nannte ich sie erst viel später, nachdem sie mit dem schlappen Pinsel von mir weggegangen war und ihr Zeug bei mir abholen kam – eine Nähmaschine, einen Staubsauger und noch anderen Scheißkleinkram – und plötzlich so giftige Hexenaugen wie ihre Mutter machen konnte. Vielleicht nur darum, weil ich sie stehend vor dem Spiegel vögeln wollte, während ihr Liebhaber, der Angst hatte, ich könnte sie belästigen, vor der Tür auf Posten stand. Sie schlug den Rock wieder über die Batzen und stampfte wie eine Schullehrerin mit dem Fuß auf den Boden. Und dann mußten wir beide ein bißchen kläglich lachen. Ich, weil etwas, was so normal zwischen uns gewesen war, plötzlich nicht mehr möglich sein sollte. Warum sie lachte, weiß ich nicht. Sie hatte ihren Liebhaber hereinholen wollen, um ihn mir vorzustellen. Aber ich hatte gesagt, daß ich ihm, wenn er nur einen Schritt über meine Schwelle käme, mit einem Knüppel den Schädel einschlagen würde. Und sie wußte, daß ich das ganz bestimmt getan hätte. Ich sah sie zum ersten Mal, als ich als Anhalter an der Landstraße stand. Irgendwo in der Gegend von Roermond. Es war Glatteis und die Windschutzscheibe ihres Autos beinahe undurchsichtig. Sonst hätte ich nicht mal mit dem Daumen die typische Bewegung gemacht. So eine hübsche Biene in einem großen amerikanischen Straßenkreuzer. Ich studierte Bildhauerei in Amsterdam. Auf der Reichsakademie. In den fortgeschrittenen Klassen gingen wir in den Wintermonaten auf Einladung der Gemeinde Valkenburg Reliefs in die Grotten des St. Pieterberges hacken. Mehr als lebensgroße Darstellungen, von denen Bürgermeister und Stadtrat erwarteten, daß sie den Tourismus günstig beeinflussen würden. Ich arbeitete an der Erweckung des Lazarus. Aber ich hatte nicht mehr viel Lust dazu, weil ich den Kopf von Christus verpfuscht hatte. Da hatte ein versteinerter Seeigel dringesessen, und um den unbeschädigt herauszuholen, hatte ich zuviel Mergel weggehackt. Ein paar Tage später zerfiel das Fossil, das ich aus dem Kopf des Gottessohnes befreit hatte, wie ein Klumpen Puderzucker in der Halle des Hotels zu Staub. Am gleichen Abend bekam ich Ärger mit dem Geschäftsführer, weil ich Bemerkungen über das Essen gemacht und außerdem die Saaldecke beschmutzt hatte. Es war tatsächlich ein ekelhafter Fraß, den man uns da vorsetzte. Jagdschüssel. Große Brocken Fleisch in braunem Kleister. Als ob's jemand mit Dünnschiß durchgewürgt hätte. Künstler sind gefräßig und kritiklos. Die anderen hauten sich die Teller schon kräftig voll, als ich plötzlich die Schüssel wegschob und mit der Faust auf den Tisch schlug. »Das ist Walfischfleisch!« schrie ich. Die anderen kosteten auf einmal ganz vorsichtig, als ob Gräten drin sein könnten. Es wurde geschmeckt, gerochen, geurteilt. Der Ober wurde gerufen. Der konnte nichts bestreiten, fand aber den Namen Jagdschüssel berechtigt. Die Wale waren vor Jahren gefangen und für den Verbrauch konserviert worden. Aber man kann das Volk nicht alles fressen lassen, und so waren sie zu Dumpingpreisen in die Hotels gekommen, weil man dachte, daß die hungrigen Touristen sich die Wampen bis zum Platzen mit den größten Leichen der Welt vollschlagen würden. Niemand wagte einen Happen zu essen, und manche gingen zur Toilette, um den Mund auszuspülen oder zu kotzen. Es wurde abgeräumt, und wir bekamen kein anderes Essen. Nur noch rosa Pudding, die Nachspeise. Und der Pudding war so hart, daß er, als wir ihn aus Trotz gegen die Decke schleuderten, keine Spuren im Kalk hinterließ. Am folgenden Tag wurde ich zum Direktor des Hotels gerufen, einem Mann mit bleichem, aufgedunsenem Gesicht und einem in seinem wabbeligen Hals verschwundenen Kinn, der eigentlich eine Hasenscharte hätte haben müssen. Er sagte in der seltsamen Sprache von denen da unten – darum hatten im Mai 1940 die Deutschen erst gemerkt, daß sie auf feindlichem Gebiet waren, als sie schon bis Brabant durchgestoßen waren –, daß ich meinen Mitstudenten den Appetit gründlich verdorben hätte. Daß ein herrliches Gericht, das im Sommer von vornehmen deutschen und belgischen Besuchern sehr gut beurteilt würde und auf der Karte als Ragout de Viande et de Légumes angegeben sei, durch mein Zutun in der Mülltonne gelandet sei. Daß er sich bei der Stadt beschweren werde und daß ich nach Amsterdam zurückgeschickt werden würde. Ich sagte, er könne sich die Mühe sparen, denn in einigen Tagen, wenn der Karneval vorbei wäre, würde ich auch ohne sein Eingreifen abhauen. Und so machte ich das auch noch mit. Wie die ganze Bevölkerung des Städtchens, die das ganze Jahr keine andere Frau oder keinen anderen Mann anzusehen gewagt hatte, in die Horizontale ging. Wenn man unverhofft ins eigene Hotelzimmer hereinkam, sah man geradewegs in die Fotze einer fremden Frau, während ein halbbesoffener Kerl neben dem Bett stand und seinen Pimmel aus dem Hosenlatz fummelte. Sah, wie zu Samen verarbeitetes Bier in Gängen und Korridoren unordentlich in die Damen gespritzt wurde beim Herumhopsen und Singen eines Liedes, das ich behalten habe: *Ja, die Stramme, ja die Dicke will ich putzen, ja, die Dicke will ich haan! Sie macht mich hie, sie macht mich ha, sie macht mich falderaldera.* Bevor die männlichen Bewohner der Stadt am Aschermittwoch, die Flecken der getrockneten weißen Flut am Hosenlatz, aber die Stirn voller Vergebung, wieder zu sich gekommen waren, war ich schon verschwunden. Außer meinen eigenen Sachen hatte ich in meinem Seesack noch einen kurzen, prächtig blau schimmernden Pelz mitgehen lassen, den ich wie ein Lumpenstück auf dem Korridor gefunden hatte, mit einem klebrigen Flecken darin als Beweis dafür, daß der Kalte Bauer auf dem guten Stück gelandet war. So kam es also, daß ich in der Gegend von Roermond an der Straße stand. Es war Glatteis, und ich sah meinen Atem wie die Sprechblase einer Comicstrip-Figur. Meine Schuhe froren am Boden fest, und die Hose war bedeckt mit einer dünnen Eisschicht und krachte, wenn ich mich bewegte. Aber alles Elend war schnell vergessen, nachdem ich einmal mein Gepäck in den Kofferraum geworfen hatte und ins weiche Polster versunken neben ihr in dem großen Schlitten saß, der sofort von innen beschlug, als das Eis schmolz und mir die Hosenbeine kalt an den Schenkeln klebten. Manchmal mußte sie plötzlich das Tempo drosseln, weil große Zweige auf der Straße lagen, die, zu schwer mit Eis beladen, wie Streichhölzer abgebrochen waren. Dann sah ich, daß sie ihre Beine so elegant bewegte, als spiele sie auf den Pedalen einer Hammondorgel. Die Landschaft wurde an beiden Seiten unseres Autos vorbeigezogen. Schlampige Bauernhütten zwischen wüstem Weideholz und ockergelbem Schilf. Scheißlangweilig eigentlich, wenn man nicht neben einer tollen Puppe saß, mit so einem glänzenden Schaltbrett vor einem, aus dem Cliff Richard Living Doll sang. Got the one and only walking talking living doll. Wenn man, wie zum Beispiel der Bauer da, mit dem Schal um den Kopf auf dem Fahrrad durch so'n Wetter müßte. Kam die Sonne ein wenig bleich durch die Wolken, dann glänzten die Bäume, als stünden sie in geschmolzenem Glas. Und manchmal schien es, als tauche man mitten hinein. In einer scharfen Kurve. Immer wieder blickte ich kurz zur Seite, auf ihr Gesicht. Ihre molligen Wangen mit Sommersprossen. Das herrliche rote Haar, von dem ich wissen wollte, ob es echt war, und als sie ja gesagt hatte, sagte ich irgend etwas von venezianischem Blond. Ich hatte sie lachend angesehen, als ich etwas später mit Cliff Richard sang: Look at her hair, it's real. Inzwischen hatte ich überlegt, ob ihre Achsel- und Schamhaare wohl auch rot seien. Und ich setzte mich etwas weiter von ihr weg, damit ich, wenn sie zur Seite sah, wenigstens ihre Augen bewundern konnte, ohne sofort rettungslos verzaubert zu sein. Herrliche Augen. Die schönsten, die ich jemals in meinem Leben gesehen hatte. Braune Augen. Wie Gold. Ich mußte an einen Freund denken, der Biologie studierte und einmal zu mir gesagt hatte, als er eine mollige Kröte in der Hand hielt: »Wenn ich jemals einem Weib mit solchen Augen begegnen sollte, frage ich sie sofort, ob sie meine Frau werden will.« Er hatte danach »verdammte Scheiße« gerufen und das warzige Biest ins Terrarium zurückgesetzt, weil es ihm auf die Hand gepißt hatte. Aber das würde mich bestimmt nicht bremsen. Als wenn einem ein Engel auf die Zunge pinkelt. Während ich auf ihr Gesicht mit den Sommersprossen blickte, dachte ich daran, daß ich, den Zigarettenstummel lässig zwischen den Lippen, wohl wieder einen sagenhaften Halunkenkopf haben müßte. Weil sie überhaupt nicht davon zu reden aufhörte, daß ich Künstler war, erzählte ich einige Geschichten, so richtig aus dem Amsterdamer Bohemienleben gegriffen. Natürlich nicht zu schlimme Sachen. Ich wollte sie nicht unter dem Dreck und Gift des wirklichen Künstlerlebens begraben, indem ich mir auf die Brust trommelte und ihr mit der brünstigen Stimme des angreifenden Tiermännchens imponierte. Ich erzählte, daß ich auf der Akademie einmal ein blondes Nacktmodell in den Kleitrog gelegt und es ganz und gar mit dem fetten grauen Zeug eingeschmiert hatte. Sie hatte gegirrt und gebissen und sich danach wohl eine Stunde in allen möglichen lüsternen Stellungen windend an der Wasserleitung mit alten Lappen abgerieben. Ich erzählte nicht, daß sie Rache genommen hatte. Herrliche Rache. Als alle anderen weg waren, hatte sie mich plötzlich gegen die Wand gedrückt und mir an Ort und Stelle einen runtergeholt. Und als der Samen kam, hatte sie ihn mit einer lässigen kräftigen Handbewegung auf den Fußboden geklatscht und gesagt: »So!« Dann war sie mit ihrer Schultertasche wedelnd aus dem Klassenraum gegangen. Und ich erzählte, daß wir einmal im Anatomieraum zwei Skelette in paarender Stellung aufeinander gelegt hatten. Als der Dozent hereinkam – Liebesknochen genannt, weil er eine kleine Mutzpfeife rauchte und alle Skelette liebevoll wie Mädchen behandelte –, tat er so, als hätte er selbst die knochenknirschende Fickerei ineinander geklemmt. Ohne mit der Wimper zu zucken, ging er sofort dazu über, alle Muskeln zu behandeln, die bei einer derartigen Tätigkeit in Aktion sind. Und die Mädchen hatten mit roten Köpfen dagesessen, und alle bekamen wir auf die Dauer Kopfschmerzen. Er brauchte drei Stunden. Als er die Skelette auseinandermontierte und vom Boden aufhob, hatte er genüßlich den Rauch aus seiner Pfeife durch einen Brustkasten geblasen und gesagt: »Wenn ihr nun auch noch wissen wollt, wie es geht, wenn die Frau oben liegt, müßt ihr sie nächste Woche wieder bereitlegen.« Sie lachte mit hochgezogenen Mundwinkeln und bebendem Bauch. Als wir einen Lastwagen überholten und sie wegen der glatten Straße beide Hände auf das Lenkrad legen mußte, legte ich plötzlich meine Hand auf ihre Knie, die gerade unter ihrem Rock hervorguckten. Und das waren keine knochigen Dinger mit gräßlich vorstehender Kniescheibe und auch keine formlosen Milchbrötchen. Das waren herrliche imponierende Plastiken. Um mit unserem Kunstprofessor zu sprechen, wenn der mal wieder über griechische Bildhauerkunst laberte. Und schließlich und endlich hatte ich ja auch nicht umsonst jahrelang Anatomie gehabt. Sie schob meine Hand nicht zurück, nachdem wir den Lastwagen überholt hatten, sie kniff auch die Schenkel nicht zusammen, als ich an der Innenseite etwas nach oben glitt. Deshalb machte ich ihr den Vorschlag, an den Straßenrand zu fahren und ein wenig zu schmusen. Ich sah, daß sich ihre Augen verschleierten. Darauf faßte ich sie mit der anderen Hand in den Nacken und kitzelte sie zart am Haaransatz und zupfte vorsichtig mit den Fingerspitzen an ihren Ohrläppchen wie eine Dohle. Sie schoß auf den Haltestreifen, und noch bevor der Wagen wirklich stand, lagen wir einander in den Armen. Sie glitt breitbeinig nach unten, so daß ich ihr Höschen wegschieben konnte und meine Finger freies Spiel in ihrer feuchten Spalte hatten. Im Nacken war ich mit einer Hand in ihren Pullover gekrochen und streichelte ihren Rücken, der, wenn sie sich vor Genuß nach vorn beugte und ich das schummerige Tal zwischen ihren Schulterblättern sehen konnte, mit dunklen Flecken übersät war wie die Rückseite der Fauteuils im Royal Kino. Und sie streichelte mit der linken Hand – Gott sei dank trage ich links – erst beinahe zufällig und dann zielbewußt das Stück Hartgummi oben im Hosenbein meiner immer noch feuchten Jeans. Sie kratzte mit den Nägeln über den Stoff und hätte ihn am liebsten in Fetzen gerissen. Mit den Nägeln der anderen Hand zog sie Furchen auf meinen Rücken. Mein Hemd hatte sie hinten aus der Hose gezerrt und ihre Hand hineingeschoben. Wie bekam ich sie ganz vom Lenkrad weg auf meine Bank? Wollte sie überhaupt zwischen ihren Schenkeln angebohrt werden? Vorsichtig begann ich sie ein wenig zu schieben. Ohne daß ich sie etwas hätte bitten müssen, glitt sie liebkosend und geschmeidig unter mich. Ihr Höschen zog ich nur noch weiter nach unten, um sie nicht durch eine umständliche Handlung wieder zur Besinnung kommen zu lassen. Denn sie war vollkommen weich und weit weg vor Geilheit. Als ich sie dann anstach, sagte sie in Trance: »Mach mir kein Kind, bitte. Mach mir kein Kind.« Und das wiederholte sie immer wieder, wenn sie kam und sie aus meinem Gekeuche zu hören glaubte, daß auch ich klarkäme. Aber ich hielt es stets zurück: ich sah, wenn ich beinahe soweit war, ganz nüchtern einen Behälter an, der auf der Rückbank stand und auf dem in ordinären roten Buchstaben stand: Hermes GmbH – Großhandel in Haushaltsartikeln. Als es bei mir doch kam, schoß ich zurück und stieß mir schmerzhaft den Rücken an all den glänzenden Knöpfen und Hebeln der Zigarettenanzünder, Licht hier und Licht da und noch mal Licht, Radio und Windschutzscheibenbewässerung. Genauso geschmeidig, wie sie gekommen war, rutschte sie wieder weg, zog die Unterwäsche zwischen ihre Beine und streifte dann zufrieden den Rock bis an die Knie. Sie fragte nur, während sie vor dem Rückspiegel den Mund straff zog und mit angefeuchtetem Finger ein paar Fusseln des Lippenstiftes wegwischte: »Ist auch nichts reingekommen, Liebster?« Liebster, dachte ich, ich werd' verrückt, Liebster. Sie hatte das so echt gesagt, sah in mir also nicht irgendeinen Deckhengst, den sie einfach drauflassen konnte. Oder vielleicht doch? Und doch, Liebster. Ich zeigte ihr, was da an der Sitzbank langlief. Und danach guckte sie dann auch wieder mit so einem umflorten Blick. Ich sagte, ein wenig mackiemessrig: »Kein Tropfen, Liebste.« Und dann lachten wir alle beide. Während ich den Schlamm flüchtig mit dem Taschentuch abwischte, fragte ich sie, ob sie mich ein bißchen gern habe. »Ein großes bißchen. Sonst hätte ich niemals für dich angehalten. Ich nehme nie jemand mit. Einzig und allein dich.« Ich fand sie so lieb, daß ich, als ich meinen Reißverschluß dichtmachte, ganz einfach vergaß, daß mein Lümmel noch nicht in der Unterhose saß. Ich brüllte vor Schmerz und konnte mich überhaupt nicht mehr bewegen. Das Fell meines Pimmels klemmte zwischen den kupfernen Zähnen des Reißverschlusses. Erst lachten wir darüber, denn ich dachte, ich würde ihn wohl befreien können, so wie früher die Haut am Hals aus dem Reißverschluß des Pullovers. Ich sagte, daß ich jetzt gern den Erfinder des Reißverschlusses aus der Geschichte von Kurt Tucholsky zur Hilfe gehabt hätte. Aber die kannte sie nicht. Wie ich auch fummelte, ich bekam das vermaledeite Ding nicht auf. Es sah aus wie echtes Menschenfleisch, das in die Weiche einer Straßenbahnschiene gekommen ist. Und durch den Schmerz blieb der Riemen auch noch possierlich und steif mit seinem roten Kopf nach oben zeigend stehen, während das eingeklemmte Fell veilchenblau wurde. Bei der geringsten Bewegung hätte ich meinen Schmerz am liebsten in die Welt geschrien. Es gab keine andere Möglichkeit, als den Reißverschluß vorsichtig mit einer kleinen Zange auseinanderzukneifen. Aber da war verdammt und zugenäht in dem ganzen großen Auto keine einzige kleine Zange. Ich sagte zu Olga, daß sie irgendwohin fahren müsse, daß wir irgendwo 'ne Zange leihen müßten. Sie dachte erst an eine Reparaturwerkstatt. Aber da kann man wohl kaum sagen, wenn die Leute die Motorhaube öffnen wollen, daß es die eigene Leitung ist. Sie wischte die beschlagenen Fenster ab und fuhr dann langsam an, denn beim geringsten Stoß brüllte ich wie eine gebärende Frau. Sie bog in den erstbesten Seitenweg und hielt vor einem Bauernhäuschen. Ich sah sie mit ihrem hübschen Arsch die Vortreppe rauflaufen. Klingeln. Eine dicke Frau mit vorgebundener Schürze öffnete. Sie sprach zu ihr. Viel zu lange. Was für einen Schmus probierte sie denn in Himmelsnamen zu verkaufen? Wo zum Teufel blieb die Zange? Ich sah durch die Scheibe, kotzelend vor Schmerzen. Die Frau schlurfte nach hinten. Dann erschien ein verhutzeltes Männchen in verschossenem blauen Kittel in der Türöffnung. Es schien ein verdammtes Wetterhäuschen zu sein. Wieder zu viel Gequatsche. Kein Wunder, daß Marx so wenig Vertrauen ins Landproletariat hatte. Sie sind wohl gut, aber langsam von Begriff. Als das Männchen endlich mit der kleinen Zange ankam, wollte es auch noch mitgehen. Mit Mühe konnte sie es halbwegs auf dem Treppchen zurückhalten. Dann mußte ich Stückchen für Stückchen den Reißverschluß kaputtkneifen, während wir aus der Bauernhütte über die Fuchsien oder was weiß ich für Grünzeug belauert wurden. Endlich konnte ich die Kupferbrocken, die wie Widerhaken im Fleisch saßen, einen nach dem anderen aus meinem gequälten Glied popeln. Eine echte Fischerarbeit, die mir das Wasser unter die Zunge trieb. Olga saß da mit ängstlichem Gesicht und glotzte; aber meistens sah sie lieber gar nicht hin. Dann legte sie vorsichtig ihre Hand auf meinen Schenkel und sagte irgend etwas, daß Gott sofort straft ... Als es vollbracht war und ich meinen Stengel wie einen verwundeten Gallier behutsam in meine Unterhose bettete, brachte Olga die Zange zurück. Die Tür wurde geöffnet, bevor sie geklingelt hatte. Und wir wurden nicht mehr beobachtet. Die Leutchen hatten sicher nur die kleine Zange im Kopf gehabt. Hatten Angst gehabt, wir könnten damit abhauen. Bevor Olga zurückkam, stieg ich mit meinem blessierten Körperteil vorsichtig aus und holte den Pelz aus dem Kofferraum. Ich fand, nachdem ich mich halb gehäutet fühlte, daß sie den Pelz verdient hatte. Sie sagte, daß es Blaufuchs sei. Ein sehr kostbarer Pelz. Als sie fragte, wie ich dazu gekommen wäre, sagte ich, ich hätte ihn gegen ein Fossil eingetauscht, das ich beim Hacken im Jesuskopf gefunden hätte. Sie fragte nicht weiter, drehte den Wagen und fuhr zurück zur Straße. Wir schwiegen ein Weilchen, denn was hätten wir sagen sollen. Doch wohl kaum, daß sie so'n Mitleid mit meinem Pimmel hätte. Oder, wie geht's jetzt mit deinem Schwanz? Schließlich kannten wir uns erst ein paar Stunden. Aber plötzlich begannen wir zu lachen. Gleichzeitig. Stets heftiger. Ich schlug mir so kräftig auf die Schenkel, daß ich vor Schmerzen vornübergebeugt sitzen blieb. Und ich glaube, daß durch das Lachen der Unfall passiert ist.

Ulla Hahn

Ein Gläschen Champagner

Seit die Nachbarskatze an Rattengift eingegangen war, erwachte Maria jeden Morgen früh vom Geschnatter der Vögel. Heute mischte sich Hansegons Schnarchen mißtönend dazu. Sein Mund stand weit offen, und Speichel lief aus dem linken Mundwinkel auf die Kissen, färbte die dunkelrote Seide schwarz, spitz stach die Nase in die Morgendämmerung. Maria küßte sie leicht, ging ins Bad, duschte und pfiff das Lied vom Vogelfänger. Ach! Überwältigend süß war dieser Augenblick gewesen, als sie mit ihm gerungen hatte! Sie setzte Teewasser auf und machte sich daran, das Armband einer Kundin, dessen Silberfäden sich verfangen hatten, zu entwirren.

Ein Stöhnen kam aus dem Schlafraum. Maria lief in die Werkstatt, holte starkes Klebeband, preßte dem Erwachenden die Kinnlade unter den Oberkiefer, daß die Zähne aufeinanderschlugen, und klebte die Lippen, die sie wieder und wieder geküßt und belogen hatten, zusammen. Durch die Handfesseln führte sie ein lila-grün geknüpftes Lederband, das sie um den gedrechselten Bettpfosten wand, locker, er sollte sich bewegen, aber nicht fortbewegen können.

Da lag der Mann, da lag der Küster, Küstermann lag da. Maria setzte sich mit einer Tasse Tee zu ihm, zog die gerafften Vorhänge ein Stück in die Höhe, das Morgenlicht schnitt das Bett in zwei Hälften, präparierte die blaugeäderten, geschwollenen Knöchel und gelblich verhornten Fußsohlen aus der Dämmerung, daß sie sauer aufstoßen mußte und die Decke darüberschob.

Küstermann erwachte, als er sich vom Rücken auf die Seite wenden wollte, was Fesseln und Bänder vereitelten. Klägliche Laute, halb Schnarchen, halb Stöhnen, dann schleichendes Pfeifen, das sich überschlug; Rasseln, als gurgelten Tonleitern aus seinem Brustkorb, aufsteigend, versinkend. Sein Kopf rollte zwischen den Schultern, seine Lider begannen zu flattern, im Sog seiner Zunge zog sich die Haut seiner Wangen nach innen, die Kinnladen malmten, blau gabelte sich eine Ader auf seiner Stirn. Das Beinpaar anhebend, ruckte er hoch, es ruckte das Armpaar; Küstermann lag zuckend in der Seide, in seinen Augen kreiste das Entsetzen.

Ihre Hand zitterte, als sie die Tasse auf den Unterteller klirrte. Kleine Schweißtropfen brachen ihm aus der Stirn, sie tupfte sie trocken, drückte seine Fäuste, die in der Goldschmiedearbeit auf- und niederzuckten, sacht auf sein Geschlecht. Bei der Berührung mit den Fesseln traten ein paar Tropfen vor die Eichel, seit einiger Zeit fiel ihm das Wasserlassen schwer.

Die Flasche stand bereit. Beim Anblick des blitzenden Glases mischten sich in Küstermanns Miene Schauder, Scham und Erleichterung. Er wälzte sich auf die rechte Hüfte, sorgsam führte sie sein Glied bis zur halben Länge in die Öffnung, hielt es fest und spürte, wie nach einigem Zögern der Urin mit kräftigem Strahl unter den Fingern durch das Fleisch floß. Sie sah ihn nicht an, konzentrierte sich ganz auf den Vorgang des Urinierens, hätte am liebsten das Umfeld mit Tüchern bedeckt, wie bei einer Operation. Gewissenhaft achtete sie darauf, daß das Glied nicht in sein Wasser hing. Das Küstergesicht nahm dabei die Farbe eines auftauenden Tiefkühlhuhns an.

Darauf verteilte sie sein Haar, das er nach Art der Cäsaren trug, vom Scheitelpunkt aus strahlenförmig in die hohe Stirn, strich ihm die Brauen glatt und küßte seine gefesselten Fingerspitzen.

»Und jetzt ein Gläschen Champagner«, befahl sie munter, »man soll morgens mit dem wieder anfangen, womit man abends aufgehört hat.«

Sie füllte ihr Glas, an dem noch die rote Farbe ihrer und der Butterrand seiner Lippen klebten, ihm drückte sie das Getränk in einem Steingutbecher mit Strohhalm zwischen die Fesseln. Ob er es aus Bosheit oder Ungeschicklichkeit durchgleiten ließ, wer möchte es sagen. Leise zischend traf der Champagner auf die Seide, der Becher nistete sich in der Leistenbeuge ein.

»Aber, aber«, sagte sie mißbilligend, faßte ihn beim Genick und kehrte sich sein Gesicht zu. Doch er kniff die Augen, in deren Winkeln sich weiße Batzen gebildet hatten, widerspenstig zusammen.

»Aber, aber«, sagte sie noch einmal und küßte ihn auf die Furchen zwischen Augen und Jochbeinen, den Kopf, der ausbrechen wollte, fest umklammernd. Der Gegensatz zwischen den harten Knochen ihrer Hände um seine Nackenwirbel und dem weichen Fleisch ihrer Lippen auf dieser winzigen Mulde seines Gesichts berauschte sie. Während ihr Griff sich verstärkte, schlüpfte sie mit der Zunge unter seine Lider, fuhr über seine Augäpfel, die sich anfühlten wie warme Murmeln, ihre Zungenspitze wischte ihm die verstopfte Nase aus, sein Rotz schmeckte seifig und salzig.

Als sie von ihm abließ, rutschte er langsam und schief nach unten, bis er die Champagnerpfütze ganz verdeckte. Da hatte sich ihm der Becher so fest zwischen die Beine geklemmt, daß sein Geschlecht dort herauszuquellen schien wie aus der Glücksgöttin überbordendem Horn. »Prost!« Maria nahm einen Schluck. Vorsichtig bohrte sie mit einem Bleistift ein Loch in den Plastikstreifen über seinem Mund und füllte den Becher noch einmal. Küstermann trank in tiefen Zügen, dann sank er wieder zurück.

Inzwischen war sie in Zeitnot gekommen. An einem Samstag vor Weihnachten durfte sie das Geschäft nicht vernachlässigen. Pünktlichkeit auf die Minute war in dieser Kleinstadt bares Geld. Sie flößte Küstermann noch ein wenig lauwarme Milch ein, schob ihm eine Wolldecke unter den Rücken, deckte ihn zu, schloß seine Fuß- und Handfesseln an den Bettpfosten fest.

Um neun Uhr dreißig stand Maria hinter der Theke. An ihrem rechten Handgelenk hing ein schwerer, goldener Reif mit einer Öffnung, so groß, daß man meinte, sie könnte ihn jederzeit verlieren. Sein Anblick gab ihr Freude und Kraft. Er band sie an den, der in ihrer Wohnung lag, solange sie wollte. Während sie unterm Ladentisch ihr Bio-Müsli löffelte, dachte sie an den Mann in ihrem Bett mit einer Zärtlichkeit, rein und gnadenlos wie nie zuvor.

Der Frau vom Schlachter, die in ihrem fleischfettigen Kittel, mit vollen Backen ein Wurstbrötchen kauend, herübergelaufen kam, verkaufte sie ein Kreuzchen für die Nichte zum Geburtstag, und es durfte ein goldenes sein, von wegen der Treue zum Glauben, sagte die Tante. Man brachte Ringe zum Weiten und Engermachen. Verschämt nahm ein junges Mädchen ein paar vertrocknete Feldblumen aus einer Schnupftabakdose – eine schöne dänische Arbeit aus dem 18. Jahrhundert –, sie wollte das silberne Herz mit einer Öse an die Kette um den Hals legen.

Gegen Mittag stieg Frau Egon in Reisekleidung aus einem Taxi.

»Ist er fertig?« rief sie in das Ding-Dong der Türklingel, und Maria tastete unter die Theke, tat, als suche sie, wollte Zeit gewinnen, die Küsterfrau beobachten, hielt den Reifen in den Händen, legte ihn wieder zurück.

»Ach wie dumm«, sagte sie, »er muß noch in der Werkstatt liegen. Warten Sie, ich schaue nach.«

»Nein, nein«, sagte Frau Egon, »ich bin in Eile. Ich muß dringend zum Zug.«

»So ganz allein? Und wo soll's denn hingehen?« Marias Fragen vertieften den Purpur der Wangen ins Violette, riefen Flecken ähnlicher Farbe auf dem mächtigen Kinn der Küsterfrau hervor.

»Jaja, allein, oder ja, oder doch nicht so ganz allein, wissen Sie, ich glaube, Hansi ist schon vorgefahren, ja, so wird's sein, er ist schon vorgefahren«, so machte sie sich die Wirklichkeit zurecht, dann, das Kinn in den Nerzkragen pressend, resümierte sie das gewissermaßen ins unreine Gesprochene mit fester Stimme: »Hansi ist gestern abgereist. Ich fahre nun einen Tag später.«

»Jaja«, Maria drehte ihren Armreif, bis er fast abrutschte. »Ein paar Tage Wintersport tun sicher gut. Haben Sie nicht neulich von Garmisch erzählt?«

»Genau, dahin sollte es gehen, ich meine« – schon wieder nahm die Wirklichkeit überhand – »geht es auch. Aber jetzt ...«

Draußen hupte ein Auto, die Frau schrak zusammen, raffte ihre Krokodilledertasche von der Theke und ließ ein unbestimmtes Gemisch aus Kölnisch Wasser, Kampfer und zu lange getragener Kleidung zurück.

»Gute Reise!« rief Maria ihr hinterher, sah noch, wie der Taxifahrer den Rauch einer Zigarette aus dem Wagen blies und das Fenster wieder hochkurbelte. »Gute Reise, gute Reise«, murmelte sie kopfschüttelnd, eine alte Hexe, deren Zauberstückchen plötzlich eine unvorhergesehene Wendung genommen hat. Wohin war die Küsterfrau so eilig aufgebrochen? Maria ließ ihren Armreifen um den Zeigefinger kreisen, rechtsherum, linksherum, warf ihn hoch, fing ihn auf, jonglierte mit Gold und Brillanten, einer war aus der Fassung geraten, sie hatte ihn festgesetzt.

Küstermann lag, wie sie ihn gebettet hatte. Der Schlaftrunk schien ihm Träume zu bescheren, die ihm Fältchen um die Augen machten, als lächle der Mund unter dem Pflaster, seine Hände bewegten sich, das Gold klang dumpf. Sie küßte ihn auf die Stirn. Durch die hochgestellten Jalousien fiel ein Sonnenstrahl auf den Kopf, die Schädeldecke schimmerte blaßrosa durch das schüttere Haar, Maria krönte ihn mit dem Armreif der Gattin.

Ein Glas Champagner machte ihre Bratkartoffeln mit Spiegelei zu einer vollwertigen Mahlzeit. Es grunzte aus dem Schlafzimmer, das mochte am Zwiebelduft liegen, der die schönsten Träume übertraf. In der Apotheke hatte Maria eine Doppelpackung Aufbaunahrung für Sportler und Rekonvaleszenten gekauft. »Das ist vernünftig«, hatte der Apotheker gesagt, der sich seit Jahren besorgt um ihr Gewicht zeigte und immer wieder »Essen, essen« mahnte.

Küstermann sog die schleimige Flüssigkeit begierig ein, nickte, als sie ihn fragte »Mehr?«.

Nun saß sie da mit Küstermann, Kraftkost und Urinflasche, und es verlangte ihr alle Disziplin, die sie aufbringen konnte, ab, ihn nicht zu befreien. Sie hatte ihm die Hände gefesselt, da waren ihr seine Arme verschlossen, ihm den Mund verklebt, da war es mit seinem Reden, seinem Küssen vorbei, vorbei mit all dem Saugen und Lecken, Schmeicheln und Liebestun. Schlaff hing auf dem leicht gekrümmten, links abgewinkelten Schenkel das Küstergeschlecht.

Seine Augen, die sonst glänzten wie frischlackierte Knäufe, hatten sich über Nacht mit einem milchweißen Film bedeckt. Ihr unentschiedenes Grau, das bis in feinste Nuancen die Farben der Dinge, die sie anschauten, aufnehmen konnte, lag als schorfiger Schieferkranz um die geweiteten Pupillen, den Augapfel durchzogen dünne Äderchen, entzündet, rot. Maria roch die Sonne auf seiner Kopfhaut, das Schmalz seiner feinen, fettsträhnigen Haare. Um die Wurzeln schuppte die Haut wie grauer Schnee. Sobald sie ihr Gesicht dem seinen näherte, kniff er die Augen zusammen, als genüge es, nur den Blick zu verschließen, damit sich die Wirklichkeit ändere.

Ihre weitere Beschäftigung mit Küstermann machte es nötig, seine Beine zu spreizen. Sie glitt nach unten, klinkte die Füße auseinander und ließ die rechte Fessel in das Gegenstück am Pfosten schnappen. Tagelang hatte sie den Griff, bei dem alles auf Schnelligkeit ankam, in der Werkstatt geübt.

Dennoch traf sie sein linkes Knie am Ohr, daß ihr Kopf an die Kante der Konsole schlug, der Kiefer verrutschte und sich die Muskeln den Nacken hinab bis zu den Schulterblättern verkrampften.

Sie hatte mit seiner Körperkraft gerechnet, ihr Wendigkeit entgegensetzen wollen, war auch gleich wieder bei sich und sah nun, wie der an beiden Armen und einem Bein gefesselte Mann alle Widerstandskraft, alle Verzweiflung, allen Protest, allen Stolz in die Bewegung seines freien Beins konzentrierte.

Das Bein raste gegen den zur Starre gezwungenen Körper, zunächst mit stark durchgedrücktem Knie, Ober- und Unterschenkel bis in die Zehen gestreckt, die linke Hüfte bäumte sich mit auf, alles zuckte steif und steil in Richtung der Zimmerdecke, eine Karikatur der geballten, gegen Himmel und Herrschaft gereckten Faust. Wüste Laute drangen aus der Kehle, brachen sich am Mundpflaster. »Küsterbein, Küsterbein.« Sie saugte sich fest an diesem Wort, bis es jede Bedeutung verlor – magische Laute, die sie bewahrten, auf und davon zu fliegen, mit diesem Bein zur Hölle. Zur Hölle, wo sie nichts anderes mehr von Küstermann hätte als ewig dieses Bein.

Dieser Verbund aus bleichem Fuß, dürrem, gelbem Unterschenkel mit schütterem, schwarzem Bewuchs auf dem blanken Schienbein, aus blassem, nach innen ausgebuchtetem Oberschenkel und blauschimmerndem Knie schien sich loszulösen vom Körper, ja, von der Welt, und kam im Rhythmus einer anderen Wirklichkeit durch den Raum auf sie zu. In vielfacher Vergrößerung schwamm sein pilzzerfressener Großzehennagel vor ihr auf und ab, vor und zurück. Im Haus schlug eine Uhr, das Bein schlug mit. Die Uhr schien es in die Zeit zurückzurufen. Als erstes sank die Hüfte aufs Laken, dann der Oberschenkel. Jetzt rasten nur noch Waden und Schienbein und Fuß auf und nieder, im wilden Tritt auf der Stelle. Die Ferse grub eine Kuhle in die Matratze. Das Knurren klang ab. Schließlich scharrte nur noch die Ferse über die Seide. Er reibt sich noch wund, dachte sie. Dann lag er matt und stumm, die Beine gespreizt. Sie packte das rechte Gelenk zwischen Daumen und flacher Hand, leicht und sicher – so greift man ein Babyfüßchen –, und hakte Fuß und Pfosten zusammen.

Maria setzte sich zwischen seine Knie. Als sie aufsah, traf sie Küstermanns Blick. Er schaute sie aus verschwimmenden Augen unverwandt an, als wollte er etwas für immer und ewig festhalten auf dem Grund seines Gehirns. Maria hielt stand. Sie verklammerten ihre Augen, sie gingen ihnen über.

»Deine Frau war heute morgen im Laden.« Maria artikulierte die Silben überdeutlich, als bediente sie sich einer fremden Sprache oder spräche in ihrer zu einem, der sie noch lernt, wiederholte den Satz wie ein grammatisches Exempel aus dem Wörterbuch. Küstermann spannte sich, schob den Kopf vor, sein ganzes Wesen bedrängte sie weiterzureden.

»Sie ist verreist, Hansegon«, fügte sie hinzu im Tone einer Urteilsverkündung. Der Körper des Gefesselten erschlaffte, ein Zittern überfiel ihn, ihre Wörter, die sie sorgfältig abgewogen in die Luft setzte, schüttelten ihn durch. Augen, dachte sie, kann man schließen, Ohren nie.

»Abgereist. Ja. Sie sah aus wie immer – und du weißt, wie sie aussieht, Hansegon. Mach nur die Augen zu, da siehst du sie erst recht. Sie trug ihren Nerz und den Breitschwanzhut, du weißt, der Mantel ist ihr zu eng und zu kurz. Der Rand zwischen Stiefel und Mantelsaum läßt den Beinstreifen in der Stützstrumpfhose unvorteilhaft hervorquellen.«

Niemals war Maria bislang ein höhnisches Wort über die Küsterfrau unterlaufen; Küstermanns Versuchen, seine Frau herabzusetzen, um sich zu entlasten, hatte sie meist mit einem Witz die Spitze gebrochen. Erst jetzt, als ihre Ohren ihre Stimme vernahmen, ihr Gehirn die Wörter registrierte und deren Sinn, erst, als sie es nicht mehr leugnen konnte, daß sie es war, die da redete, gestand sie sich widerstrebend ihren Haß. Das Gift schoß ihr in die Wörter, mit der Unerbittlichkeit von Erbrochenem schwallten ihr die Sätze aus dem Mund. Ihr wurde übel, als sie sich hörte, doch sie wußte zugleich, daß sie ihre unverdauten Bilder würde von sich geben müssen, um nicht daran zu ersticken. Die Wörter kamen aus ihrem Mund mit der Präzision eines computergesteuerten Laufwerks, ihre Stimme übertraf die Neutralität einer Warenhausansagerin. Maria bestimmte die Küsterfrau wie ein Botaniker seine Pflanzen, sortierte und katalogisierte ihre Merkmale mit einer Exaktheit, die die Frau Silbe für Silbe ihrer Menschlichkeit beraubte. Ihre Erinnerung diktierte der Sprache Bilder, die sich auf die fotografische, mechanische Wiedergabe von Wahrgenommenem beschränkten.

Sie riß ihr das spröde, gelbliche, dünne Haar mit der starren Dauerwelle vom Kopf, trennte den Kopf, unter sorgfältiger verbaler Umrundung von Kinn- und Nackenpartie, vom Rumpf, den sie aus verschiedenen Kleidungsstücken schälte.

Einmal war sie der Küsterfrau in der Badeanstalt begegnet, sie hatten zusammen unter den Duschen gestanden. Mit ihren rotgeschwollenen, vom Wasser schrumpeligen Fingern hatte die Küsterfrau das in den Badeanzug eingearbeitete, stäbchenverstärkte, auf Häkchen schließende Korsett kaum öffnen können, um sich im Schritt einzuseifen. Was Küstermann verschmähte, hockte als mitleidheischendes Anhängsel unter den Fleischvorstürzen, Bauch- und Schenkelfett quetschten die grauhaarigen, zottigen Wülste zusammen, die der Waschlappen mit energischen Strichen auseinandertrieb.

Küstermann hielt die Augen geschlossen. Mitunter zuckte er unter einer besonders exakten Bildfügung auf, gab ein feines, bissiges Winseln von sich, die Darstellung der Waschung wölbte seine Muskeln beim vergeblichen Versuch, sich zusammenzukrümmen. Erst nachdem sich Maria in den linken Spreizfuß der Gattin, den einzuprägen sie sich während einer Maiandacht hatte angelegen sein lassen, hineinversenkt und mit der Beschreibung des auswärts gedrehten, verdickten Fußballens, der aufweichenden Hühneraugen auf Mittel- und verkrümmtem Kleinzeh, der pilzig zerfaserten Nägel, der schorfig verhornten Ferse, der rissigen, schuppigen, dickgeäderten Haut über Spann und Knöchel wieder heraus- und den geschwollenen Fuß in die Fußbettsandalette hineingeredet hatte, wurde es still.

Mit einer prachtvollen Abendröte war der Wintersonnentag zu Ende gegangen. Die Glocken der Gereonskirche riefen zur Samstagsandacht. Bei den ersten Tönen wurde das Gesicht des Gefesselten weich und ruhig, als verheiße der Aufprall von Erz auf Erz die nahe Befreiung, als riefen ihm Mutter oder Vater Trostworte zu. Maria öffnete das Fenster.

Der machtvolle Klang tauchte den kleinen Schlafraum bis in die Winkel in gebieterischen Frieden. Mit der Hoffnung hielt die Kälte Einzug, kräuselte ihre nackten Häute. Maria zog ihren Hausmantel an und deckte Küstermann zu, schloß das Fenster, da wurde es wohlig warm.

Sie zündete die Kerzen an, sogleich erfüllte Honigduft das Zimmer. Vom Bett kam ein Knurren, aus dem sie Beifall herauszuhören glaubte. Sie sah Küstermann in die Augen, langsam ließ er die Lider über die Pupillen fallen und nickte, ja, er stimmte ihr zu. Sie löste das Lederband vom Pfosten. Er griff nach ihrer Hand, nahm sie zwischen die Fesseln und rollte sie hin und her, wie es Erwachsene mit kleinen Kindern tun beim Mäuschenspielen. Dann, jählings, richtete er sich auf, indem er ihren Arm als Hebel benutzte. Sein Gewicht zog sie nach unten. Er ließ ihre Hand nicht los. Maria fiel auf seine Rippen. Seine Hände, ihre Hand. Er krallte sich fest wie im Krampf, die Ränder der Fesseln schnitten ins Drüsengewebe ihrer rechten Brust. Sie schrie und zerrte, er hielt ihre Hand umklammert, an die Brust gepreßt. Sein Kopf suchte gegen ihren zu stoßen, sie rammte ihm das Knie in die Hoden, da ließ er sie fahren. Maria band ihm die Hände, noch ehe er zur Besinnung gekommen war, wieder am Bettpfosten fest, blies die Kerzen aus, machte die Tür hinter sich zu.

In der Küche spielte das Radio. Die blanken Barocktrompeten gaben ihren Nerven wieder neue Impulse. Ein Gläschen Sherry trank sie beim Würfeln der Zwiebel, eins beim Zerstückeln des Kalbfleischs, ein drittes beim Blättrigschneiden der Champignons. Als Reis und Ragout fertig waren, war auch sie wieder soweit, daß es ihr schmeckte. Ruggieros Geige raste durch ihren Kopf, wo jede mögliche Antwort auf die Frage »Was nun?« in einem wüsten Knäuel von Erinnerungen untergegangen war.

Küstermann lag mit geschlossenen Augen auf dem Bett, die Beine gespreizt, der Oberkörper krümmte sich, den gefesselten Händen folgend, nach rechts, die linke Körperhälfte beschrieb einen gestreckten Bogen, wie bei dieser Turnübung, die dem Rumpf in Taillenhöhe den weit ausschwingenden Armen zu folgen befiehlt.

Küstermann war stolz auf seinen delikaten Geschmack, schätzte Liebesstunden, die inszeniert sein mußten wie große Opern. Nach all den Jahren in Flanell und Biberbettwäsche brauchte er Seide, Strapse und Stretch-BHs, deren Schalen die Brüste drückten und nackt präsentierten, Hemden mit angeschnittenen Hosen, eng und dicht bis zum Hals, nur die Spitzen der Brüste freigebend und den Schnitt zwischen den Beinen. Küstermann liebte breite Gürtel, die er Maria zuschnürte, bis sie nach Luft rang und ihr der Hintern unter dem Leder hervorquoll. Nach und nach hatte er ihr diese und andere Vorlieben offenbart. Sie sorgte für Blumen und betäubende Parfums, Musik und Lichteffekte, edle Getränke, kurz für all das, was nötig war, um in Küstermanns Künstlerleib jene feierliche Lebenslust zu wecken, die ihn die Neigung von der Pflicht, den Luxus vom Alltag zu trennen befähigte.

Bei den ersten Takten von Tristans großer Arie hob Küstermann den Kopf, öffnete die Augen. Maria stand nackt vorm Bett, legte sich einen Gürtel aus Gummi und Seide um, der die Taille zusammenpreßte und den Oberkörper freigab wie ein Bukett, rollte die schwarzen Strümpfe sehr langsam hoch und befestigte sie in den Strapsen, deren hintere sie exakt über die Pobacken laufen ließ, schlüpfte in Schuhe, die sie nur für Küstermann trug, wenn er sie bat, auf steilen Absätzen Pfeffermahlen zu gehen. Sie tat dies sachlich und bedächtig.

»Schau her, Hansegon«, sagte sie. »So schau mich doch an. Der hier ist dir doch immer der liebste gewesen.« Sie schob die Brustspitzen über die Schalen des trägerlosen BHs, bückte sich, schüttelte ihr Haar und warf es mit einem Ruck nach hinten. Küstermanns Zähne mahlten, seine Augen hatten Feuer gefangen. Sie kniete zwischen seinen Beinen nieder, verschränkte die Arme auf dem Rücken, beugte sich vor und bewegte ihren Kopf mit den herabhängenden Haaren langsam hin und her, ließ ihn auf und ab wandern, hin und zurück. Träge schwammen die Strähnen über Küstermanns Gesicht, ihre Spitzen stichelten die Haut, seine Muskeln am Bauch verkrampften sich unter der pinselfeinen Berührung. Küstermann hielt still.

Nie hatte er ihr vertraut; glaubte, weil er sich selbst so wenig treu sein wollte, ihrer Treue nicht. Sie machte keine Reise, ohne ihm mit den Telefonnummern der Hotels und Freunde eine Spur zu legen. Einmal kam er in ein Haus, das sie für ein paar Tage mit zwei Freunden bewohnt hatte, und sagte schon an der Tür: »Es riecht nach Betrug und Verrat.« Sie hatte gelacht und irgend etwas erwidert, aber in der Nacht war er über sie hergefallen, sie konnte die Worte, die er keuchte, nicht verstehen, weil er sie mit einer Hand würgte, ihr mit der anderen ein Kissen aufs Gesicht drückte, um ihre Schreie zu ersticken. Er stieß sie, bis sie zu bluten begann und ihr die Luft wegblieb unterm naßgeheulten Kissen, ließ sie liegen, ging duschen.

Die Platte war abgelaufen. Maria rollte ihr Haar um sein Glied wie um einen Lockenwickler, rollte das schlaffe Stückchen ein und aus, ein und aus, jedesmal fiel es mit einem leisen Klatschen seitwärts in die linke Leiste. Sie schnürte es kreuzweise, wie einen römischen Schuh, band ihm mit Haaren die Eichel ab, daß sie blaurot anlief, ruckte mit dem Kopf. Das Glied ruckte mit. Wie war sie nach ihm gesprungen, wenn er gesagt hatte »Komm«. Wie hatte sie sich gedreht und gedrechselt seinen Händen zu Willen.

Maria löste ihr Haar von Küstermanns Glied. Es stand jetzt prall und ein wenig schräg und vibrierend vom Bauch ab. Sie löschte die Kerzen, machte das Deckenlicht an, zog Strümpfe, Schuhe, Gürtel und BH aus, schnürte ihr Haar im Nacken mit einem Gummi zusammen, wie es Küstermann nicht mochte, und hockte sich ohne Umschweife sein Glied in den Leib.

Mit der Präzision eines Schöpfwerks bewegte sie sich über Küstermann auf und nieder. Es machte ihr Spaß, ihren Körper funktionieren zu fühlen. Sie hielt die Brüste in den Händen, rieb die Spitzen zwischen Daumen und Mittelfinger. Küstermanns Gesicht stach hochrot bis zum Hals von seinem gelbweißen Körper ab. »Mach die Augen auf«, schrie sie, als sie kam, »mach um Himmels willen einmal die Augen auf und schau hin!« Sie zog sich von ihm zurück. Sein Glied stand naßglänzend, dunkelrot verfärbt. Sie warf das Bettzeug darüber und ging.

Quellenverzeichnis

*

BRIGHT, SUSIE: *Geburtstag à la O* aus *Best of Susie Sexpert*. Berlin 1995. Übers. Birgit Scheuch. Mit freundlicher Genehmigung des Verlags Krug & Schadenberg, Berlin.

*

BROWN, RITA MAE: *Göttliche Spiele* aus *Venusneid*. Reinbek 1993. Übers. Margarete Längsfeld. Mit freundlicher Genehmigung des Rowohlt Verlags, Reinbek.

*

DJEBAR, ASSIA: *Hochzeitsnacht in Paris* aus *Fantasia*. Zürich 1990. Übers. Inge M. Artl. Mit freundlicher Genehmigung des Union Verlags, Zürich.

*

DJIAN, PHILIPPE: *Pizza macht sexy* aus *Betty Blue*. Zürich 1986. Übers. Michael Mosblech. Mit freundlicher Genehmigung des Diogenes Verlags, Zürich.

*

HAHN, ULLA: *Ein Gläschen Champagner* aus *Ein Mann im Haus*. Stuttgart 1991. Mit freundlicher Genehmigung der Deutschen Verlags-Anstalt GmbH, Stuttgart.

*

JAIVIN, LINDA: *Erdbeeren zum Dessert* aus *Haut und Haar*. Hamburg 1997. Übers. Brigitte Jakobeit. Mit freundlicher Genehmigung des Hoffmann und Campe Verlags, Hamburg.

*

KINSKI, KLAUS: *Jet-Sex* aus *Ich bin so wild nach deinem Erdbeermund*. Hamburg 1975. Mit freundlicher Genehmigung der Rogner & Bernhard GmbH & Co Verlags KG, Hamburg.

*

MELEGA, GIANLUIGI: *Der Major wird zugeritten* aus *Von den fortschreitenden Übertretungen des Major Aebi*. Zürich 1997. Übers. Moritz Hottinger. Mit freundlicher Genehmigung des Ammann Verlags, Zürich.

*

MILLER, HENRY: *Der kleine Tod* aus *Wendekreis des Krebses*. Reinbek 1953, 1962. Übers. Kurt Wagenseil. Mit freundlicher Genehmigung des Rowohlt Verlags, Reinbek.

*

MORAVIA, ALBERTO: *Er hat seinen eigenen Kopf* aus *Ich und Er*. Reinbek 1973. Übers. Piero Rismondo. Mit freundlicher Genehmigung des Rowohlt Verlags, Reinbek.

*

NIN, ANAÏS: *Der Baske und Bijou* aus *Das Delta der Venus*. Bern und München 1977. Übers. Eva Bornemann. Mit freundlicher Genehmigung des Scherz Verlags, Bern und München.

*

NÖSSLER, REGINA: *Leipziger Allerlei* aus *Wie Elvira ihre Sexkrise verlor*. Erzählungen Tübingen 1996. Mit freundlicher Genehmigung des Konkurzbuch Verlags Claudia Gehrke, Tübingen.

*

REYES, ALINA: *Jane und der Marsupilami* aus *Das Labyrinth des Eros*. München 1996. Übers. Sabine Schwenk und Kristine Rohrbach. Mit freundlicher Genehmigung des Droemer Knaur Verlags, München.

*

RIESS, CLAUDIA: *Massage gefällig?* aus *Die wilde Clique*. München 1988. Übers. Uschi Gnade. Copyright © 1988 by Wilhelm Heyne Verlag GmbH & Co. KG, München.

*

SANDER, CLARISSA: *Red, Gold and Green* aus *Schwarze Koralle.* München 1993. Mit freundlicher Genehmigung der Literary Agency GmbH Michael Meller, München.

*

UPDIKE, JOHN: *Seitensprung am Vormittag* aus *Ehepaare.* Reinbek 1969. Übers. Maria Carlsson. Mit freundlicher Genehmigung des Rowohlt Verlags, Reinbek.

*

DE WINTER, LEON: *Total nackte Mädchen* aus *Zionoco.* Zürich 1997. Übers. Hanni Ehlers. Mit freundlicher Genehmigung des Diogenes Verlags, Zürich.

*

WOLKERS, JAN: *Laudatio auf einen Pelz* aus *Türkische Früchte.* Köln 1975, 1986. Übers. Siegfried Mrotzek. Mit freundlicher Genehmigung des Verlags Kiepenheuer & Witsch, Köln.

Friederike Costa

Turbulent und sympathisch!
Herzerfrischend-freche
Frauenromane
der erfolgreichen Autorin.

Als Gott den Mann schuf, hat sie nur geübt
01/10550

Besser immer einen als einen immer
01/10796

Der Zaubermann
01/10987

Lügen, lästern, lieben!
01/13252

01/13252

HEYNE-TASCHENBÜCHER

Nora Roberts

Heiße Affären,
gefährliche Abenteuer.
Bestsellerautorin
Nora Roberts schreibt
Romane der anderen Art:
Nervenkitzel mit Herz
und Pfiff!

01/13265

Eine Auswahl:

Zärtlichkeit des Lebens
01/9105

Verlorene Liebe
01/9527

Nächtliches Schweigen
01/9706

Schatten über den Weiden
01/9872

Verborgene Gefühle
01/10013

Verlorene Seelen
01/13363

Insel der Sehnsucht
01/13019

Das Haus der Donna
01/13122

Trilogie:
Gezeiten der Liebe
01/13062
Hafen der Träume
01/13148
Tief im Herzen
01/10968

Träume wie Gold
01/13220

Die Unendlichkeit der Liebe
01/13265

Rückkehr nach River's End
01/13288

Tödliche Liebe
01/13289

HEYNE-TASCHENBÜCHER

Amelie Fried

Die mehrfach ausgezeichnete TV-Moderatorin konnte sich bereits mit ihren ersten Romanen einen festen Platz in den Bestseller-Listen sichern. Amelie Fried schreibt »mit dieser Mischung aus Spannung, Humor, Erotik und Gefühl wunderbare Frauenromane.« *Für Sie*

Am Anfang war der Seitensprung
01/10996

Der Mann von nebenan
01/13194
Auch im Heyne Hörbuch
26/4 (3 CD)
26/3 (3 MC)

Geheime Leidenschaften und andere Geständnisse
01/13361

01/13361

HEYNE-TASCHENBÜCHER

Eine Auswahl:

Ungestüm des Herzens
01/9452

Halte mein Herz
01/9737

Wogen der Leidenschaft
01/9862

Wer die Sehnsucht nicht kennt
01/10019

Die Sprache des Herzens
01/10114

Die Rache der Liebe
01/10317

Juwelen der Liebe
01/10521

Zärtliche Sünderin
01/10627

Was der Nachtwind verspricht
01/10782

Wild wie die Nacht
01/10947

Stürmische Begegnung
01/13141

Ein Dorn im Herzen
01/13331

Johanna Lindsey

»Sie kennt die geheimsten Träume der Frauen ...«
Romantic Times

Fesselnde Liebesromane voller Abenteuer und Zärtlichkeit.

01/13331

HEYNE-TASCHENBÜCHER

Marian Keyes

»Herrlich unterhaltende, lockere und freche Frauenromane. Ein spannender Lesespaß.«
FÜR SIE

Wassermelone
01/10742

Lucy Sullivan wird heiraten
01/13024

Auch im Heyne Hörbuch
als CD oder MC lieberbar

Rachel im Wunderland
01/13157

Pusteblume
01/13323

Auch im Heyne Hörbuch
als CD oder MC lieberbar

01/13024

HEYNE-TASCHENBÜCHER